उर्दू की प्रसिद्ध कहानियाँ

उर्दू की
प्रसिद्ध कहानियाँ

संकलन:

राहुल झा

BOOKS

राजकमल प्रकाशन

BOOKS
राजकमल प्रकाशन

रेख़्ता बुक्स
बी-37, सेक्टर - 1, नोएडा
उत्तर प्रदेश - 201301

rekhtabooks@rekha.org
www.rekhtabooks.com
www.rajkamalprakashan.com

उर्दू की प्रसिद्ध कहानियाँ
संकलन : राहुल झा

ISBN : 978-93-91080-56-3

प्रथम संस्करण : 2021
पुनर्मुद्रण : 2021

फ़ॉन्ट : योगेश यूनि
मुद्रक : थॉमसन प्रेस (इंडिया) लिमिटेड

आवरण एवं पुस्तक सज्जा
सुरेश पंवार, रेख़्ता

सहयोग राशि : ₹ 199

MIX
Paper
FSC FSC® C010615

ज़िन्दगी, समय और संसार
की कहानी कहने के मुसलसल
रचना-कर्म और कल्पना-शक्ति
को समर्पित

एक और नया क़दम

'रेख़्ता फ़ाउन्डेशन' का बुनियादी काम, उर्दू शाइ'री के शब्द और अर्थ की ख़ूबसूरती, रंग-रस, संगीत, स्पर्श और ज़ाइक़े को ज़ियादा से ज़ियादा लोगों तक पहुँचाना और उन्हें इसके सम्पर्क में लाना है। इसीलिएलिए 'रेख़्ता' वेबसाइट पर, उर्दू शाइ'री को दुरुस्त पाठ और मे'यारी चयन के साथ देवनागरी और रोमन लिपियों में भी पेश किया गया, ताकि उर्दू लिपि न जानने वाले उर्दू दोस्त भी अपनी महबूब शाइ'री के रचना-संसार में दाख़िल हो सकें।

यही मक़्सद 'रेख़्ता बुक्स' की स्थापना का भी प्रेरणा-स्रोत रहा है, जो बुनियादी तौर पर उर्दू शाइ'री और उसके प्रेमियों के दर्मियान किताब का पुल बनाने का प्रकाशन-प्रॉजेक्ट है। आगे चलकर इसका दायरा बढ़ाते हुए, दीगर विधाओं, ख़ास तौर पर कथा साहित्य, आत्म-कथाओं, यात्रा-वृत्तांतों वग़ैरह को भी इस प्रॉजेक्ट का हिस्सा बनाया जाएगा।

'ग़ज़ल उसने छेड़ी' शीर्षक के तहत, अब तक की अहम उर्दू शाइ'री का एक विस्तृत संकलन देवनागरी लिपि में प्रस्तुत करने के बा'द, 'रेख़्ता हर्फ़-ए-ताज़ा सीरीज़' की सूरत में एक और पेशक़दमी की गई जो उर्दू शाइ'री की मौजूदा नई रचनात्मक संभावनाओं को रूनुमाई का मौक़ा' देने पर केंद्रित है। इसके बा'द कल और आज के स्थापित, महत्वपूर्ण और प्रतिनिधि शाइ'रों के कलाम का इन्तिख़ाब, 'रेख़्ता नुमाइन्दा कलाम सीरीज़' के नाम से, पेश करने का सिलसिला जारी किया गया। इसके तहत अब तक बहुत सी अच्छी और ज़रूरी शाइ'री पेश की जा चुकी है।

इसीलिए तरह 'रेख़्ता क्लासिक्स' के नाम से उर्दू के क्लासिकी शाइ'रों का प्रतिनिधि कलाम प्रकाशित करने की एक निहायत अहम योजना पर काम चल रहा है जिसका मक़्सद कम से कम पचास क्लासिकी शाइ'रों को, शाइ'री के पाठकों तक पहुँचाना है, जो देवनागरी में शायद अपनी तरह की पहली कोशिश है। इस सिलसिले में अब तक शेख़ इब्राहीम 'ज़ौक़', 'दाग़' देहलवी, 'नज़ीर' अकबराबादी, मोमिन ख़ाँ मोमिन, ख़्वाज़ा हैदर अ'ली 'आतिश' और इन्शाअल्लाह ख़ाँ 'इन्शा' के इन्तिख़ाब प्रकाशित हो चुके हैं।

अब एक नई पहल के तौर पर, हमने उर्दू के कथा-साहित्य को देवनागरी में लाने की तरफ़ क़दम उठाए हैं। 'रेख़्ता नुमाइन्दा कहानियाँ' सीरीज़ के तहत तमाम महत्वपूर्ण कहानीकारों की प्रतिनिधि कहानियाँ आपकी निगाहों को समर्पित होंगी। उम्मीद है इस सीरीज़ को भी आपका प्रेम और क़ुबूलियत हासिल होगी।

संजीव सराफ़

संस्थापक, रेख़्ता फ़ाउन्डेशन

फ़ेह्‌रिस्त

कहानियाँ

कफ़न

प्रेमचंद

झोंपड़े के दरवाज़े पर बाप और बेटा दोनों एक बुझे हुए अलाव के सामने ख़ामोश बैठे हुए थे और अन्दर बेटे की नौजवान बीवी बुधिया दर्द-ए-ज़ेह[1] से पछाड़ें खा रही थी और रह-रह कर उसके मुँह से ऐसी दिल-ख़राश सदा[2] निकलती थी कि दोनों कलेजा थाम लेते थे।

जाड़ों की रात थी, फ़िज़ा[3] सन्नाटे में ग़र्क़[4], सारा गाँव तारीकी[5] में जज़्ब[6] हो गया था।

घीसू ने कहा, "मा'लूम होता है बचेगी नहीं। सारा दिन तड़पते हो गया, जा देख तो आ।"

माधव दर्दनाक लहजे में बोला, "मरना ही है तो जल्दी मर क्यूँ नहीं जाती। देख कर क्या आऊँ।"

"तू बड़ा बे-दर्द है बे! साल भर जिसके साथ ज़िन्दगानी का सुख भोगा उसी के साथ इतनी बेवफाई।"

"तो मुझसे तो उसका तड़पना और हाथ-पाँव पटकना नहीं देखा जाता।"

चमारों का कुन्बा था और सारे गाँव में बदनाम। घीसू एक दिन काम करता तो तीन दिन आराम, माधव इतना कामचोर था कि घंटे भर काम करता तो घंटे भर चिलम पीता। इसलिए उसे कोई रखता ही न था। घर में मुट्ठी भर अनाज भी मौजूद हो तो उनके लिए काम करने

1 प्रसव-पीड़ा 1 अवाज 2 अंतरिक्ष 3 डूबना 4 अंधेरे 5 डूबा हुआ

की क़सम थी। जब दो एक फ़ाक़े हो जाते तो घीसू दरख़्तों पर चढ़ कर लकड़ी तोड़ लाता और माधव बाज़ार से बेच लाता और जब तक वो पैसे रहते, दोनों इधर-उधर मारे-मारे फिरते। जब फ़ाक़े की नौबत[1] आ जाती तो फिर लकड़ियाँ तोड़ते या कोई मज़दूरी तलाश करते। गाँव में काम की कमी न थी। काश्तकारों[2] का गाँव था। मेहनती आदमी के लिए पचास काम थे मगर उन दोनों को लोग उसी वक़्त बुलाते जब दो आदमियों से एक का काम पा कर भी क़नाअ'त[3] कर लेने के सिवा और कोई चारा न होता। काश दोनों साधू होते तो उन्हें क़नाअत और तव-क्कुल[4] के लिए ज़ब्त-ए-नफ़्स[5] की मुतलक़[6] ज़रूरत न होती। ये उनकी ख़ल्क़ी[7] सिफ़त थी।

अ'जीब ज़िन्दगी थी उनकी। घर में मिट्टी के दो चार बर्तनों के सिवा कोई असासा नहीं। फटे चीथड़ों से अपनी उर्यानी[7] को ढाँके हुए दुनिया की फ़िक्रों से आज़ाद। क़र्ज़ से लदे हुए। गालियाँ भी खाते, मार भी खाते मगर कोई ग़म नहीं। मिस्कीन इतने कि वसूली की मुतलक़ उम्मीद न होने पर लोग उन्हें कुछ न कुछ क़र्ज़ दे देते थे। मटर या आलू की फ़स्ल में खेतों से मटर या आलू उखाड़ लाते और भून-भून कर खाते या दिन में दस-पाँच ईख तोड़ लाते और रात को चूसते। घीसू ने इसी ज़ाहिदाना[8] अन्दाज़ में साठ साल की उ'म्र काट दी और माधव भी सआ'दतमन्द[9] बेटे की तरह बाप के नक़्श-ए-क़दम[10] पर चल रहा था बल्कि उसका नाम और भी रौशन कर रहा था।

उस वक़्त भी दोनों अलाव के सामने बैठे हुए आलू भून रहे थे जो किसी के खेत से खोद लाए थे। घीसू की बीवी का तो मुद्दत हुई इन्तिक़ाल[11] हो गया था। माधव की शादी पिछले साल हुई थी। जब से

---

1 हालत 2 किसानों 3 संतोष 4 भरोसा 5 आत्म-संयम 6 सम्पूर्ण 7 इन्सानी 8 संतोषपूर्वक 9 आज्ञाकारी 10 पैरों के निशान 11 मृत्यु

ये औ'रत आई थी, उसने इस ख़ानदान में तमद्दुन की बुनियाद डाली थी। पिसाई कर के, घास छील कर वो सेर भर आटे का इन्तिज़ाम कर लेती थी और इन दोनों बे-ग़ैरतों का दोज़ख़ भरती रहती थी। जब से वो आई, ये दोनों और भी आराम-तलब[1] और आलसी[2] हो गए थे बल्कि कुछ अकड़ने भी लगे थे। कोई काम करने को बुलाता तो बे-नियाज़ी[3] की शान में दोगुनी मज़दूरी माँगते। वही औ'रत आज सुब्ह से दर्द-ए-ज़ेह[4] में मर रही थी और ये दोनों शायद इसी इन्तिज़ार में थे कि वो मर जाए तो आराम से सोएँ।

घीसू ने आलू निकाल कर छीलते हुए कहा, "जा देख तो क्या हालत है उसकी? चुड़ैल का फसाद होगा और क्या। यहाँ तो ओझा भी एक रुपये माँगता है। किसके घर से आए।"

माधव को अन्देशा था कि वो कोठरी में गया तो घीसू आलुओं का बड़ा हिस्सा साफ़ कर देगा। बोला -

"मुझे वहाँ डर लगता है।"

"डर किस बात का है? मैं तो यहाँ हूँ ही।"

"तो तुम्हीं जा कर देखो न।"

"मेरी औ'रत जब मरी थी तो मैं तीन दिन तक उसके पास से हिला भी नहीं और फिर मुझसे लजाएगी कि नहीं, कभी उसका मुँह नहीं देखा, आज उसका उधड़ा हुआ बदन देखूँ। उसे तन की सुध भी तो न होगी। मुझे देख लेगी तो खुल कर हाथ पाँव भी न पटक सकेगी।"

"मैं सोचता हूँ कि कोई बाल बच्चा हो गया तो क्या होगा। सोंठ, गुड़, तेल, कुछ भी तो नहीं है घर में।"

"सब कुछ आ जाएगा। भगवान बच्चा दें तो, जो लोग अभी एक

---

1 आराम चाहने वाला 2 सुस्त 3 बे-पर्वाह होकर 4 प्रसव-पीड़ा

पैसा नहीं दे रहे हैं, वही तब बुला कर देंगे। मेरे तो लड़के हुए, घर में कुछ भी न था, मगर इस तरह हर बार काम चल गया।"

जिस समाज में रात दिन मेहनत करने वालों की हालत उनकी हालत से कुछ बहुत अच्छी न थी और किसानों के मुक़ाबले में वो लोग जो किसानों की कमज़ोरियों से फ़ायदा उठाना जानते थे, कहीं ज़्यादा फ़ारिग़-उल-बाल[1] थे, वहाँ इस क़िस्म की ज़हनियत[2] का पैदा हो जाना कोई तअ'ज्जुब[3] की बात नहीं थी।

हम तो कहेंगे घीसू किसानों के मुक़ाबले में ज़्यादा बारीक-बीन[4] था और किसानों की तही-दिमाग़[5] जमइ'य्यत[6] में शामिल होने के बदले शातिरों की फ़ित्ना-परदाज़ जमाअ'त में शामिल हो गया था। हाँ उसमें ये सलाहियत[7] न थी कि शातिरों के आईन-ओ-आदाब[8] की पाबन्दी भी करता। इसलिए ये जहाँ उसकी जमाअ'त के और लोग गाँव के सर्ग़ना[9] और मुखिया बने हुए थे, उस पर सारा गाँव अंगुश्त-नुमाई[10] कर रहा था। फिर भी उसे ये तस्कीन तो थी ही कि अगर वो ख़स्ताहाल[11] है तो कम से कम उसे किसानों की सी जिगर तोड़ मेहनत तो नहीं करनी पड़ती और उसकी सादगी और बे-ज़बानी से दूसरे बेजा फ़ायदा तो नहीं उठाते।

दोनों आलू निकाल-निकाल कर जलते-जलते खाने लगे। कल से कुछ भी नहीं खाया था। इतना सब्र न था कि उन्हें ठंडा हो जाने दें। कई बार दोनों की ज़बानें जल गईं। छिल जाने पर आलू का बैरूनी हिस्सा तो ज़्यादा गर्म न मा'लूम होता था लेकिन दाँतों के तले पड़ते ही अंदर का हिस्सा ज़बान और हलक़[12] और तालू को जला देता था और इस अंगारे को मुँह में रखने से ज़्यादा ख़ैरियत इसी में थी कि वो अंदर पहुँच जाए। वहाँ उसे ठंडा करने के लिए काफ़ी सामान थे। इसलिए

---

1 निश्चिन्त 2 सोच 3 आश्चर्य 4 बारीकी से देखने वाले 5 ख़ाली दिमाग़ 6 इकट्ठा करना या होना 7 प्रतिभा 8 नियम-क़ानून 9 सरदार 10 उँगली उठाना 11 बदहाल 12 गला

दोनों जल्द-जल्द निगल जाते थे हालाँकि इस कोशिश में उनकी आँखों से आँसू निकल आते।

घीसू को उस वक़्त ठाकुर की बरात याद आई जिसमें बीस साल पहले वो गया था। उस दावत में उसे जो सेरी नसीब हुई थी, वो उसकी ज़िन्दगी में एक यादगार वाक़िआ' थी और आज भी उसकी याद ताज़ा थी। वो बोला, "वो भोज नहीं भूलता। तब से फिर इस तरह का खाना और भर पेट नहीं मिला। लड़की वालों ने सब को पूड़ियाँ खिलाई थीं, सब को। छोटे बड़े सब ने पूड़ियाँ खाईं और असली घी की। चटनी, रायता, तीन तरह के सूखे साग, एक रसदार तरकारी, दही, चटनी, मिठाई अब क्या बताऊँ कि उस भोज में कितना स्वाद मिला।

कोई रोक नहीं थी। जो चीज़ चाहो माँगो और जितना चाहो खाओ। लोगों ने ऐसा खाया, ऐसा खाया कि किसी से पानी न पिया गया, मगर परोसने वाले हैं कि सामने गर्म गोल गोल महकती हुई कचौरियाँ डाल देते हैं। मना करते हैं, नहीं चाहिए मगर वो हैं कि दिए जाते हैं और जब सब ने मुँह धो लिया तो एक-एक बीड़ा पान भी मिला मगर मुझे पान लेने की कहाँ सुध थी। खड़ा न हुआ जाता था। झटपट जा कर अपने कम्बल पर लेट गया। ऐसा दरिया दिल था वो ठाकुर।"

माधव ने उन तकल्लुफ़ात[1] का मज़ा लेते हुए कहा, "अब हमें कोई ऐसा भोज खिलाता।"

"अब कोई क्या खिलाएगा? वो जमाना दूसरा था। अब तो सब को किफ़ायत[2] सूझती है। सादी ब्याह में मत खर्च करो, क्रिया-कर्म में मत खर्च करो। पूछो गरीबों का माल बटोर-बटोर कर कहाँ रक्खोगे। मगर बटोरने में तो कमी नहीं है। हाँ खर्च में किफ़ायत सूझती है।"

---

1 औपचारिकताएँ 2 थोड़े या अल्प में काम चलाने की क्रिया

"तुमने एक बीस पूड़ियाँ खाई होंगी।"

"बीस से ज़्यादा खाई थीं।"

"मैं पचास खा जाता।"

"पचास से कम मैंने भी न खाई होंगी, अच्छा पट्ठा था। तू उसका आधा भी नहीं है।" आलू खा कर दोनों ने पानी पिया और वहीं अलाव के सामने अपनी धोतियाँ ओढ़ कर पाँव पेट में डाल कर सो रहे। जैसे दो बड़े-बड़े अज़दहे[1] कुंडलियाँ मारे पड़े हों और बुधिया अभी तक कराह[2] रही थी।

सुब्ह को माधव ने कोठरी में जा कर देखा तो उसकी बीवी ठंडी हो गई थी। उसके मुँह पर मक्खियाँ भिनक रही थीं। पथराई हुई आँखें ऊपर टँगी हुई थीं। सारा जिस्म ख़ाक[3] में लतपत हो रहा था। उसके पेट में बच्चा मर गया था।

माधव भागा हुआ घीसू के पास आया और फिर दोनों ज़ोर-ज़ोर से हाय-हाय करने और छाती पीटने लगे। पड़ोस वालों ने ये आह-ओ-ज़ारी[4] सुनी तो दौड़ते हुए आए और रस्म-ए-क़दीम[5] के मुताबिक़ ग़मज़दों[6] की तशफ़्फ़ी[7] करने लगे।

मगर ज़्यादा रोने-धोने का मौक़ा' न था, कफ़न की और लकड़ी की फ़िक्र करनी थी। घर में तो पैसा इस तरह ग़ायब था जैसे चील के घोंसले में माँस।

बाप-बेटे रोते हुए गाँव के ज़मींदारों के पास गए। वो उन दोनों की सूरत से नफ़रत करते थे। कई बार उन्हें अपने हाथों पीट चुके थे। चोरी की इ'ल्लत में, वा'दे पर काम न करने की इ'ल्लत में।

पूछा, "क्या है बे घिसुवा, रोता क्यूँ है, अब तो तेरी सूरत ही नज़र

---

1 साँप 2 दर्द से चिल्लाना 3 मिट्टी 4 रोना-धोना 5 पुराना रिवाज 6 पीड़ितों 7 सुकून

नहीं आती, अब मा'लूम होता है तुम इस गाँव में नहीं रहना चाहते।"

घीसू ने ज़मीन पर सर रख कर आँखों में आँसू भरते हुए कहा, "सरकार बड़ी बिपता में हूँ। माधव की घर वाली रात गुजर गई। दिन भर तड़पती रही सरकार। आधी रात तक हम दोनों उसके सिरहाने बैठे रहे। दवा-दारू जो कुछ हो सका सब किया मगर वो हमें दगा दे गई, अब कोई एक रोटी देने वाला नहीं रहा मालिक, तबाह हो गए। घर उजड़ गया, आप का ग़ुलाम हूँ, अब आपके सिवा उसकी मिट्टी कौन पार लगाएगा, हमारे हाथ में जो कुछ था, वो सब दवा-दारू में उठ गया, सरकार ही की दया होगी तो उसकी मिट्टी उठेगी, आप के सिवा और किसके द्वार पर जाऊँ।"

ज़मींदार साहब रहम-दिल[1] आदमी थे मगर घीसू पर रहम करना काले कम्बल पर रंग चढ़ाना था। जी में तो आया कह दें, "चल दूर हो यहाँ से, लाश घर में रख कर सड़ा। यूँ तो बुलाने से भी नहीं आता। आज जब ग़रज़ पड़ी तो आ कर ख़ुशामद[2] कर रहा है, हराम-ख़ोर[3] कहीं का! बदमाश।" मगर ये ग़ुस्से या इन्तिक़ाम का मौक़ा' नहीं था। तौअ'न-ओ-करहन[4] दो रुपये निकाल कर फेंक दिए मगर तशफ़्फ़ी का एक कलमा भी मुँह से न निकाला। उसकी तरफ़ ताका तक नहीं। गोया सर का बोझ उतारा हो। जब ज़मींदार साहब ने दो रुपए दिए तो गाँव के बनिए महाजनों को इन्कार की जुरअत[5] क्यूँ-कर होती।

घीसू ज़मींदार के नाम का ढिंडोरा पीटना जानता था। किसी ने दो आने दिए, किसी ने चार आने। एक घंटे में घीसू के पास पाँच रुपये की माक़ूल[6] रक़म जमा हो गई। किसी ने ग़ल्ला दे दिया, किसी ने लकड़ी और दोपहर को घीसू और माधव बाज़ार से कफ़न लाने चले और लोग बाँस-वाँस काटने लगे।

---

1 दयालु 2 चापलूसी 3 हराम खाने वाला 4 न चाहते हुए 5 हिम्मत 6 ठीक-ठाक

गाँव की रक़ीक़-उल-क़ल्ब[1] औ'रतें आ-आ कर लाश को देखती थीं और उसकी बे-बसी पर दो बूँद आँसू गिरा कर चली जाती थीं।

बाज़ार में पहुँच कर घीसू बोला, "लकड़ी तो उसे जलाने भर की मिल गई है क्यूँ माधव।"

माधव बोला, "हाँ लकड़ी तो बहुत है, अब कफ़न चाहिए।"

"तो कोई हल्का सा कफ़न ले-लें।"

"हाँ और क्या! लाश उठते-उठते रात हो जाएगी। रात को कफ़न कौन देखता है।"

"कैसा बुरा रिवाज है कि जिसे जीते जी तन ढाँकने को चीथड़ा न मिले, उसे मरने पर नया कफ़न चाहिए।"

"और क्या रखा रहता है। यही पाँच रुपये पहले मिलते तो कुछ दवा-दारू करते।"

दोनों एक दूसरे के दिल का माजरा[1] मा'नवी तौर पर समझ रहे थे। बाज़ार में इधर-उधर घूमते रहे। यहाँ तक कि शाम हो गई। दोनों इत्तिफ़ाक़ से या अमदन एक शराब-ख़ाने के सामने आ पहुँचे और गोया किसी तय-शुदा फ़ैसले के मुताबिक़ अंदर गए। वहाँ ज़रा देर तक दोनों तज़बज़ुब[2] की हालत में खड़े रहे। फिर घीसू ने एक बोतल शराब ली। कुछ गजक ली और दोनों बरामदे में बैठ कर पीने लगे।

कई कुज्जियाँ पैहम[3] पीने के बा'द दोनों सुरूर[4] में आ गए।

घीसू बोला, "कफ़न लगाने से क्या मिलता। आख़िर जल ही तो जाता। कुछ बहू के साथ तो न जाता।"

माधव आस्मान की तरफ़ देख कर बोला, गोया फ़रिश्तों को अपनी

---

1 दयालु 2 दुविधा 3 लगातार 4 ख़ुशी

मा'सूमियत[1] का यक़ीन दिला रहा हो। "दुनिया का दस्तूर है। यही लोग बामनों को हजारों रुपये क्यूँ देते हैं। कौन देखता है। परलोक में मिलता है या नहीं।"

"बड़े आदमियों के पास धन है फूँकें, हमारे पास फूँकने को क्या है।"

"लेकिन लोगों को क्या जवाब दोगे? लोग पूछेंगे कि कफ़न कहाँ है?"

घीसू हँसा, "कह देंगे कि रुपये कमर से खिसक गए। बहुत ढूँढा, मिले नहीं।"

माधव भी हँसा, इस ग़ैर मुतवक़्क़े'[2] ख़ुश-नसीबी पर क़ुदरत को इस तरह शिकस्त[3] देने पर बोला, "बड़ी अच्छी थी बेचारी। मरी भी तो ख़ूब खिला-पिला कर।"

आधी बोतल से ज़्यादा ख़त्म हो गई। घीसू ने दो सेर पूरियाँ मँगवाईं, गोश्त और सालन और चटपटी कलेजियाँ और तली हुई मछलियाँ।

शराब-ख़ाने के सामने दुकान थी, माधव लपक कर दो पत्तलों में सारी चीज़ें ले आया। पूरे डेढ़ रुपये ख़र्च हो गए, सिर्फ़ थोड़े से पैसे बच रहे।"

दोनों उस वक़्त इस शान से बैठे हुए पूरियाँ खा रहे थे जैसे जंगल में कोई शेर अपना शिकार उड़ा रहा हो। न जवाब-देही का ख़ौफ़ था न बदनामी की फ़िक्र। ज़ोफ़ के इन मराहिल[4] को उन्होंने बहुत पहले तय कर लिया था। घीसू फ़लसफ़ियाना[5] अन्दाज़ से बोला, "हमारी आत्मा प्रसन्न हो रही है तो क्या उसे पुण्य न होगा।"

माधव ने सर-ए-अ'क़ीदत[6] झुका कर तसदीक़[7] की, "ज़रूर से

---

1 निर्दोषता 2 आस रखने वाला 3 हार 4 पड़ाव 5 दार्शनिक 6 आस्थापूर्वक 7 सच मानना

ज़रूर होगा। भगवान तुम अन्तर्यामी (अ'लीम) हो। उसे बैकुंठ ले जाना। हम दोनों हृदय से उसे दुआ' दे रहे हैं। आज जो भोजन मिला वो कभी उ'म्र भर न मिला था।"

एक लम्हे के बा'द माधव के दिल में एक तश्वीश[1] पैदा हुई। बोला, "क्यूँ दादा हम लोग भी तो वहाँ एक न एक दिन जाएँगे ही।"

घीसू ने इस तिफ़्लाना[2] सवाल का कोई जवाब न दिया। माधव की तरफ़ पुर-मलामत[3] अन्दाज़ से देखा।

"जो वहाँ हम लोगों से पूछेगी कि तुमने हमें कफ़न क्यूँ न दिया, तो क्या कहेंगे?"

"कहेंगे तुम्हारा सर।"

"पूछेगी तो ज़रूर।"

"तू कैसे जानता है उसे कफ़न न मिलेगा? मुझे अब गधा समझता है। मैं साठ साल दुनिया में क्या घास खोदता रहा हूँ। उसको कफ़न मिलेगा और इससे बहुत अच्छा मिलेगा, जो हम देंगे।"

माधव को यक़ीन न आया। बोला, "कौन देगा? रुपये तो तुमने चट कर दिए।"

घीसू तेज़ हो गया, "मैं कहता हूँ उसे कफ़न मिलेगा तो मानता क्यूँ नहीं?"

"कौन देगा, बताते क्यूँ नहीं?"

"वही लोग देंगे जिन्होंने अब के दिया। हाँ वो रुपये हमारे हाथ न आएँगे और अगर किसी तरह आ जाएँ तो फिर हम इस तरह बैठे पिएँगे और कफ़न तीसरी बार लेगा।"

---

1 शक 2 बचपना 3 अफ़सोस

जूँ-जूँ अंधेरा बढ़ता था और सितारों की चमक तेज़ होती थी, मय-ख़ाने की रौनक़[1] भी बढ़ती जाती थी। कोई गाता था, कोई बहकता था, कोई अपने रफ़ीक़[2] के गले लिपटा जाता था, कोई अपने दोस्त के मुँह से साग़र लगाए देता था। वहाँ की फ़िज़ा में सुरूर था, हवा में नशा। कितने तो चुल्लू में ही उल्लू हो जाते हैं। यहाँ आते थे तो सिर्फ़ ख़ुद-फ़रामोशी[3] का मज़ा लेने के लिए। शराब से ज़्यादा यहाँ की हवा से मसरूर[4] होते थे। ज़ीस्त[5] की बला यहाँ खींच लाती थी और कुछ देर के लिए वो भूल जाते थे कि वो ज़िन्दा हैं या मुर्दा हैं या ज़िन्दा-दर-गोर[6] हैं।

और ये दोनों बाप-बेटे अब भी मज़े ले ले के चुसकियाँ ले रहे थे। सब की निगाहें उनकी तरफ़ जमी हुई थीं। कितने ख़ुश-नसीब हैं दोनों, पूरी बोतल बीच में है।

खाने से फ़ारिग़[7] हो कर माधव ने बची हुई पूरियों का पत्तल उठा कर एक भिकारी को दे दिया, जो खड़ा उनकी तरफ़ गुरसना निगाहों से देख रहा था और "देने" के ग़ुरूर और मसर्रत[8] और वलवले का, अपनी ज़िन्दगी में पहली बार एहसास किया। घीसू ने कहा, "ले जा खूब खा और असीरबा'द दे, जिसकी कमाई थी वो तो मर गई मगर तेरा असीरबा'द उसे ज़रूर पहुँच जाएगा, रोएँ रोएँ से असीरबा'द दे, बड़ी गाढ़ी कमाई के पैसे हैं।"

माधव ने फिर आस्मान की तरफ़ देख कर कहा, "वो बैकुंठ में जाएगी। दादा बैकुंठ की रानी बनेगी।"

घीसू खड़ा हो गया और जैसे मसर्रत की लहरों में तैरता हुआ बोला, "हाँ बेटा बैकुंठ में न जाएगी तो क्या ये मोटे-मोटे लोग जाएँगे, जो ग़रीबों को दोनों हाथ से लूटते हैं और अपने पाप के धोने के लिए गंगा

---

1 रौशन 2 दोस्त 3 अपने आप को भुला देना 4 ख़ुशी 5 जीवन 6 ज़िन्दा दफ़न कर देना 7 फ़ुर्सत 8 ख़ुशी

में जाते हैं और मन्दिरों में जल चढ़ाते हैं।"

ये ख़ुश-ए'तिक़ादी[1] का रंग भी बदला। तलव्वुन नशे की ख़ासियत है। यास और ग़म का दौरा हुआ। माधव बोला, "मगर दादा बेचारी ने जिन्दगी में बड़ा दुख भोगा। मरी भी कितनी दुख झेल कर।" वो अपनी आँखों पर हाथ रख कर रोने लगा।

घीसू ने समझाया, "क्यूँ रोता है बेटा! खुस हो कि वो माया जाल से मुक्त हो गई। जंजाल से छूट गई। बड़ी भागवान थी जो इतनी जल्द माया के मोह के बंधन तोड़ दिए।"

और दोनों वहीं खड़े हो कर गाने लगे; "ठगनी क्यों नैना झमकावे! ठगनी"

सारा मय-ख़ाना[2] महव-ए-तमाशा[3] था और ये दोनों मयकश[4] मख़मूर[5] महवियत[6] के आलम में गाए जाते थे। फिर दोनों नाचने लगे। उछले भी, कूदे भी, गिरे भी, मटके भी, भाव भी बताए और आख़िर नशे से बदमस्त हो कर वहीं गिर पड़े।

1 अंधी आस्था 2 शराब-ख़ाना 3 तमाशे में डूबा हुआ 4 शराब पीने वाला 5 नशे में 6 तल्लीनता

महालक्ष्मी का पुल

कृष्ण चंदर

महालक्ष्मी के स्टेशन के उस पार लक्ष्मी जी का एक मन्दिर है। उसे लोग रेस कोर्स भी कहते हैं। उस मन्दिर में पूजा करने वाले हारते ज़ियादा हैं जीतते बहुत कम हैं। महालक्ष्मी स्टेशन के उस पार एक बहुत बड़ी बद-रौ है जो इन्सानी जिस्मों की ग़लाज़त को अपने मुतअफ़्फ़िन[1] पानियों में घोलती हुई शहर से बाहर चली जाती है।

मन्दिर में इन्सान के दिल की ग़लाज़त[2] धुलती है और उस बद-रौ में इन्सान के जिस्म की ग़लाज़त और इन दोनों के बीच में महालक्ष्मी का पुल है। महालक्ष्मी के पुल के ऊपर बाईं तरफ़ लोहे के जंगले पर छः साड़ियाँ लहरा रही हैं। पुल पर इस तरह हमेशा उस मक़ाम पर चन्द साड़ियाँ लहराती रहती हैं। ये साड़ियाँ कोई बहुत क़ीमती नहीं हैं। इनके पहनने वाले भी कोई बहुत ज़ियादा क़ीमती नहीं हैं। ये लोग हर रोज़ उन साड़ियों को धो कर सूखने के लिए डाल देते हैं और रेलवे लाईन के आर पार जाते हुए लोग, महालक्ष्मी स्टेशन पर गाड़ी का इन्तिज़ारकरते हुए लोग, गाड़ी की खिड़की और दरवाज़ों से झाँक कर बाहर देखने वाले लोग अक्सर इन साड़ियों को हवा में झूलता हुआ देखते हैं।

वो उनके मुख़्तलिफ़ रंग देखते हैं। भूरा, गहरा भूरा, मटमैला नीला, क़िर्मिज़ी भूरा, गंदा सुर्ख़[3] किनारा गहरा नीला और लाल, वो लोग अक्सर उन्ही रंगों को फ़ज़ा में फैले हुए देखते हैं। एक लम्हे[4] के लिए। दूसरे लम्हे में गाड़ी पुल के नीचे से गुज़र जाती है।

---

1 बदबू 2 गन्दगी 3 लाल 4 पल

उन साड़ियों के रंग अब जाज़िब-ए-नज़र नहीं रहे। किसी ज़माने में मुम्किन है जब ये नई ख़रीदी गई हों, उनके रंग ख़ूबसूरत और चमकते हुए हों, मगर अब नहीं हैं। मुतवातिर[1] धोए जाने से उनके रंगों की आब-ओ-ताब[2] मर चुकी है और अब ये साड़ियाँ अपने फीके सीठे रोज़मर्रा[3] के अन्दाज़ को लिए बड़ी बे-दिली से जंगले पर पड़ी नज़र आती हैं।

आप दिन में उन्हें सौ बार देखें। ये आप को कभी ख़ूबसूरत दिखाई न देंगी। न उनका रंग रूप अच्छा है न उनका कपड़ा। ये बड़ी सस्ती, घटिया क़िस्म की साड़ियाँ हैं। हर रोज़ धुलने से उनका कपड़ा भी तार-तार हो रहा है। उन में कहीं कहीं रौज़न भी नज़र आते हैं। कहीं उधड़े हुए टाँके हैं। कहीं बदनुमा[4] दाग़ जो इस क़दर पायदार[5] हैं कि धोए जाने से भी नहीं धुलते बल्कि और गहरे होते जाते हैं।

मैं इन साड़ियों की ज़िन्दगी को जानता हूँ क्योंकि मैं उन लोगों को जानता हूँ जो इन साड़ियों को इस्तेमाल करते हैं। ये लोग महालक्ष्मी के पुल के क़रीब ही बाईं तरफ़ आठ नंबर की चॉल में रहते हैं। ये चॉल मतवाली नहीं है बड़ी ग़रीब की चॉल है। मैं भी इसीलिए चॉल में रहता हूँ, इसलिए आपको इन साड़ियों और उनके पहनने वालों के मुतअ'ल्लिक़ सब कुछ बता सकता हूँ।

अभी वज़ीर-ए-आज़म[6] की गाड़ी आने में बहुत देर है। आप इन्तिज़ारकरते करते उकता जाएँगे इसलिए अगर आप इन छः साड़ियों की ज़िन्दगी के बारे में मुझ से कुछ सुन लें तो वक़्त आसानी से कट जाएगा। उधर ये जो भूरे रंग की साड़ी लटक रही है ये शांता बाई की साड़ी है। इसके क़रीब जो साड़ी लटक रही है वो भी आप को भूरे रंग की साड़ी दिखाई देती होगी मगर वो तो गहरे भूरे रंग की है। आप नहीं मैं इसका गहरा भूरा रंग देख सकता हूँ क्योंकि मैं इसे उस वक़्त से जानता हूँ जब

---

1 लगातार 2 बेचैनी 3 रोज़ाना 4 देखने में बुरा लगना 5 टिकाऊ 6 प्रधान मंत्री

इस का रंग चमकता हुआ गहरा भूरा था और अब इस दूसरी साड़ी का रंग भी वैसा ही भूरा है जैसा शांता बाई की साड़ी का और शायद आप इन दोनों साड़ियों में बड़ी मुश्किल से कोई फ़र्क़ महसूस कर सकें। मैं भी जब उनके पहनने वालों की ज़िन्दगियों को देखता हूँ तो बहुत कम फ़र्क़ महसूस करता हूँ मगर ये पहली साड़ी जो भूरे रंग की है वो शांता बाई की साड़ी है और जो दूसरी भूरे रंग की है और जिस का गहरा रंग भूरा सिर्फ़ मेरी आँखें देख सकती हैं। वो जीवना बाई की साड़ी है।

शांता बाई की ज़िन्दगी भी उसकी साड़ी के रंग की तरह भूरी है। शांता बाई बर्तन माँझने का काम करती है। उसके तीन बच्चे हैं। एक बड़ी लड़की है दो छोटे लड़के हैं। बड़ी लड़की की उ'म्र छः साल होगी। सब से छोटा लड़का दो साल का है। शांता बाई का ख़ाविन्द[1] सीवन मिल के कपड़े खाते में काम करता है। उसे बहुत जल्द जाना होता है। इसलिए शांता बाई अपने ख़ाविन्द के लिए दूसरे दिन की दोपहर का खाना रात ही को पका के रखती है, क्योंकि सुब्ह उसे ख़ुद बर्तन साफ़ करने के लिए और पानी ढोने के लिए दूसरों के घरों में जाना होता है और अब वो साथ में अपने छः बरस की बच्ची को भी ले जाती है और दोपहर के क़रीब वापस चॉल में आती है।

वापस आ के वो नहाती है और अपनी साड़ी धोती है और सुखाने के लिए पुल के जंगले पर डाल देती है और फिर एक बेहद ग़लीज़[2] और पुरानी धोती पहन कर खाने पकाने में लग जाती है।

शांता बाई के घर चूल्हा उस वक़्त सुलग सकता है जब दूसरों के हाँ चूल्हे ठंडे हो जाएँ। यानी दोपहर को दो बजे और रात के नौ बजे। इन औक़ात में इधर और उधर से दोनों वक़्त घर से बाहर बर्तन माँझने और पानी ढोने का काम करना होता है। अब तो छोटी लड़की भी

---

1 शौहर 2 गन्दी

उसका हाथ बटाती है। शांता बाई बर्तन साफ़ करती है। छोटी लड़की बर्तन धोती जाती है। दो तीन बार ऐसा हुआ कि छोटी लड़की के हाथ से चीनी के बर्तन गिर कर टूट गए।

अब मैं जब कभी छोटी लड़की की आँखें सूजी हुई और उसके गाल सुर्ख़[1] देखता हूँ तो समझ जाता हूँ कि किसी बड़े घर में चीनी के बर्तन टूटे हैं और उस वक़्त शांता भी मेरी नमस्ते का जवाब नहीं देती। जलती भुनती बड़बड़ाती चूल्हा सुलगाने में मस्रूफ़[2] हो जाती है और चूल्हे में आग कम और धुआँ ज़ियादा निकालने में कामयाब हो जाती है। छोटा लड़का जो दो साल का है धुएँ से अपना दम घुटता देख कर चीख़ता है तो शांता बाई उसके चीनी ऐसे नाज़ुक रुख़्सारों[3] पर ज़ोर-ज़ोर की चपतें लगाने से बाज़ नहीं आती उस पर बच्चा और ज़ियादा चीख़ता है।

यूँ तो ये दिन भर रोता रहता है क्योंकि उसे दूध नहीं मिलता है और उसे अक्सर भूक रहती है और दो साल की उम्र ही में उसे बाजरे की रोटी खाना पड़ती है। उसे अपनी माँ का दूध दूसरे भाई बहन की तरह सिर्फ़ पहले छः सात माह नसीब हुआ, वो भी बड़ी मुश्किल से। फिर ये भी ख़ुश्क बाजरी और ठंडे पानी पर पलने लगा। हमारी चॉल के सारे बच्चे इसीलिए ख़ुराक पर पलते हैं। वो दिन भर नंगे रहते हैं और रात को गुदड़ी ओढ़ कर सो जाते हैं। सोते में भी वो भूके रहते हैं और जागते में भी भूके रहते हैं और जब शांता बाई के ख़ाविन्द की तरह बड़े हो जाते हैं तो फिर दिन भर बाजरी और ठंडा पानी पी-पी कर काम करते जाते हैं और उनकी भूक बढ़ती जाती है और हर वक़्त मेदे के अन्दर और दिल के अन्दर और दिमाग़ के अन्दर इक बोझिल सी धमक महसूस करते हैं और जब पगार मिलती है तो इनमें से कई एक सीधे ताड़ी ख़ाने का रुख़ करते हैं। ताड़ी पी कर चन्द घंटों के लिए ये धमक ज़ाइल[4] हो जाती है।

---

1 लाल 2 व्यस्त 3 गालों 4 मिट जाना

लेकिन आदमी हमेशा तो ताड़ी नहीं पी सकता। एक दिन पिएगा, दो दिन पिएगा, तीसरे दिन की ताड़ी के पैसे कहाँ से लाएगा। आख़िर खोली का किराया देना है। राशन का ख़र्चा है। भाजी तरकारी है। तेल और नमक है। बिजली और पानी है।

शांता बाई की भूरी साड़ी है जो छठे सातवें माह तार-तार हो जाती है। कभी सात माह से ज़ियादा नहीं चलती। ये मिल वाले भी पाँच रुपए चार आने में कैसी खुदी निकम्मी साड़ी देते हैं। उनके कपड़े में ज़रा जान नहीं होती। छठे माह से जो तार-तार होना शुरू' होता है तो सातवें माह बड़ी मुश्किल से सी के, जोड़ के, गाँठ के, टाँके लगा के काम देता है और फिर वाी पाँच रुपए चार आने ख़र्च करना पड़ते हैं और वाी भूरे रंग की साड़ी आ जाती है।

शांता को ये रंग बहुत पसन्द है इसलिए कि ये मैला बहुत देर में होता है। उसे घरों में झाड़ू देना होती है। बर्तन साफ़ करने होते हैं, तीसरी चौथी मन्ज़िल तक पानी ढोना होता है। वो भूरा रंग पसन्द नहीं करेगी तो क्या खिलते हुए शोख़ रंग गुलाबी, बसंती, नारंजी पसन्द करेगी। वो इतनी बेवक़ूफ़ नहीं है।

वो तीन बच्चों की माँ है लेकिन कभी उसने ये शोख़ रंग भी देखे थे, पहने थे। उन्हें अपने धड़कते हुए दिल के साथ प्यार किया था। जब वो धारवार में अपने गाँव में थी जहाँ उसने बा'दलों में शोख़ रंगों वाली धनक देखी थी, जहाँ मेलों में उसने शोख़ रंग नाचते हुए देखे थे, जहाँ उसके बाप के धान के खेत थे, ऐसे शोख़ हरे हरे रंग के खेत और आँगन में पेरू का पेड़ जिसके डाल-डाल से वो पेरू तोड़ तोड़ कर खाया करती थी। जाने अब पेरूओं में वो मज़ा ही नहीं है, वो शीरीनी और घुलावट ही नहीं है। वो रंग वो चमक दमक कहाँ जा के मर गई और वो सारे रंग क्यों यक-लख़्त भूरे हो गए। शांता बाई कभी बर्तन माँझते-माँझते खाना पकाते,

अपनी साड़ी धोते, उसे पुल के जंगले पर ला कर डालते हुए ये सोचा करती है और उसकी भूरी साड़ी से पानी के क़त्रे आँसुओं की तरह रेल की पटरी पर बहते जाते हैं और दूर से देखने वाले लोग एक भूरे रंग की बदसूरत औ'रत को पुल के ऊपर जंगले पर एक भूरी साड़ी को फैलाते देखते हैं और बस दूसरे लम्हे गाड़ी पुल के नीचे से गुज़र जाती है।

जीवना बाई की साड़ी जो शांता बाई की साड़ी के साथ लटक रही है, गहरे भूरे रंग की है। ब-ज़ाहिर उसका रंग शांता बाई की साड़ी से भी फीका नज़र आएगा लेकिन अगर आप ग़ौर से देखें तो उस फीकेपन के बावजूद ये आप को गहरे भूरे रंग की नज़र आएगी। ये साड़ी भी पाँच रुपए चार आने की है और बड़ी ही बोसीदा है।

दो एक जगह से फटी हुई थी लेकिन अब वाँ पर टाँके लग गए हैं और इतनी दूर से मा'लूम भी नहीं होते। हाँ आप वो बड़ा टुकड़ा ज़रूर देख सकते हैं जो गहरे नीले रंग का है और उस साड़ी के बीच में जहाँ से ये साड़ी बहुत फट चुकी थी लगाया गया है। ये टुकड़ा जीवना बाई की इससे पहली साड़ी का है और दूसरी साड़ी को मज़बूत बनाने के लिए इस्तेमाल किया गया है।

जीवना बाई बेवा है और इसलिए वो हमेशा पुरानी चीज़ों से नई चीज़ों को मज़बूत बनाने के ढंग सोचा करती है। पुरानी यादों से नई यादों की तल्ख़ियों[1] को भूल जाने की कोशिश करती है। जीवना बाई अपने ख़ाविन्द[2] के लिए रोती रहती है, जिसने एक दिन उसे नशे में मार-मार कर उसकी आँख कानी कर दी थी। वो इसलिए नशे में था कि वो उस रोज़ मिल से निकाला गया था।

बुड्ढा ढोंढू अब मिल में किसी काम का नहीं रहा था। गो वो बहुत तजुर्बेकार था लेकिन उसके हाथों में इतनी ताक़त न रही थी कि

---

1 कड़वाहट 2 शौहर

वो जवान मज्दूर ों का मुक़ाबला कर सकता बल्कि वो तो अब दिन रात खाँसी में मुब्तिला[1] रहने लगा था। कपास के नन्हे-नन्हे रेशे उसके फेफड़ों में जा के ऐसे धँस गए थे जैसे चर्ख़ियों और ईंटों में सूत के छोटे-छोटे महीन तागे फँस कर लग जाते हैं। जब बरसात आती तो ये नन्हे मुंन्ने रेशे उसे दमे में मुब्तिला कर देते और जब बरसात न होती तो वो दिन भर और रात भर खाँसता। एक ख़ुश्क[2] मुसलसल खंकार घर में और कारख़ाने में जहाँ वो काम करता था... सुनाई देती रहती थी।

मिल के मालिक ने उस खाँसी की ख़तरनाक घंटी को सुना और ढोंढू को मिल से निकाल दिया। ढोंढू उसके छः माह बा'द मर गया। जीवना बाई को उसके मरने का बहुत ग़म हुआ। क्या हुआ अगर ग़ुस्से में आ के एक दिन उसने जीवना बाई की आँख निकाल दी। तीस साल की शादीशुदा ज़िन्दगी एक लम्हे पर क़ुर्बान नहीं की जा सकती और उसका ग़ुस्सा बजा था।

अगर मिल मालिक ढोंढू को यूँ बे-क़सूर नौकरी से अलग न करता तो क्या जीवना की आँख निकल सकती थी। ढोंढू ऐसा न था। उसे अपनी बेकारी का ग़म था। अपनी पैंतीस साला मुलाज़िमत[3] से बर-तरफ़ होने का रंज था और सब से बड़ा रंज उसे इस बात का था कि मिल मालिक ने चलते वक़्त उसे एक धेला भी तो नहीं दिया था।

पैंतीस साल पहले जैसे ढोंढू ख़ाली हाथ मील में काम करने आया था उसी तरह ख़ाली हाथ वापस लौटा और दरवाज़े से बाहर निकलने पर और अपना नंबर कार्ड पीछे छोड़ आने पर उसे एक धचका सा लगा। बाहर आ के उसे ऐसा मा'लूम हुआ कि जैसे इन पैंतीस सालों में किसी ने उसका सारा रंग, उसका सारा ख़ून, उसका सारा रस चूस लिया हो और उसे बेकार समझ कर बाहर कूड़े करकट के ढेर पर फेंक दिया

1 फँस जाना 2 सूखा 3 नौकरी

और ढोंढू बड़ी हैरत से मिल के दरवाज़े को और उस बड़ी चिमनी को देखने लगा जो बिल्कुल उसके सर पर ख़ौफ़नाक देव की तरह आस्मान से लगी खड़ी थी।

यकायक[1] ढोंढू ने ग़म और ग़ुस्से से अपने हाथ मले, ज़मीन पर ज़ोर से थूका और फिर ताड़ी ख़ाने चला गया। लेकिन जीवना की एक आँख जब भी न जाती, अगर उसके पास इ'लाज के लिए पैसे होते। वो आँख तो गल-गल कर, सड़-सड़ कर ख़ैराती हस्पतालों में डाक्टरों और कम्पाउन्डरों और नर्सों की बद एहतियातियों, गालियों और लापरवाइयों का शिकार हो गई और जब जीवना अच्छी हुई तो ढोंढू बीमार पड़ गया और ऐसा बीमार पड़ा कि फिर बिस्तर से न उठ सका।

उन दिनों जीवना उसकी देख भाल करती थी। शांता बाई ने मदद के तौर पर उसे चन्द घरों में बर्तन माँझने का काम दिलवा दिया था और गो वो अब बूढ़ी थी और मश्शाक़ी और सफ़ाई से बर्तनों को साफ़ न रख सकती थी फिर भी वो आहिस्ता-आहिस्ता रेंग-रेंग कर अपने कमज़ोर हाथों में झूटी ताक़त के बूदे सहारे पर जैसे-तैसे काम करती रही।

ख़ूबसूरत लिबास पहनने वाली, ख़ुशबूदार तेल लगाने वाली बीवियों की गालियाँ सुनती रही और काम करती रही। क्योंकि उसका ढोंढू बीमार था और उसे अपने आप को और अपने ख़ाविन्द को ज़िन्दा रखना था। लेकिन ढोंढू ज़िन्दा न रहा और अब जीवना बाई अकेली थी।

ख़ैरियत इस में थी कि वो बिल्कुल अकेली थी और अब उसे सिर्फ़ अपना धंदा करना था। शादी के दो साल बा'द उसके हाँ एक लड़की पैदा हुई लेकिन जब वो जवान हुई तो किसी बद-मआ'श के साथ भाग गई और उसका आज तक किसी को पता न चला कि वो कहाँ है। फिर

---

1 अचानक

किसी ने बताया और फिर बा'द में बहुत से लोगों ने बताया कि जीवना बाई की बेटी फ़ारस रोड पर चमकीला भड़कीला रेशमी लिबास पहने बैठी है लेकिन जीवना को यक़ीन न आया। उसने अपनी सारी ज़िन्दगी पाँच रुपए चार आने की धोती में बसर कर दी थी और उसे यक़ीन था कि उसकी लड़की भी ऐसा करेगी।

वो ऐसा नहीं करेगी। इसका उसे कभी ख़याल न आया था। वो कभी फ़ारस रोड नहीं गई क्योंकि उसे यक़ीन था कि उसकी बेटी वाँ नहीं है। भला उसकी बेटी वाँ क्यों जाने लगी। यहाँ अपनी खोली में क्या था। पाँच रुपए चार आने वाली धोती थी। बाजरे की रोटी थी। ठंडा पानी था। सूखी इ'ज़्ज़त थी। ये सब कुछ छोड़कर फ़ारस रोड क्यों जाने लगी। उसे तो कोई बद-मआ'श अपनी मोहब्बत का सब्ज़[1] बाग़ दिखा कर ले गया था क्योंकि औ'रत मोहब्बत के लिए सब कुछ कर गुज़रती है। ख़ुद वो तीस साल पहले अपने ढोंढू के लिए अपने माँ बाप का घर छोड़ के चली नहीं आई थी। जिस दिन ढोंढू मरा और जब लोग उसकी लाश जलाने के लिए ले जाने लगे और जीवना ने अपनी सिंदूर की डिबिया अपनी बेटी की अंगिया पर उंडेल दी जो उसने बड़ी मुद्दत[2] से ढोंढू की नज़रों से छुपा रक्खी थी।

ऐन उसी वक़्त एक गदराए हुए जिस्म की भारी औ'रत बड़ा चमकीला लिबास पहने उससे आ के लिपट गई और फूट-फूट के रोने लगी और उसे देख कर जीवना को यक़ीन आ गया कि जैसे उसका सब कुछ मर गया है।

उसका पति उसकी बेटी, उसकी इ'ज़्ज़त। जैसे वो ज़िन्दगी भर रोटी नहीं ग़लाज़त खाती रही है। जैसे उसके पास कुछ नहीं था। शुरूअ' दिन ही से कुछ नहीं था। पैदा होने से पहले ही उससे सब कुछ छीन

---

1 हरा 2 बहुत समय

लिया गया था। उसे निहत्ता, नंगा और बेइ'ज़्ज़त कर दिया गया था और जीवना को उसी एक लम्हे में एहसास हुआ कि वो जगह जहाँ उसका ख़ाविन्द ज़िन्दगी भर काम करता रहा और वो जगह जहाँ उसकी आँख अंधी हो गई और वो जगह जहाँ उसकी बेटी अपनी दुकान सजा के बैठ गई, एक बहुत बड़ा कारख़ाना था जिस में कोई ज़ालिम[1] जाबिर[2] हाथ इन्सानी जिस्मों को लेकर गन्ने का रस निकालने वाली चर्ख़ी में ठूँसता चला जाता है और दूसरे हाथ से तोड़ मरोड़ कर दूसरी तरफ़ फेंकता जाता है। यकायक[3] जीवना अपनी बेटी को धक्का दे कर अलग खड़ी हो गई और चीख़ें मार मार कर रोने लगी।

तीसरी साड़ी का रंग मटमैला नीला है। यानी नीला भी है और मैला भी और मटियाला भी है। कुछ ऐसा अ'जब सा रंग है जो बार-बार धोने पर भी नहीं निखरता बल्कि ग़लीज़ हो जाता है। ये मेरी बीवी की साड़ी है। मैं फ़ोर्ट में धन्नू भाई की फ़र्म में क्लर्की करता हूँ मुझे पैंसठ रुपए तनख़्वाह मिलती है। सीवन मील और बक्सर या मिल के मज़्दूरों को यही तनख़्वाह मिलती है इसलिए मैं भी उनके साथ आठ नंबर की चॉल की एक खोली में रहता हूँ।

मगर मैं मज़दूर नहीं हूँ क्लर्क हूँ। मैं फ़ोर्ट में नौकर हूँ। मैं दसवीं पास हूँ। मैं टाइप कर सकता हूँ। मैं अंग्रेज़ी में अर्ज़ी भी लिख सकता हूँ। मैं अपने वज़ीर-ए-आज़म की तक़रीर जल्से में सुन कर समझ भी लेता हूँ। आज उनकी गाड़ी थोड़ी देर में महालक्ष्मी के पुल पर आएगी, नहीं वो रेस कोर्स नहीं जाएँगे। वो समुन्दर के किना'रे एक शानदार तक़रीर करेंगे। इस मौक़े पर लाखों आदमी जमा होंगे। उन लाखों में मैं भी एक हूँगा।

मेरी बीवी को अपने वज़ीर-ए-आज़म की बातें सुनने का बहुत शौक़

---

1 अत्याचारी 2 ताक़तवर 3 अचानक

है मगर मैं उसे अपने साथ नहीं ले जा सकता क्योंकि हमारे आठ बच्चे हैं और घर में हर वक़्त परेशानी सी रहती है। जब देखो कोई न कोई चीज़ कम हो जाती है। राशन तो रोज़ कम पड़ जाता है। अब नल में पानी भी कम आता है। रात को सोने के लिए जगह भी कम पड़ जाती है और तनख़्वाह तो इस क़दर कम पड़ती है कि महीने में सिर्फ़. पंद्रह दिन चलती है। बाक़ी पंद्रह दिन सूदख़ोर पठान चलाता है और वो भी कैसे गालियाँ बकते-बकते, घसीट-घसीट कर, किसी सुस्त रफ़्तार[1] गाड़ी की तरह ये ज़िन्दगी चलती है।

मेरे आठ बच्चे हैं, मगर ये स्कूल में नहीं पढ़ सकते। मेरे पास उनकी फ़ीस के पैसे कभी न होंगे। पहले-पहल जब मैंने ब्याह किया था और सावित्री को अपने घर यानी इस खोली में लाया था तो मैंने बहुत कुछ सोचा था। उन दिनों सावित्री भी बड़ी अच्छी-अच्छी बातें सोचा करती थी। गोभी के नाज़ुक-नाज़ुक हरे-हरे पत्तों की तरह प्यारी-प्यारी बातें। जब वो मुस्कुराती थी तो सिनेमा की तस्वीर की तरह ख़ूबसूरत दिखाई दिया करती थी। अब वो मुस्कुराहट न जाने कहाँ चली गई है। उसकी जगह एक मुस्तक़िल[2] त्योरी ने ले ली है। वो ज़रा सी बात पर बच्चों को बेतहाशा[3] पीटना शुरू' कर देती है और मैं तो कुछ भी कहूँ, कैसे भी कहूँ, कितनी ही लजाजत से कहूँ वो बस काट खाने को दौड़ती है। पता नहीं सावित्री को क्या हो गया है।

पता नहीं मुझे क्या हो गया है। मैं दफ़्तर में सेठ की गालियाँ सुनता हूँ। घर पर बीवी की गालियाँ सहता हूँ और हमेशा ख़ामोश रहता हूँ। कभी-कभी सोचता हूँ, शायद मेरी बीवी को एक नई साड़ी की ज़रूरत है, शायद उसे सिर्फ़. एक नई साड़ी ही की नहीं, इक नए चेहरे, एक नए घर, एक नए माहौल, एक नई ज़िन्दगी की ज़रूरत है मगर अब इन

---

1 तेज़ी 2 लगातार 3 बहुत ज़ियादा

बातों के सोचने से क्या होता है। अब तो आज़ादी आ गई है और हमारे वज़ीर-ए-आज़म ने ये कह दिया है कि इस नस्ल को यानी हम लोगों को अपनी ज़िन्दगी में कोई आराम नहीं मिल सकता। मैंने सावित्री को अपने वज़ीर-ए-आज़म की तक़रीर जो अख़बार में छपी थी सुनाई तो वो उसे सुन कर आग बगूला हो गई और उसने ग़ुस्से में आकर चूल्हे के क़रीब पड़ा हुआ एक चिमटा मेरे सर पर दे मारा। ज़ख़्म का निशान जो आप मेरे माथे पर देख रहे हैं उसी का निशान है।

सावित्री की मटमैली नीली साड़ी पर भी ऐसे कई ज़ख़्मों के निशान हैं मगर आप उन्हें देख नहीं सकेंगे। मैं देख सकता हूँ। उनमें से एक निशान तो उसी मोंगिया रंग की जॉर्जट की साड़ी का है जो उसने ओपेरा हाऊस के नज़्दीक भोंदू राम पार्चा फ़रोश की दुकान पर देखी थी।

एक निशान उस खिलौने का है जो पच्चीस रुपए का था और जिसे देख कर मेरा पहला बच्चा ख़ुशी से किलकारियाँ मारने लगा था, लेकिन जिसे हम ख़रीद न सके और जिसे न पा कर मेरा बच्चा दिन भर रोता रहा।

एक निशान उस तार का है जो एक दिन जबलपुर से आया था जिस में सावित्री की माँ की शदीद अ'लालत की ख़बर थी। सावित्री जबलपुर जाना चाहती थी लेकिन हज़ार कोशिश के बा'द भी किसी से मुझे रुपए उधार न मिल सके थे और सावित्री जबलपुर न जा सकी थी।

एक निशान उस तार का था जिस में उसकी माँ की मौत का ज़िक्र[1] था। एक निशान... मगर मैं किस किस निशान का ज़िक्र करूँ। ये निशान उन चितले-चितले, गदले-गदले[2] ग़लीज़[3] दाग़ों से सावित्री की पाँच रुपए चार आने वाली साड़ी भरी पड़ी है। रोज़-रोज़ धोने पर भी ये

---

1 चर्चा 2 मटियाला 3 गन्दा

दाग़ नहीं छूटते और शायद जब तक ये ज़िन्दगी रहे ये दाग़ यूँ ही रहेंगे। एक साड़ी से दूसरी साड़ी में मुन्तक़िल[1] होते जाएँगे।

चौथी साड़ी क़िर्मिज़ी रंग की है और क़िर्मिज़ी रंग में भूरा रंग भी झलक रहा है। यूँ तो ये सब मुख़्तलिफ़ रंगों वाली साड़ियाँ हैं, लेकिन भूरा रंग इन सब में झलकता है। ऐसा मा'लूम होता है जैसे उन सबकी ज़िन्दगी एक है। जैसे उन सब की क़ीमत एक है। जैसे ये सब ज़मीन से कभी ऊपर नहीं उठेंगी। जैसे उन्होंने कभी शबनम[2] में हँसती हुई धनक, उफ़क़[3] पर चमकती हुई शफ़क़[4], बा'दलों में लहराती हुई बर्क़ नहीं देखी। जैसे शांता बाई की जवानी है। वो जीवना का बुढ़ापा है। वो सावित्री का अधेड़-पन है। जैसे ये सब साड़ियाँ, ज़िन्दगियाँ, एक रंग, एक सत्ह, एक तवातुर[5], एक तसलसुल[6]-ए-यकसानियत[7] लिए हुए हवा में झूलती जाती हैं।

ये क़िर्मिज़ी रंग की भूरे रंग की साड़ी झब्बू भैये की औ'रत की है। उस औ'रत से मेरी बीवी कभी बात नहीं करती क्योंकि एक तो उसके कोई बच्चा वच्चा नहीं है और ऐसी औ'रत जिसके कोई बच्चा न हो बड़ी नहस होती है। जादू टोने कर के दूसरों के बच्चों को मार डालती है और बद-रूहों को बुला के अपने घर में बसा लेती है। मेरी बीवी उसे कभी मुँह नहीं लगाती।

ये औ'रत झब्बू भय्या ने ख़रीद कर हासिल की है। झब्बू भय्या मुरादाबा'द का रहने वाला है लेकिन बचपन ही से अपना देस छोड़ कर इधर चला आया। वो मराठी और गुजराती ज़बान में बड़े मज़े सेगुफ़्तुगू[8] कर सकता है। इसीलिए वज्ह से उसे बहुत जल्द पावर मिल के ग़नी खाते में जगह मिल गई।

---

1 स्थानांतरित 2 ओस 3 क्षितिज 4 शाम के समय आस्मान की लाली 5 निरंतरता 6 लगातार 6 प्रवाह 7 साम्य 8 बातचीत

झब्बू भैया को शुरू' ही से ब्याह का शौक़ था। उसे बीड़ी का, ताड़ी का, किसी चीज़ का शौक़ नहीं था। शौक़ था तो उसे सिर्फ़ इस बात का कि उसकी शादी जल्द से जल्द हो जाए। जब उसके पास सत्तर अस्सी रुपए इकट्ठे हो गए तो उसने अपने देस जाने की ठानी ताकि वोाँ अपनी बिरादरी से किसी को ब्याह लाए, मगर फिर उसने सोचा इन सत्तर अस्सी रूपों से क्या होगा, आने जाने का किराया भी बड़ी मुश्किल से पूरा होगा।

चार साल की मेहनत के बा'द उसने ये रक़म जोड़ी थी लेकिन इस रक़म से वो मुरादाबा'द जा सकता था, जा के शादी नहीं कर सकता था। इसलिए झब्बू भय्या ने एक बद-मआ'श से बातचीत कर के उस औ'रत को सौ रुपए में ख़रीद लिया।

अस्सी रुपए उसने नक़द दिए। बीस रुपए उधार में रहे जो उसने एक साल के अर्से[1] में अदा कर दिए बा'द में झब्बू भय्या को मा'लूम हुआ कि ये औ'रत भी मुरादाबा'द की रहने वाली थी। धीरज गाँव की और उसकी बिरादरी की ही थी। झब्बू बड़ा ख़ुश हुआ। चलो यहीं बैठे-बैठे सब काम हो गया।

अपनी जात बिरादरी की, अपने ज़िले की। अपने धर्म की औ'रत यहीं बैठे बिठाए सौ रुपए में मिल गई। उसने बड़े चाव से अपना ब्याह रचाया और फिर उसे मा'लूम हुआ कि उसकी बीवी लड़िया बहुत अच्छा गाती है। वो ख़ुद भी अपनी पाटदार आवाज़ में ज़ोर से गाने बल्कि गाने से ज़ियादा चिल्लाने का शौक़ीन था।

अब तो खोली में दिन रात गोया किसी ने रेडियो खोल दिया हो। दिन में खोली में लड़िया काम करते हुए गाती थी। रात को झब्बू और

---

1 समय

लड़िया दोनों गाते थे।

उनके हाँ कोई बच्चा न था। इसलिए उन्होंने एक तोता पाल रक्खा था। मियाँ मिट्ठू ख़ाविन्द[1] और बीवी को गाते देख देख कर ख़ुद भी लहक-लहक कर गाने लगे। लड़िया में एक और बात भी थी। झब्बू न बीड़ी पीता न सिगरेट न ताड़ी न शराब। लड़िया बीड़ी, सिगरेट, ताड़ी सभी कुछ पीती थी। कहती थी पहले वो ये सब कुछ नहीं जानती थी मगर जब से वो बद-मआ'शों के पल्ले पड़ी उसे ये सब बुरी बातें सीखना पड़ीं और अब वो और सब बातें तो छोड़ सकती है मगर बीड़ी और ताड़ी नहीं छोड़ सकती।

कई बार ताड़ी पी कर लड़िया ने झब्बू पर हमला कर दिया और झब्बू ने उसे रुई की तरह धुनक कर रख दिया। उस मौक़े' पर तोता बहुत शोर मचाता था। रात को दोनों को गालियाँ बकते देख कर ख़ुद भी पिंजरे में टंगा हुआ ज़ोर-ज़ोर से वौ गालियाँ बकता जो वो दोनों बकते थे एक बार तो उसकी गाली सुन कर झब्बू ग़ुस्से में आ के तोते को पिंजरे समेत बद-रौ में फेंकने लगा था मगर जीवना ने बीच में पड़ के तोते को बचा लिया। तोते को मारना पाप है - जीवना ने कहा। तुम्हें ब्राह्मनों को बुला के प्राइसचित करना पड़ेगा। तुम्हारे पंद्रह बीस रुपए खुल जाएँगे। ये सोच कर झब्बू ने तोते को बद-रौ में ग़र्क़[2] कर देने का ख़याल तर्क[3] कर दिया।

शुरू' शुरू' में तो झब्बू को ऐसी शादी पर चारों तरफ़ से गालियाँ पड़ीं। वो ख़ुद भी लड़िया को बड़े शुबह की नज़रों से देखता और कई बार बिला वज्ह उसे पीटा और ख़ुद भी मिल से ग़ैर हाज़िर रह कर उसकी निगरानी करता रहा मगर आहिस्ता-आहिस्ता लड़िया ने अपना

1 पति 2 डूबना 3 छोड़ना

ए'तिबार सारी चॉल में क़ाइम[1] कर लिया।

लड़िया कहती थी कि औ'रत सच्चे दिल से बद-मआ'शों के पल्ले पड़ना पसन्द नहीं करती, वो तो एक घर चाहती है चाहे वो छोटा ही सा हो। वो एक ख़ाविन्द चाहती है जो उसका अपना हो। चाहे वो झब्बू भैया ऐसा हर वक़्त शोर मचाने वाला, ज़बान दराज़, शेखी ख़ोर ही क्यों न हो। वो एक नन्हा बच्चा चाहती है चाहे वो कितना ही बदसूरत क्यों न हो और अब लड़िया के पास भी घर था और झब्बू भी था और अगर बच्चा नहीं था तो क्या हुआ... हो जाएगा और अगर नहीं होता तो भगवान की मर्ज़ी। ये मियाँ मिट्ठू ही उसका बेटा बनेगा।

एक रोज़ लड़िया अपने मियाँ मिट्ठू का पिंजरा झुला रही थी और उसे चूरी खिला रही थी और अपने दिल के सपनों में ऐसे नन्हे से बालक को देख रही थी जो फ़ज़ा में हुमकता उसकी आग़ोश[2] की तरफ़ बढ़ता चला आ रहा था कि चॉल में शोर बढ़ने लगा और उसने दरवाज़े से झाँक कर देखा कि चन्द मज़दूर झब्बू को उठाए चले आ रहे हैं और उनके कपड़े ख़ून से रंगे हुए हैं। लड़िया का दिल धक से रह गया। वो भागती-भागती नीचे गई और उसने बड़ी दुरुश्ती से अपने ख़ाविन्द को मज्दूर ों से छीन कर अपने कंधे पर उठा लिया और अपनी खोली में ले आई।

पूछने पर पता चला कि झब्बू से ग़नी खाते के मैनेजर ने कुछ डाँट डपट की। इस पर झब्बू ने भी उसे दो हाथ जड़ दिए। इस पर बहुत वावेला मचा और मैनेजर ने अपने बद-मआ'शों को बुला कर झब्बू की ख़ूब पिटाई की और उसे मिल से बाहर निकाल दिया। ख़ैरियत हुई कि झब्बू बच गया वर्ना उसके मरने में कोई कसर न थी।

लड़िया ने बड़ी हिम्मत से काम लिया। उसने उसी रोज़ से अपने

---

1 गोद 2 स्थापित

सर पर टोकरी उठा ली और गली गली तरकारी भाजी बेचने लगी, जैसे वो ज़िन्दगी में यही धंदा करती आई है। इस तरह मेहनत मज़्दूरी कर के उसने अपने झब्बू को अच्छा कर लिया।

झब्बू अब भला चंगा है मगर अब उसे किसी मिल में काम नहीं मिलता। वो दिन भर अपनी खोली में खड़ा महालक्ष्मी के स्टेशन के चारों तरफ़ बुलन्द-व-बाला कारख़ानों की चिमनियों को तकता रहता है। सीवन मिल, न्यू मिल, ओलड मिल, पवार मिल, धन राज मिल लेकिन उसके लिए किसी मिल में जगह नहीं है क्योंकि मज्दूर को गालियाँ खाने का हक़ है गाली देने का हक़ नहीं है।

आजकल लड़िया बाज़ारों और गलियों में आवाज़ें दे कर भाजी तरकारी फ़रोख़्त[1] करती है और घर का सारा काम काज भी करती है। उसने बीड़ी, ताड़ी सब छोड़ दी है। हाँ उसकी साड़ी, क़िर्मिज़ी भूरे रंग की साड़ी जगह-जगह से फटती जा रही है। थोड़े दिनों तक अगर झब्बू को काम न मिला तो लड़िया को अपनी साड़ी पर पुरानी साड़ी के टुकड़े जोड़ना पड़ेंगे और अपने मियाँ मिट्ठू को चूरी खिलाना बन्द करना पड़ेगी।

पाँचवीं साड़ी का किनारा गहरा नीला है। साड़ी का रंग गदला सुर्ख़[2] है लेकिन किनारा गहरा नीला है और इस नीले में अब भी कहीं-कहीं चमक बाक़ी है। ये साड़ी दूसरी साड़ियों से बढ़िया है क्योंकि ये साढ़े पाँच रुपए चार आने की नहीं है। उसका कपड़ा, उसकी चमक दमक कहे देती है कि ये उनसे ज़रा मुख़्तलिफ़ है। आप को दूर से ये मुख़्तलिफ़ मा'लूम नहीं होती होगी मगर मैं जानता हूँ कि ये उनसे ज़रा मुख़्तलिफ़ है। उस का कपड़ा बेहतर है। उसका किनारा चमकदार है। उसकी क़ीमत पौने नौ रुपए है।

---

1 बेचना 2 लाल

ये साड़ी मंजुला की है। ये साड़ी मंजुला के ब्याह की है। मंजुला के ब्याह को अभी छः माह भी नहीं हुए हैं। उसका ख़ाविन्द गुज़श्ता[1] माह चर्ख़ी के घूमते हुए पट्टे की लपेट में आ के मारा गया था और अब सोला बरस की ख़ूबसूरत मंजुला बेवा है। उसका दिल जवान है। उसका जिस्म जवान है। उसकी उमंगें जवान हैं लेकिन वो अब कुछ नहीं कर सकती क्योंकि उसका ख़ाविन्द मिल के एक हादसे में मर गया है।

वो पट्टा बड़ा ढीला था और घूमते हुए बार-बार फटफटाता था और काम करने वालों के एहतिजाज के बावजूद उसे मिल मालिकों ने नहीं बदला था क्योंकि काम चल रहा था और दूसरी सूरत में थोड़ी देर के लिए काम बन्द करना पड़ता है। पट्टे को तब्दील करने के लिए रुपया ख़र्च होता है। मज़दूर तो किसी वक़्त भी तब्दील किया जा सकता है। इसके लिए रुपया थोड़ी ख़र्च होता है लेकिन पट्टा तो बड़ी क़ीमती शय है।

जब मंजुला का ख़ाविन्द मारा गया तो मंजुला ने हर्जाने की दर-ख़्वास्त दी जो ना-मन्ज़ूर हुई क्योंकि मंजुला का ख़ाविन्द अपनी ग़फ़लत[2] से मरा था, इसलिए मंजुला को कोई हर्जाना न मिला।

वो अपनी वौ नई दुल्हन की साड़ी पहने रही जो उसके ख़ाविन्द ने पौने नौ रुपए में उसके लिए ख़रीदी थी। क्योंकि उसके पास कोई दूसरी साड़ी न थी जो वो अपने ख़ाविन्द की मौत के सोग में पहन सकती। वो अपने ख़ाविन्द के मर जाने के बा'द भी दुल्हन का लिबास पहनने पर मज्बूर थी क्योंकि उसके पास कोई दूसरी साड़ी न थी और जो साड़ी थी वो यही गदले सुर्ख़[3] रंग की थी। पौने नौ रुपए की साड़ी जिस का किनारा गहरा नीला है।

---

1 लापरवाही 2 लाल 3 पिछला

शायद अब मंजुला भी पाँच रुपए चार आने की साड़ी पहनेगी। उसका ख़ाविन्द ज़िन्दा रहता जब कभी वो दूसरी साड़ी पाँच रुपए चार आने की लाती, उस लिहाज़ से उसकी ज़िन्दगी में कोई ख़ास फ़र्क़ नहीं आया। मगर फ़र्क़ इतना ज़रूर हुआ है कि वो ये साड़ी आज पहनना चाहती है। एक सफ़ेद साड़ी पाँच रुपए चार आने वाली जिसे पहन कर वो दुल्हन नहीं बेवा मा'लूम हो सके। ये साड़ी उसे दिन रात काट खाने को दौड़ती है। इस साड़ी से जैसे उसके मरहूम ख़ाविन्द की बाँहें लिपटी हैं, जैसे उसके हर तार पर उसके शफ़्फ़ाफ़[1] बोसे[2] मरक़ूम[3] हैं, जैसे उसके ताने बाने में उसके ख़ाविन्द की गर्म-गर्म सांसों की हिद्दत[4] आमेज़ ग़ुनूदगी[5] है। उसके सियाह[6] बालों वाली छाती का सारा प्यार दफ़्न है। जैसे अब ये साड़ी नहीं है, एक गहरी क़ब्र है जिस की हौलनाक पहनाइयों को वो हर वक़्त अपने जिस्म के गिर्द लपेट लेने पर मज्बूर है। मंजुला ज़िन्दा क़ब्र में गाड़ी जा रही है।

छटी साड़ी का रंग लाल है लेकिन उसे यहाँ नहीं होना चाहिए क्योंकि इसकी पहनने वाली मर चुकी है फिर भी ये साड़ी यहाँ जंगले पर बदस्तूर मौजूद है। रोज़ की तरह धुली धुलाई हवा में झूल रही है।

ये माई की साड़ी है जो हमारी चाल के दरवाज़े के क़रीब अन्दर खुले आँगन में रहा करती थी। माई का एक बेटा है सीतो। वो अब जेल में है। हाँ सीतो की बीवी और उसका लड़का यहीं नीचे आँगन में दरवाज़े के क़रीब नीचे पड़े रहते हैं।

सीतो और सीतो की बीवी, उनकी लड़की और बुढ़िया माई, ये सब लोग हमारी चॉल के भंगी हैं। उनके लिए खोली भी नहीं है और उनके लिए इतना कपड़ा भी नहीं मिलता जितना हम लोगों को मिलता

---

1 साफ़ 2 चुंबन 3 लिखा हुआ 4 तेज़ी 5 ऊँघना 6 काला

है इसलिए ये लोग आँगन में रहते हैं। वीं खाना खाते हैं वीं ज़मीन पर पड़ के सो रहते हैं। यहीं पे ये बुढ़िया मारी गई थी।

वो बड़ा सूराख़[1] जो आप इस साड़ी में देख रहे हैं पल्लू के क़रीब। ये गोली का सूराख़ है। ये कारतूस की गोली माई को भंगियों की हड़ताल के दिनों में लगी थी। नहीं वो उस हड़ताल में हिस्सा नहीं ले रही थी। वो बेचारी तो बहुत बूढ़ी थी, चल फिर भी न सकती थी। उस हड़ताल में तो उसका बेटा सीतो और दूसरे भंगी शामिल थे, ये लोग महंगाई माँगते थे और खोली का किराया माँगते थे यानी अपनी ज़िन्दगी के लिए दो वक़्त की रोटी, कपड़ा और सर पर एक छत चाहते थे। इसलिए उन लोगों ने हड़ताल की थी और जब हड़ताल खिलाफ़-ए-कानून क़रार दे दी गई तो उन लोगों ने जुलूस निकाला और उस जुलूस में माई का बेटा सीतो आगे आगे था और ख़ूब ज़ोर-ओ-शोर से ना'रे लगाता था। फिर जब जुलूस भी खिलाफ़-ए-कानून क़रार दे दिया गया तो गोली चली और हमारी चॉल के सामने चली।

हम लोगों ने अपने दरवाज़े बन्द कर लिए लेकिन घबराहट में चॉल का दरवाज़ा बन्द करना किसी को याद न रहा और फिर हमें बन्द कमरों में ऐसा मा'लूम हुआ गोया गोली इधर से, उधर से चारों तरफ़ से चल रही हो।

थोड़ी देर के बा'द बिल्कुल सन्नाटा हो गया और जब हम लोगों ने डरते-डरते दरवाज़ा खोला और बाहर झाँक के देखा तो जुलूस तितर-बितर हो चुका था और हमारी चॉल के क़रीब बुढ़िया मरी पड़ी थी। ये उसी बुढ़िया की लाल साड़ी है जिस का बेटा सीतो अब जेल में है। इस लाल साड़ी को अब बुढ़िया की बहू पहनती है। इस साड़ी को बुढ़िया के साथ जला देना चाहिए था मगर क्या किया जाए तन ढकना ज़ियादा

---

1 छेद

ज़रूरी है। मुर्दों की इ'ज़्ज़त-ओ-एहतिराम से भी कहीं ज़ियादा ज़रूरी है कि ज़िन्दों का तन ढका जाए।

ये साड़ी जलने जलाने के लिए नहीं है। तन ढकने के लिए है। हाँ कभी-कभी सीतो की बीवी उसके पल्लू से अपने आँसू पोंछ लेती है क्योंकि उसमें पिछले इसीलिए बरसों के सारे आँसू और सारी उमंगें और सारी फ़त्हें[1] और शिकस्तें[2] जज़्ब हैं। आँसू पोंछं कर सीतो की बीवी फिर उसी हिम्मत से काम करने लगती है जैसे कुछ हुआ ही नहीं। कहीं गोली नहीं चली, कोई जेल नहीं गया। भंगन की झाड़ू उसी तरह चल रही है।

ए लो बातों बातों में वज़ीर-ए-आ'ज़म साहब की गाड़ी निकल गई। वो यहाँ नहीं ठहरी। मैं समझता था वो यहाँ ज़रूरी ठहरेगी। वज़ीर-ए-आ'ज़म साहब दर्शन देने के लिए गाड़ी से निकल कर थोड़ी देर के लिए प्लेटफ़ार्म पर टहलेंगे और शायद हवा में झूलती हुई इन छः साड़ियों को भी देख लेंगे जो महालक्ष्मी के पुल के बाईं तरफ़ लटक रही हैं।

ये छः साड़ियाँ जो बहुत मा'मूली औ'रतों की साड़ियाँ हैं। ऐसी मा'मूली औ'रतें जिनसेहमारे देस के छोटे-छोटे घर बनते हैं। जहाँ एक कोने में चूल्हा सुलगता है, एक कोने में पानी का घड़ा रक्खा है। ऊपरी ताक़चे में शीशा है, कंघी है, सिंदूर की डिबिया है, खाट पर नन्हा सो रहा है। अलगनी पर कपड़े सूख रहे हैं। ये उन छोटे-छोटे लाखों करोड़ों, घरों को बनाने वाली औ'रतों की साड़ियाँ हैं जिन्हें हम हिन्दुस्तान कहते हैं। ये औ'रतें जो हमारे प्यारे-प्यारे बच्चों की माएँ हैं, हमारे भोले भाइयों की अ'ज़ीज़ बहनें हैं, हमारी मा'सूम मोहब्बतों का गीत हैं, हमारी पाँच हज़ार साला तहज़ीब[3] का सब से ऊँचा निशान हैं।

वज़ीर-ए-आ'ज़म साहब! ये हवा में झूलती हुई साड़ियाँ तुम से कुछ कहना चाहती हैं। तुम से कुछ माँगती हैं। ये कोई बहुत बड़ी क़ीमती

---

1 जीत 2 हार 3 सभ्यता

चीज़ तुम से नहीं माँगती हैं। ये कोई बड़ा मुल्क, बड़ा ओ'हदा[1] और बड़ी मोटर कार, कोई परमिट, कोई ठेका, कोई प्रॉपर्टी, ये ऐसी किसी चीज़ की तालिब नहीं हैं। ये तो ज़िन्दगी की बहुत छोटी-छोटी चीज़ें माँगती हैं।

देखिए! ये शांता बाई की साड़ी है जो अपने बचपन की खोई हुई धनक तुम से माँगती है।

ये जीवना बाई की साड़ी है जो अपनी आँख की रौशनी और अपनी बेटी की इ'ज़्ज़त माँगती है।

ये सावित्री की साड़ी है जिसके गीत मर चुके हैं और जिसके पास अपने बच्चों के लिए स्कूल की फ़ीस नहीं है।

ये लड़िया है जिसका ख़ाविन्द बे-कार है और जिसके कमरे में एक तोता है जो दो दिन का भूका है।

ये नई दुल्हन की साड़ी है जिसके ख़ाविन्द की ज़िन्दगी चमड़े के पट्टे से भी कम क़ीमती है।

ये बूढ़ी भंगन की लाल साड़ी है जो बंदूक़ की गोली को हल के फल में तब्दील कर देना चाहती है ताकि धरती से इन्सान का लहू फूल बन कर खिल उठे और गन्दुम[2] के सुनहरे ख़ोशे हँस कर लहराने लगें। लेकिन वज़ीर-ए-आ'ज़म साहब की गाड़ी नहीं रुकी और वो इन छः साड़ियों को नहीं देख सकते और तक़रीर करने के लिए चौपाटी चले गए, इसलिए अब मैं आप से कहता हूँ। अगर कभी आप की गाड़ी इधर से गुज़रे तो आप इन छः साड़ियों को ज़रूर देखिए जो महालक्ष्मी के पुल के बाईं तरफ़ लटक रही हैं और फिर उन रंगारंग रेशमी साड़ियों को भी देखिए जिन्हें धोबियों ने उसी पुल के दाईं तरफ़ सूखने के लिए लटका रक्खा है और जो उन घरों से आई हैं जहाँ ऊँची-ऊँची चिमनियों

---

1 पद 2 गेहूँ

वाले कारख़ानों के मालिक या ऊँची-ऊँची तनख़्वाह पाने वाले रहते हैं। आप उस पुल के दाएँ बाएँ दोनों तरफ़ ज़रूर देखिए और फिर अपने आप से पूछिए कि आप किस तरफ़ जाना चाहते हैं। देखिए! मैं आप से इश्तिराकी[1] बनने के लिए नहीं कह रहा हूँ। मैं आपको जमाती जंग की तलक़ीन[2] भी नहीं कर रहा हूँ। मैं सिर्फ़ ये जानना चाहता हूँ कि आप महालक्ष्मी पुल के दाईं तरफ़ हैं या बाईं तरफ़?

---

1 साम्यवादी 2 निर्देश देना

अपने दुख मुझे दे दो

राजिंदर सिंह बेदी

शादी की रात बिल्कुल वो न हुआ जो मदन ने सोचा था। जब चकली भाभी ने फुसला कर मदन को बीच वाले कमरे में धकेल दिया तो इंदू सामने शाल में लिपटी हुई अंधेरे का भाग बनी जा रही थी। बाहर चकली भाभी और दरियाबाद वाली फूफी और दूसरी औ'रतों की हँसी, रात के ख़ामोश पानियों में मिश्री की तरह धीरे-धीरे घुल रही थी। औ'रतें सब यही समझती थीं इतना बड़ा हो जाने पर भी मदन कुछ नहीं जानता। क्योंकि जब उसे बीच रात से जगाया तो वह हड़बड़ा रहा था, "कहाँ, कहाँ लिए जा रही हो मुझे?"

उन औ'रतों के अपने-अपने दिन बीत चुके थे। पहली रात के बारे में उनके शरीर शौहरों ने जो कुछ कहा और माना था, उसकी गूँज उनके कानों में बाक़ी न रही थी। वह ख़ुद रस-बस चुकी थीं और अब अपनी एक बहन को बसाने पर तुली हुई थीं। धरती की ये बेटियाँ मर्द को तो यूँ समझती थीं जैसे बादल का टुकड़ा है जिसकी तरफ़ बारिश के लिए मुंह उठा कर देखना ही पड़ता है। न बरसे तो मन्नतें माननी पड़ती हैं। चढ़ावे चढ़ाने पड़ते हैं। जादू टोने करने होते हैं। हालाँकि मदन कालका जी की इस नई आबादी में घर के सामने की जगह में पड़ा उसी वक़्त का मुन्तज़िर[1] था। फिर शामत[2]-ए-आ'माल पड़ोसी सिब्ते की भैंस उसकी खाट ही के पास बंधी थी जो बार-बार फुंकारती हुई मदन को सूँघ लेती थी और वह हाथ उठा-उठा कर उसे दूर रखने की कोशिश करता। ऐसे

---

1 प्रतिज्ञारत, प्रतीक्षारत 2 मुसीबत

में भला नींद का सवाल ही कहाँ था?

समुंदर की लहरों और औ'रतों के ख़ून को रास्ता बताने वाला चाँद एक खिड़की के रास्ते से अंदर चला आया था और देख रहा था। दरवाज़े के उस तरफ़ खड़ा मदन अगला क़दम कहाँ रखता है। मदन के अपने अंदर एक घन-गरज सी हो रही थी और उसे अपना यूँ मा'लूम हो रहा था जैसे बिजली का खम्बा है जिसे कान लगाने से उसे अंदर की संसनाहट सुनाई दे जाएगी। कुछ देर यूँ खड़े रहने के बाद उसने आगे बढ़ कर पलंग को खींच कर चाँदनी में कर दिया ताकि दुल्हन का चेहरा देख सके। फिर वह ठिठक गया। जब उसने सोचा इंदू मेरी बीवी है। कोई पराई औ'रत तो नहीं जिसे न छूने का सबक़ बचपन ही से पढ़ता आया हूँ। शाल में लिपटी हुई दुल्हन को देखते हुए उसने फर्ज़ कर लिया, वहाँ इंदू का मुंह होगा। और जब हाथ बढ़ा कर उसने पास पड़ी घड़ी को छुआ तो वहीं इंदू का मुंह था। मदन ने सोचा था वह आसानी से मुझे अपना आप न देखने देगी लेकिन इंदू ने ऐसा न किया। जैसे पिछले कई सालों से वह भी इसी लम्हे की मुन्तज़िर हो और किसी ख़याली भैंस के सूंघते रहने से उसे भी नींद न आ रही हो। ग़ायब नींद और बन्द आँखों का कर्ब अंधेरे के बावजूद सामने फड़फड़ाता हुआ नज़र आ रहा था। ठोड़ी तक पहुँचते हुए आम तौर पर चेहरा लम्बूतरा हो जाता है लेकिन यहाँ तो सभी गोल था। शायद इसीलिए चाँदनी की तरफ़ गाल और होंटों के बीच एक साएदार खोह सी बनी हुई थी। जैसे दो सरसब्ज़[1] और शादाब[2] टीलों के बीच होती है। माथा कुछ तंग था लेकिन उस पर से एका एकी उठने वाले घुंघरियाले बाल।

जभी इंदू ने अपना चेहरा छुड़ा लिया जैसे वह देखने की इजाज़त

1,2 हरा-भरा

तो देती हो लेकिन इतनी देर के लिए नहीं। आख़िर शर्म की भी तो कोई हद होती है। मदन ने ज़रा सख़्त हाथों से पूरी यूँ ही सी हूँ-हाँ करते हुए दुल्हन का चेहरा फिर से ऊपर को उठा दिया और शराबी सी आवाज़ में कहा, "इंदू!"

इंदू कुछ डर सी गई। ज़िंदगी में पहली बार किसी अजनबी ने उसका नाम इस अंदाज से पुकारा था और वह अजनबी किसी ख़ुदाई हक़ से रात के अंधेरे में आहिस्ता-आहिस्ता इस अकेली बे-यार-ओ-मददगार औ'रत का अपना होता जा रहा था। इंदू ने पहली बार एक नज़र ऊपर देखते हुए फिर आँखें बन्द कर लीं और सिर्फ़ इतना कहा... "जी", उसे ख़ुद अपनी आवाज़ किसी पाताल से आई हुई सुनाई दी।

देर तक कुछ ऐसा ही होता रहा और फिर हौले हौले बात चल निकली। अब चली सो चली। वह थमने ही में न आती थी। इंदू के पिता, इंदू की माँ, इदू के भाई, मदन के भाई-बहन, बाप, उनके रेलवे सेल सर्विस की नौकरी, उनके मिज़ाज[1], कपड़ों की पसन्द, खाने की आदत का भी जाएज़ा लिया जाने लगा बीच-बीच में मदन बात-चीत को तोड़ कर कुछ और ही करना चाहता था लेकिन इंदू तरह दे जाती थी। इन्तिहाई मजबूरी और लाचारी में मदन ने अपनी माँ का ज़िक्र छेड़ दिया जो उसे सात साल की उ'म्र में छोड़ कर दिक़ के आ'रिज़े[2] से चलती बनी थी। 'जितनी देर ज़िन्दा रही बेचारी', मदन ने कहा, "बाबू जी के हाथ में दवाई की शीशियाँ रहीं। हम अस्पताल की सीढ़ियों पर और छोटा पाशी घर में च्यूँटियों के बिल पर सोते रहे और आख़िर एक दिन 28 मार्च की शाम", और मदन चुप हो गया। चन्द ही लम्हों में वह रोने से ज़रा इधर और घिघ्घी से ज़रा उधर पहुँच गया। इंदू ने घबरा कर मदन का सर अपनी छाती से लगा लिया। उस रोने ने पल भर में इंदू को अपने पर से

---

1 स्वभाव 2 बीमारी

इधर बे-गाने पन से उधर पहुँचा दिया मदन इंदू के बारे में कुछ और भी जानना चाहता था लेकिन इंदू ने उसके हाथ पकड़ लिए और कहा, "मैं तो पढ़ी लिखी नहीं हूँ जी पर माँ बाप देखे हैं, भाई और भाभियाँ देखी हैं, बीसियों और लोग देखे हैं। इसलिए मैं कुछ समझती बूझती हूँ मैं अब तुम्हारी हूँ अपने बदले में तुम से एक ही चीज़ माँगती हूँ।"

रोते वक़्त और उसके बाद भी एक नशा था। मदन ने कुछ बे-सब्री[1] और दरिया-दिली[2] के मिले-जुले शब्दों में कहा "क्या माँगती हो? तुम जो भी कहोगी मैं दूँगा।"

"पक्की बात", इंदू बोली।

मदन ने कुछ उतावले होकर कहा, "हाँ-हाँ कहा जो पक्की बात।"

लेकिन इस बीच में मदन के मन में एक वस्वसा[3] आया, मेरा कारोबार पहले ही मंदा है, अगर इंदू कोई ऐसी चीज़ माँग ले जो मेरी पहुँच ही से बाहर हो तो फिर क्या होगा? लेकिन इंदू ने मदन के सख़्त और फैले हुए हाथों को अपने मुलायम हाथों से समेटते हुए उन पर अपने गाल रखते हुए कहा,

"तुम अपने दुख मुझे दे दो।"

मदन सख़्त हैरान हुआ। साथ ही अपने आप पर एक बोझ उतरता हुआ महसूस हुआ। उसने चाँदनी में एक बार फिर इंदू का चेहरा देखने की कोशिश की लेकिन वह कुछ न जान पाया। उसने सोचा ये माँ या किसी सहेली का रटा हुआ फ़िक़्रा[4] होगा जो इंदू ने कह दिया। जभी ये जलता हुआ आँसू मदन के हाथ की पुश्त[5] पर गिरा। उसने इंदू को अपने साथ लिपटाते हुए कहा, "दिए!"

लेकिन इन सब बातों ने मदन से उसकी बहीमियत छीन ली थी।

मेहमान एक-एक कर के सब रुख़्सत[6] हुए। चकली भाभी दो बच्चों

---

1 बेचैनी 2 कृपा करने वाला 3 अंदेशा 4 वाक्य 5 पीठ 6 चले जाना

को उंगलियों से लगाए सीढ़ियों की ऊँच नीच से तीसरा पेट संभालती हुई चल दी। दरियाबाद वाली फूफी जो अपने 'नौ-लक्खे' हार के गुम हो जाने पर शोर मचाती वावेला करती हुई बे-होश हो गई थी और जो ग़ुस्लख़ाने में पड़ा हुआ मिल गया था, जहेज़ में से अपने हिस्से के तीन कपड़े ले कर चली गई। फिर चाचा गए, जिनको उनके जे पी हो जाने की ख़बर तार के ज़रिए मिली थी और जो शायद बद हवासी में मदन की बजाए दुल्हन का मुंह चूमने चले थे।

घर में बूढ़ा बाप रह गया था और छोटे बहन-भाई। छोटी दुलारी तो हर वक़्त भाभी की ही बग़ल में घुसी रहती। गली-मुहल्ले की कोई औ'रत दुल्हन को देखे या न देखे। देखे तो कितनी देर देखे। ये सब उसके इख़्तियार[1] में था। आख़िर ये सब ख़त्म हुआ और इन्दू आहिस्ता-आहिस्ता पुरानी होने लगी लेकिन काका जी की इस नई आबादी के लोग आज भी आते-जाते। मदन के सामने रुक जाते और किसी भी बहाने से अदंर चले आते। इंदू उन्हें देखते ही एक दम घूँघट खींच लेती लेकिन उस छोटे से वक़्फ़े में जो कुछ दिखाई दे जाता वो बिना घूँघट के दिखाई ही न दे सकता था।

मदन का कारोबार गन्दे बिरोज़े का था। कहीं बड़ी सप्लाई वाले दो-तीन जंगलों में चीड़ और देवदार के पेड़ों की जंगल में आग ने आ लिया था और वह धड़ा-धड़ जलते हुए ख़ाक-सियाह[2] होकर रह गए थे। मैसूर और आसाम तरफ़ से मंगवाया हुआ बिरोज़ा महँगा पड़ता था और लोग उसे महँगे दामों ख़रीदने को तैय्यार न थे। एक तो आमदनी[3] कम हो गई थी। उस पर मदन जल्दी ही दुकान और उसके साथ वाला दफ़्तर[4] बन्द करके घर चला आता। घर पहुँच कर उसकी सारी कोशिश यही होती कि सब खाएँ पिएँ और अपने-अपने बिस्तरों में दुबक जाएँ। जब

1 अधीन 2 काली मिट्टी 3 इनकम 4 कार्यालय

वो खाते वक़्त ख़ुद थालियाँ उठा उठा कर बाप और बहन के सामने रखता और उनके खा चुकने के झूटे बर्तनों को समेट कर नल के नीचे रख देता। सब समझते बहू-भाबी ने मदन के कान में कुछ फूँका है और अब वो घर के काम काज में दिलचस्पी लेने लगा है। मदन सब से बड़ा था। कुन्दन उससे छोटा और पाशी सब से छोटा। जब कुन्दन भाबी के स्वागत में सब के एक साथ बैठ कर खाने पर इस्रार[1] करता तो बाप धनी राम वहीं डाँट देता।

"खाओ तुम।" वो कहता, "वो भी खा लेंगे", और फिर रसोई में इधर-उधर देखने लगता और जब बहू खाने पीने से फ़ारिग़[2] हो जाती और बर्तनों की तरफ़ मुतवज्जह होती तो बाबू धनी राम उसे रोकते हुए कहते, "रहने दे बहू बर्तन सुब्ह हो जाएँगे।"

इंदू कहती, "नहीं बाबू जी मैं अभी किए देती हूँ झपाके से।"

तब बाबू धनी राम एक लरज़ती हुई आवाज़ में कहते, "मदन की माँ होती बहू, तो ये सब तुम्हें न करने देती?" और इंदू एक दम अपने हाथ रोक लेती।

छोटा पाशी भाबी से शर्माता था। इस ख़याल से कि दुल्हन की गोद झट से हरी हो, चमकी भाबी और दरियाबाद वाली फूफी ने एक रस्म में पाशी ही को इंदू की गोद में डाला था। जब से इंदू उसे न सिर्फ़ देवर बल्कि अपना बच्चा समझने लगी थी। जब भी वो प्यार से पाशी को अपने बाज़ुओं में लेने की कोशिश करती तो वो घबरा उठता और अपना आप छुड़ा कर दो हाथ की दूरी पर खड़ा हो जाता। देखता और हँसता रहता। पास आता तो दूर हटता। एक अजीब इत्तिफ़ाक़ से ऐसे में बाबू जी हमेशा वहीं मौजूद होते और पाशी को डाँटते हुए कहते, "अरे जाना भाबी प्यार करती है अभी से मर्द हो गया तू?" और दुलारी तो पीछा

---

1 आग्रह, बार बार कहना 2 मुक्त

ही न छोड़ती उसका। "मैं तो भाबी के साथ ही सोऊँगी", के इस्रार ने बाबू जी के अंदर कोई जनार्धन जगा दिया था। एक रात इस बात पर दुलारी को ज़ोर से चपत पड़ी और वो घर की आधी कच्ची, आधी पक्की नाली में जा गिरी। इंदू ने लपकते हुए पकड़ा तो सर से दुपट्टा उड़ गया। बालों के फूल और चिड़ियाँ, माँग का सिंदूर, कानों के करण फूल सब नंगे हो गए। "बाबू जी।" इंदू ने साँस खींचते हुए कहा एक साथ दुलारी को पकड़ने और सर पर दुपट्टा ओढ़ने में इंदू के पसीने छूट गए। इस बे माँ की बच्ची को छाती से लगाए हुए इंदू ने उसे एक ऐसे बिस्तर में सुला दिया जहाँ सिरहाने ही सिरहाने, तकिए ही तकिए थे। न कहीं पाएँती थी न काठ के बाजू। चोट तो एक तरफ़ कहीं को चुभने वाली चीज़ भी न थी। फिर इंदू की उँगलियाँ दुलारी के फोड़े ऐसे सर पर चलती हुई उसे दुखा भी रही थीं और मज़ा भी दे रही थीं। दुलारी के गालों पर बड़े-बड़े और प्यारे-प्यारे गढ़े पड़ते थे। इंदू ने इन गढ़ों का जाएज़ा लेते हुए कहा, "हाय री मुन्नी! तेरी सास मरे, कैसे गढ़े पड़ रहे हैं गालों पर!"

मुन्नी ने मुन्नी की तरह कहा, "गढ़े तुम्हारे भी तो पड़ते हैं भाबी।"

"हाँ मुन्नू!" इंदू ने कहा और एक ठंडी साँस लिया।

मदन को किसी बात पर ग़ुस्सा था। वो पास ही खड़ा सब कुछ सुन रहा था। "मैं तो कहता हूँ एक तरह से अच्छा ही है।"

"क्यों अच्छा क्यों है?" इंदू ने पूछा।

"हाँ न उगे बाँस न बजे बांसुरी, सास न हो तो कोई झगड़ा नहीं रहता।" इंदू ने एका एकी ख़फ़ा होते हुए कहा, "तुम जाओ जी सो रहो जा कर बड़े आए हो आदमी जीता है तो लड़ता है ना? मरघट की चुपचाप से झगड़े भले। जाओ न रसोई में तुम्हारा क्या काम?"

मदन खिसियाना होकर रह गया। बाबू धनी राम की डाँट से बाक़ी बच्चे तो पहले ही अपने-अपने बिस्तरों में यूँ जा पड़े थे जैसे दफ़्तरों में

छुट्टियाँ स्टार्ट होती हैं।

लेकिन मदन वहीं खड़ा रहा। एहतियाज ने उसे ढीट और बे-शर्म बना दिया था लेकिन उस वक़्त जब इंदू ने भी उसे डाँट दिया तो वो रुहाँसा होकर अन्दर चला गया।

देर तक मदन बिस्तर में पड़ा कसमसाता रहा लेकिन बाबू जी के ख़याल से इंदू को आवाज़ देने की हिम्मत न पड़ती थी। उसकी बे-सब्री की हद हो गई थी। जब मुन्नी को सुलाने के लिए इंदू के लोरी की आवाज़ सुनाई दी, "तू आ निंदिया रानी, बौराई मस्तानी।"

वही लोरी जो दुलारी मुन्नी को सुला रही थी, मदन की नींद भगा रही थी। अपने आप से बेज़ार[1] होकर उसने ज़ोर से चादर सर पर खींच ली। सफ़ेद चादर के सर पर लपेटने और साँस के बन्द करने से ख़्वाह-म-ख़्वाह एक मुर्दे का तसव्वुर[2] पैदा हो गया। मदन को यूँ लगा जैसे वो मर चुका है और उसकी दुल्हन इंदू उसके पास बैठी ज़ोर-ज़ोर से सर पीट रही है, दीवार के साथ कलाइयाँ मार-मार कर चूड़ियाँ तोड़ रही है और फिर बाहर लपक जाती है और बाँहें उठा-उठा कर अगले मुहल्ले के लोगों से फ़र्याद करती है। "लोगो! मैं लुट गई।" अब उसे दुपट्टे की परवाह नहीं। क़मीज़ की परवाह नहीं। माँग का सेंदूर, बालों के फूल और चूड़ियाँ, जज़्बात और ख़यालात के तोते तक उड़ चुके हैं।

मदन की आँखों से बे-तहाशा[3] आँसू बह रहे थे। हालाँकि रसोई में इंदू हँस रही थी। पल भर में अपने सुहाग के उजड़ने और फिर बस जाने से बे-ख़बर। मदन जब हक़ायक़ की दुनिया में वापस आया तो आँसू पोंछते हुए अपने उस रोने पर हँसने लगा, उधर इंदू तो हँस रही थी लेकिन उसकी हँसी दबी-दबी थी। बाबू जी के ख़याल से वो कभी ऊँची आवाज़ में न हँसती थी जैसे खिलखिलाहट कोई नंगापन है, ख़ामोशी, दुपट्टा

---

1 विमुख, उकता देना 2 कल्पना 3 बहुत अधिक

और दबी-दबी हँसी एक घूँघट। फिर मदन ने इंदू का एक ख़याली बुत बनाया और उससे बीसियों बातें कर डालीं। यूँ उससे प्यार किया जैसे अभी तक न किया था वो फिर अपनी दुनिया में लौटा जिसमें साथ का बिस्तर ख़ाली था। उसने हौले से आवाज़ दी, इंदू एक ऊँघ सी आई लेकिन साथ ही यूँ लगा जैसे शादी की रात वाली, पड़ोसी सिब्ते की भैंस मुंह के पास फुँकारने लगी है। वो एक बेकली के आलम[1] में उठा, फिर रसोई की तरफ़ देखते, सर को खुजाते हुए दो तीन जमाइयाँ लेकर लेट गया, सो गया।

मदन जैसे कानों को कोई संदेसा देकर सोया था। जब इंदू की चूड़ियाँ बिस्तर की सलवटें सीधी करने से खनक उठीं तो वो भी हड़बड़ा कर उठ बैठा। यूँ एक दम जागने में मोहब्बत का जज़्बा और भी तेज़ हो गया था। प्यार की करवटों को तोड़े बग़ैर आदमी सो जाए और एका एकी उठे तो मोहब्बत दम तोड़ देती है। मदन का सारा बदन अंदर की आग से फुंक रहा था। और यही उसके ग़ुस्से का कारण बन गया। जब उसने बौखलाए हुए अन्दाज़ में कहा, "सो तुम... आ गईं?"

"हाँ।"

"मुन्नी मर गई?"

इंदू झुकी-झुकी एक दम सीधी खड़ी हो गई। "हाय राम" उसने नाक पर उंगली रखते हुए हाथ मलते हुए कहा, "क्या कह रहे हो मरे क्यों बेचारी। माँ बाप की एक ही बेटी।"

"हाँ", मदन ने कहा, "भाभी की एक ही ननद।" और एक दम तह-क्कुमाना[2] लहजा[3] इख़्तियार करते हुए बोला, "ज़ियादा मुंह मत लगाओ उस चुड़ैल को।"

"क्यों उसमें क्या पाप है?"

---

1 अवस्था 2 आदेश देने जैसा 3 हाव-भाव

“यही पाप है”, मदन ने और चिड़ते हुए कह, “वो पीछा ही नहीं छोड़ती तुम्हारा। जब देखो जोंक की तरह चिम्टी हुई है। दफ़ान ही नहीं होती।”

“हाँ”, इंदू ने मदन की चारपाई पर बैठते हुए कहा, “बहनों और बेटियों को यूँ तो धुतकारना नहीं चाहिए। बेचारी दो दिन की मेहमान... आज नहीं तो कल... कल नहीं तो परसों। एक दिन तो चल ही देगी।” उसके बाद इंदू कुछ कहना चाहती थी लेकिन वो चुप हो गई। उसकी आँखों के सामने अपने माँ-बाप, भाई-बहन चचा भी घूम गए। कभी वो भी उनकी दुलारी थी, जो पलक झपकते ही न्यारी हो गई। और फिर दिन रात उसके निकाले जाने की बातें होने लगीं। जैसे घर में कोई बड़ी सी बाँबी है जिसमें कोई नागिन रहती है और जब तक वो पकड़ कर फिंकवाई नहीं जाती, घर के लोग आराम की नींद सो नहीं सकते। दूर-दूर से कीलने वाले नथन करने वाले। दात फोड़ने वाले माँदरी बुलवाए गए और बड़े धन्वंतरी और मोती सागर। आख़िर एक दिन उत्तर पच्छिम की तरफ़ से लाल आँधी आई जो साफ़ हुई तो एक लारी खड़ी थी जिसमें गोटे किनारी में लिपटी हुई एक दुल्हन बैठी थी। पीछे घर में एक सर पर बुझती हुई शहनाई बीन की आवाज़ मा'लूम हो रही थी। फिर एक धचके के साथ लारी चल दी। मदन ने कुछ बर-अफ़रोख़्तगी के आलम में कहा, “तुम औ'रतें बड़ी चालाक होती हो। अभी कल ही इस घर में आई हो और यहाँ के सब लोग तुम्हें हम से जियादा प्यार करने लगते हैं?”

“हाँ!” इंदू ने इस्बात में कहा।

“ये सब झूट है, ये हो ही नहीं सकता।”

“तुम्हारा मत्लब है मैं...”

“दिखावा है ये सब हाँ!”

"अच्छा जी?" इंदू ने आँखों में आँसू लाते हुए कहा, "ये सब दिखावा है मेरा?" और इंदू उठ कर अपने बिस्तर में चली गई। और सिरहाने में मुंह छुपा कर सिसकियाँ भरने लगी। मदन उसे मनाने वाला ही था कि इंदू ख़ुद ही उठ कर मदन के पास आ गई और सख़्ती से उसका हाथ पकड़ते हुए बोली, "तुम जो हर वक़्त जली-कटी कहते रहते हो हुआ क्या है तुम्हें?

शौहराना[1] रौब दाब के लिए मदन के हाथ बहाना आ गया था... "जाओ-जाओ, सो जाओ जा के।" मदन ने कहा, "मुझे तुम से कुछ नहीं लेना।"

"तुम्हें कुछ नहीं लेना मुझे तो लेना है।" इंदू बोली, "ज़िन्दगी भर लेना है", और वो छीना झपटी करने लगी। मदन उसे धुतकारता था और वो उससे लिपट-लिपट जाती थी। वो उस मछली की तरह थी जो बहाव में बह जाने की बजाए आबशार[2] के तेज़ धारे को काटती हुई ऊपर ही ऊपर पहुँचना चाहती हो।

चुटकियाँ लेते हुए, हाथ पकड़ती, रोती-हँसती वो कह रही थी, "फिर मुझे फाफा कुटनी कहोगे?"

"वो तो सभी औ'रतें होती हैं।"

"ठहरो... तुम्हारी... तो", यूँ मा'लूम हुआ जैसे इंदू कोई गाली देने वाली हो और उसने मुंह में कुछ मिनमिनाया भी। मदन ने मुड़ते हुए कहा, "क्या कहा?" और इंदू ने अब की सुनाई देने वाली आवाज़ में दोहराया। मदन खिलखिला कर हँस पड़ा। अगले ही लम्हे इंदू मदन के बाज़ुओं में थी और कह रही थी, "तुम मर्द लोग क्या जानो? जिससे प्यार होता है उसके सभी अज़ीज़ प्यारे मा'लूम होते हैं। क्या बाप क्या भाई और क्या बहन", और एका एकी कहीं दूर से देखते हुए बोली, "मैं तो दुलारी

---

1 पतिपन 2 झरना

मुन्नी का ब्याह करूँगी।"

"हद हो गई", मदन ने कहा, "अभी एक हाथ की हुई नहीं और ब्याह की सोचने लगीं।"

"तुम्हें एक हाथ की लगती है ना?" इंदू बोली और फिर अपने हाथ मदन की आँखों पर रखते हुए कहने लगी, "ज़रा आँखें बन्द करो और फिर खोलो।" मदन ने सचमुच ही आँखें बन्द कर लीं और जब कुछ देर तक न खोलीं तो इंदू बोली, "अब खोलो भी... इतनी देर में तो मैं बूढ़ी हो जाऊँगी।" जभी मदन ने आँखें खोल दीं।

लम्हा[1] भर के लिए उसे यूँ लगा जैसे सामने इंदू नहीं मुन्नी बैठी है और वो खो सा गया।

"मैंने तो अभी से चार सूट और कुछ बर्तन अलग कर डाले हैं इसके लिए..." और जब मदन ने कोई जवाब न दिया ते उसे झिंझोड़ते हुए बोली, "तुम क्यों परेशान होते हो याद नहीं अपना वचन? तुम अपने दुख मुझे दे चुके हो।"

"एँ?" मदन ने चौंकते हुए कहा और जैसे बे-फ़िक्र हो गया लेकिन अब के जब उसने इंदू को अपने साथ लिपटाया तो वहाँ एक जिस्म ही नहीं रह गया था साथ एक रूह[2] भी शामिल हो गई थी।

मदन के लिए इंदू रूह ही रूह थी। इंदू का जिस्म भी था लेकिन हमेशा किसी न किसी वज्ह से मदन की नज़रों से ओझल ही रहा। एक पर्दा था। ख़्वाब के तारों से बना हुआ। आहों के धुएँ से रंगीन क़हक़हों की ज़र तारी से चकाचौंद जो हर वक़्त इंदू को ढाँपे रहता था। मदन की निगाहों और उसके हाथों के दुशासन सदियों से द्रौपदी का चीर हरन करते आये थे जो कि हर्फ़-ए-आम में बीवी कहलाती है लेकिन हमेशा उसे आस्मानों से थानों के थान, गज़ों के गज़, कपड़ा नंगापन ढाँपने के लिए

---

1 पल, क्षण 2 आत्मा

मिलता आया था। दुशासन थक हार के यहाँ वहाँ गिरे पड़े थे लेकिन द्रौपदी वहीं खड़ी थी, इज़्ज़त और पाकीज़गी[1] की एक सफ़ेद और बे-दाग़ सारी में मल्बूस वह देवी लग रही थी। और...

मदन के लौटते हुए हाथ ख़जालत[2] के पसीने से तर हुए, जिसे सुखाने के लिए वह उन्हें ऊपर हवा में उठा देता और फिर उंगलियों के बीच में झाँकता इंदू का मरमरीं जिस्म ख़ुश रंग और गुदाज़ सामने पड़ा होता। इस्तेमाल के लिए पास, इब्तिज़ाल[3] के लिए दूर कभी जब इंदू की नाका-बंदी हो जाती तो इस क़िस्म के फ़िक़्रे[4] होते, "हाय जी, घर में छोटे बड़े हैं वह क्या कहेंगे?"

मदन कहता, "छोटे समझते नहीं बड़े अंजान[5] बन जाते हैं।"

इसी दौरान में बाबू धनी राम की तब्दीली सहारनपुर हो गई। वहाँ वह रेलवे मेल सर्विस में सेलेक्शन ग्रेड के हेड कलर्क हो गए। इतना बड़ा क्वार्टर मिला कि उसमें आठ कुन्बे रह सकते थे लेकिन बाबू धनी राम उसमें अकेले ही टाँगे फैलाए खड़े रहते। ज़िंदगी भर वो बाल-बच्चों से कभी अलग नहीं हुए थे। सख़्त घरेलू क़िस्म के आदमी। आख़िर ज़िंदगी में इस तन्हाई ने उनके दिल में वहशत[6] पैदा कर दी लेकिन मजबूरी थी, बच्चे सब दिल्ली में मदन और इंदू के पास और वहीं स्कूल में पढ़ते थे। साल के ख़ात्मे[7] से पहले उन्हें बीच में उठाना उनकी पढ़ाई के लिए अच्छा न था। बाबू जी को दिल के दौरे पड़ने लगे।

बारे गर्मी की छुट्टियाँ हुईं। उनके बार-बार लिखने पर मदन ने इंदू को कुंदन, पाशी और दुलारी के साथ सहारनपुर भेज दिया, धनी राम की दुनिया चमक उठी। कहाँ उन्हें दफ़्तर के काम के बाद फ़ुर्सत ही फ़ुर्सत थी और कहाँ अब काम ही काम था। बच्चे बच्चों ही की तरह जहाँ कपड़े उतारते हैं वहीं पड़े रहने देते और बाबू जी उन्हें समेटते हुए

---

1 पवित्रता 2 शर्मिन्दगी 3 कमीना पन 4 वाक्य 5 अज्ञान 6 डर 7 अंत

फिरते। अपने मदन से दूर अलसानी हुई रती, इंदू तो अपने पहनावे तक से ग़ाफ़िल हो गई थी। वह रसोई में यूँ फिरती थी जैसे काँजी हाउसमें गाय, बाहर की तरफ़ मुंह उठा-उठा कर अपने मालिक को ढूँढा करती हो। काम-वाम करने के बाद वह कभी अंदर ट्रंकों पर लेट जाती। कभी बाहर कनेर के बूटे के पास और कभी आम के पेड़ तले जो आँगन में खड़ा सैंकड़ों हज़ारों दिलों को थामे खड़ा था।

सावन भादों में ढलने लगा। आँगन में बाहर का दरीचा खुलता तो कुँवारियाँ, नई ब्याही हुई लड़कियाँ पींग बढ़ाते हुए गातीं... झूला किनने डारो रे अमरय्याँ... और फिर गीत के बोल के मुताबिक़ दो झूलतीं और दो झुलातीं और कहीं चार मिल जातीं तो भूल भुलय्याँ हो जातीं। अधेड़ उ'म्र की बूढ़ी औ'रतें एक तरफ़ खड़ी तका करतीं। इंदू को मा'लूम होता जैसे वह भी उनमें शामिल हो गई है। जभी वह मुंह फेर लेती और ठंडी साँसे भरती हुई सो जाती। बाबू जी पास से गुज़रते तो उसे जगाने, उठाने की ज़रा भी कोशिश न करते। बल्कि मौक़ा पा कर उसकी शलवार को जो बहू धोती से बदल आती और जिसे वो हमेशा अपनी सास वाले पुराने संदल के संदूक़ पर फेंक देती, उठा कर खूंटी पर लटका देते। ऐसे में उन्हें सब से नज़रें बचाना पड़तीं लेकिन अभी शलवार को समेट कर मुड़ते ही तो नीचे कोने में निगाह बहू के महरम पर पड़तीं। तब उनकी हिम्मत जवाब दे जाती और वो शिताबी कमरे से निकल भागते। जैसे साँप का बच्चा बिल से बाहर आ गया हो। फिर बरामदे में उनकी आवाज़ सुनाई देने लगती। ओम नमो भगवते वासुदेवा...

अड़ोस-पड़ोस की औ'रतों ने बाबू जी की बहू की ख़ूबसूरती की दास्तानें दूर-दूर तक पहुँचा दी थीं। जब कोई औ'रत बाबू जी के सामने बहू के प्यारे पन और सुडौल जिस्म की बातें करती तो वो ख़ुशी से फूल

जाते और कहते, "हम तो धन्य हो गए, अमी चन्द की माँ! शुक्र है हमारे घर में भी कोई सेहत वाला जीव आया।" और ये कहते हुए उनकी निगाहें कहीं दूर पहुँच जातीं। जहाँ दिक़ के आ'रिज़े[1] थे। दवाई की शीशियाँ, अस्पताल की सीढ़ियाँ या च्यूंटियों के बिल, निगाह क़रीब आती तो मोटे-मोटे गदराए हुए जिस्म वाले कई बच्चे बग़ल में जाँघ पर, गर्दन पर चढ़ते उतरते हुए महसूस होते और ऐसा मा'लूम होता जैसे अभी और आ रहे हैं। पहलू पर लेटी हुई बहू की कमर ज़मीन के साथ और कूल्हे छत के साथ लग रहे हैं और वो धड़ा धड़ बच्चे जनती जा रही है और उन बच्चों की उ'म्र में कोई फ़र्क़ नहीं। कोई बड़ा है न छोटा। सभी एक से जुड़वाँ तमाम... ओम नमो भगवते...

आस पास के सब लोग जान गए थे। इंदू बाबू जी की चहेती बहू है। चुनाँचे दूध और छाछ के मटके धनी राम के घर आने लगे और फिर एक दम सलाम दीन गूजर ने फ़र्माइश कर दी। इंदू से कहा। "बीबी मेरा बेटा आर.एम.एस. में क़ुली रखवा दो। अल्लाह तुम को अच्छा देगा।" इंदू के इशारे की देर थी कि सलाम दीन का बेटा नौकर हो गया। वो भी सार्टर, जो न हो सका उसकी क़िस्मत, आसामियाँ[2] ज़ियादा न थीं।

बहू के खाने-पीने और उसकी सेहत का बाबू जी ख़याल रखते थे। दूध पीने से इंदू को चिड़ थी। वो रात के वक़्त ख़ुद दूध को बालाई में फेंट, गिलास में डाल, बहू को पिलाने के लिए उसकी खटिया के पास आ जाते। इंदू अपने आप को समेटते हुए उठती और कहती, "नहीं बाबू जी मुझ से नहीं पिया जाता।"

"तेरा तो सुसर भी पिएगा" वो मज़ाक़ से कहते।

"तो फिर आप पी लीजिए ना।" इंदू हँसती हुई जवाब देती और बाबू जी एक मस्नूई[3] ग़ुस्से से बरस पड़ते, "तू चाहती है बाद में तेरी भी वही

---

1 बीमारी 2 नौकरियाँ 3 बनावटी

हालत हो जो तेरी सास की हुई?"

"हूँ-हूँ..." इंदू लाड से रूठने लगी। आख़िर क्यों न रूठती। वो लोग नहीं रूठते जिन्हें मनाने वाला कोई न हो लेकिन यहाँ मनाने वाले सब थे, रूठने वाला सिर्फ़ एक। जब इंदू बाबू जी के हाथ से गिलास न लेती तो वो उसे खटिया के पास सिरहाने के नीचे रख देते और "ले ये पड़ा है, तेरी मर्ज़ी है तो पी, नहीं मर्ज़ी तो न पी" कहते हुए चल देते।

अपने बिस्तर पर पहुँच कर धनी राम दुलारी मुन्नी के पास खेलने लगते। दुलारी को बाबू जी के नंगे पिंडे के साथ पिंडा घुसाने और फिर पेट पर मुंह रख कर फनकड़ा फुलाने की आदत थी। आज जब बाबू जी और मुन्नी ये खेल खेल रहे थे। हँस हँसा रहे थे, तो मुन्नी ने भाबी की तरफ़ देखते हुए कहा, "दूध तो ख़राब हो जाएगा बाबू जी। भाबी तो पीती ही नहीं।"

"पिएगी ज़रूर पिएगी बेटा", बाबू जी ने दूसरे हाथ से पाशी को लिपटाते हुए कहा, "औ'रतें घर की किसी चीज़ को ख़राब होते नहीं देख सकतीं।"

अभी ये फ़िक़रा बाबू जी के मुंह ही में होता कि एक तरफ़ से "हुश हे ख़सम खानी" की आवाज़ आने लगती। पता चलता बहू बिल्ली को भगा रही है और फिर गट-गट सी सुनाई देती और सब जान लेते बहू भाबी ने दूध पी लिया। कुछ देर के बाद कुन्दन बाबू जी के पास आता और कहता, "बाबू जी भाबी रो रही है।"

"हाएँ?" बाबू जी कहते और फिर उठकर अंधेरे में दूर उसी तरफ़ देखने लगते जिधर बहू की चारपाई पड़ी होती। कुछ देर यूँ ही बैठे रहने के बाद वो फिर लेट जाते और कुछ समझते हुए कुन्दन से कहते, "जा तू सो जा वह भी सो जाएगी अपने आप।"

और फिर लेटते हुए बाबू धनी राम आस्मान पर खुले हुए परमात्मा

के गुलज़ार को देखने लगते और अपने मन में भगवान से पूछते, "चांदी के इन खुलते बन्द होते हुए फूलों में मेरा फूल कहाँ है?" और फिर पूरा आस्मान उन्हें दर्द का एक दरिया दिखाई देने लगता और कानों में मु-सलसल एक हा-ओ-हू की आवाज़ सुनाई देती जिसे सुनते हुए वो कहते, "जब से दुनिया बनी है इंसान कितना रोया है!" और रोते रोते सो जाते।

इंदू के जाने से बीस-पच्चीस रोज़ ही में मदन ने वावेला शुरू' कर दिया। उसने लिखा, "मैं बाज़ार की रोटियाँ खाते-खाते तंग आ गया हूँ। मुझे क़ब्ज़ हो गई है। गुर्दे का दर्द शुरू'अ हो गया है। फिर जैसे दफ़्तर के लोग छुट्टी की अर्ज़ी के साथ डाक्टर का सर्टिफ़िकेट भेज देते हैं। मदन ने बाबू जी को एक दूसरे से तस्दीक़ की चिट्ठी लिखवा भेजी। उस पर भी जब कुछ न हुआ तो एक डबल तार जवाबी।

जवाबी तार के पैसे मारे गए लेकिन बला से। इंदू और बच्चे लौट आए थे। मदन ने इंदू से दो दिन सीधे मुंह बात ही न की। ये दुख भी इंदू ही का था। एक दिन मदन को अकेले में पा कर वो पकड़ बैठी और बोली, "इतना मुंह फुलाए बैठे हो मैंने क्या किया है?"

मदन ने अपने आप को छुड़ाते हुए कहा, "छोड़ दूर हो जा मेरी आँखों से कमीनी..."

"यही कहने के लिए इतनी दूर से बुलवाया है?"

"हाँ!"

"हटाओ अब।"

"ख़बरदार... ये सब तुम्हारा ही किया धरा है, जो तुम आना चाहती तो क्या बाबू जी रोक लेते?"

इंदू ने बेबसी से कहा, "हाय जी तुम बच्चों की सी बातें करते हो। मैं उन्हें भला कैसे कह सकती थी? सच पूछो तो तुमने मुझे बुलवा कर बाबू जी पर तो बड़ा ज़ुल्म किया है।"

"क्या मत्लब?"

"मत्लब कुछ नहीं उनका जी बहुत लगा हुआ था बाल बच्चों में।"

"और मेरा जी?"

"तुम्हारा जी?" तुम तो कहीं भी लगा सकते हो। इंदू ने शरारत से कहा और इस तरह से मदन की तरफ़ देखा कि उसकी मुदाफ़िअ'त[1] की सारी क़ुव्वतें[2] ख़त्म हो गईं। यूँ भी उसे किसी अच्छे से बहाने की तलाश थी। उसने इंदू को पकड़ कर सीने से लगा लिया और बोला, "बाबू जी तुम से बहुत ख़ुश थे?"

"हाँ", इंदू बोली, "एक दिन मैं जागी तो देखा सिरहाने खड़े मुझे देख रहे हैं।"

"ये नहीं हो सकता।"

"अपनी क़सम!"

"अपनी क़सम नहीं मेरी क़सम खाओ।"

"तुम्हारी क़सम तो मैं नहीं खाती कोई कुछ भी दे।"

"हाँ!" मदन ने सोचते हुए कहा, "किताबों में इसे सेक्स कहते हैं।"

"सैक्स?" इंदू ने पूछा, "वो क्या होता है?"

"वही जो मर्द और औ'रत के बीच होता है।"

"हाय राम!" इंदू ने एक दम पीछे हटते हुए कहा, "गन्दे कहीं के शर्म नहीं आई बाबू जी के बारे में ऐसा सोचते हुए?"

"तो बाबू जी को न आई तुझे देखते हुए?"

"क्यों?" इंदू ने बाबू जी की तरफ़दारी करते हुए कह, "वो अपनी बहू को देख कर ख़ुश हो रहे होंगे।"

"क्यों नहीं, जब बहू तुम ऐसी हो।"

"तुम्हारा मन गंदा है।" इंदू ने नफ़रत से कहा, "इसलिए तुम्हारा कारोबार भी गन्दे बिरोज़े का है। तुम्हारी किताबें सब गंदगी से भरी पड़ी

---

1 बचाव 2 ताक़तें

हैं। तुम्हें और तुम्हारी किताबों को इसके सिवा कुछ दिखाई नहीं देता। ऐसे तो जब मैं बड़ी हो गई थी तो मेरे पिता जी ने मुझसे अधिक प्यार करना शुरू'अ कर दिया था। तो क्या वो भी वह था निगोड़ा जिसका तुम अभी नाम ले रहे थे।" और फिर इंदू बोली, "बाबू जी को यहाँ बुला लो। उनका वहाँ ज़रा भी जी नहीं लगता। वो दुखी होंगे तो क्या तुम दुखी नहीं होगे?"

मदन अपने बाप से बहुत प्यार करता था। घर में माँ की मौत ने बड़ा होने के कारण सब से ज़ियादा असर मदन पर ही किया था। उसे अच्छी तरह से याद था। माँ के बीमार रहने के बाइ'स[1] जब भी उसकी मौत का ख़याल मदन के दिल में आता तो आँखें मूँद कर प्रार्थना शुरू'अ कर देता ओम नमो भगवते वासुदेवा। ओम नमो... अब वो नहीं चाहता था कि बाप की छत्र छाया भी सर से उठ जाए। ख़ासतौर पर ऐसे में जबकि वो अपने कारोबार को भी जगा नहीं पाया था। उसने ग़ैर यक़ीनी लहजे में इंदू से सिर्फ़ इतना कहा, "अभी रहने दो बाबू जी को। शादी के बाद हम दोनों पहली बार आज़ादी के साथ मिल सकते हैं।"

तीसरे चौथे रोज़ बाबू जी का आँसुओं में डूबा हुआ ख़त आया। मेरे प्यारे मदन के तख़ातुब में मेरे प्यारे के अल्फ़ाज़[2] शोर पानियों में धुल गए थे। लिखा था, "बहू के यहाँ होने पर मेरे तो वही पुराने दिन लौट आए थे, तुम्हारी माँ के दिन, जब हमारी नई शादी हुई थी तो वो भी ऐसी ही अल्हड़ थी। ऐसे में उतारे हुए कपड़े इधर-उधर फेंक देती। और पिता जी समेटते फिरते। वही संदल का संदूक़, वही बीसियों ख़लजगन में बाज़ार जा रहा हूँ। आ रहा हूँ। कुछ नहीं तो दही बड़े या रबड़ी ला रहा हूँ। अब घर में कोई नहीं। वो जगह जहाँ संदल का संदूक़ पड़ा था, ख़ाली है", और फिर एक आध सतर और धुल गई थी। आख़िर में लिखा

1 कारण 2 शब्द

था, “दफ़्तर से लौटते समय, यहाँ के बड़े-बड़े अंधे कमरों में दाख़िल होते हुए मेरे मन में एक हौल सा उठता है।” और फिर “बहू का ख़याल रखना। उसे किसी ऐसी-वैसी दाया के हवाले मत करना।”

इंदू ने दोनों हाथों से चिट्ठी पकड़ ली। साँस खींच ली, आँखें फैलाती शर्म से पानी-पानी होती हुई बोली, “मैं मर गई। बाबू जी को कैसे पता चल गया?”

मदन ने चिट्ठी छुड़ाते हुए कहा, “बाबू जी क्या बच्चे हैं? दुनिया देखी है। हमें पैदा किया है।” हाँ मगर।” इंदू बोली, “अभी दिन ही कै हुए हैं।” और फिर उसने एक तेज़ सी नज़र अपने पेट पर डाली जिसने अभी बढ़ना भी शुरू'अ नहीं किया था और जैसे बाबू जी या कोई और देख रहा हो। उसने सारी का पल्लू उस पर खींच लिया और कुछ सोचने लगी। जभी एक चमक सी उसके चेहरे पर आई और वो बोली, “तुम्हारी ससुराल से शीरीनी आएगी।”

“मेरी ससुराल? ओ हाँ...” मदन ने रास्ता पाते हुए कहा, “कितनी शर्म की बात है। अभी छ-आठ महीने शादी के हुए हैं और चला आ रहा है।” और उसने इंदू के पेट की तरफ़ इशारा किया।

“चला आया है या तुम लाए हो?”

“तुम... सब क़ुसूर तुम्हारा है। कुछ औ'रतें होती ही ऐसी हैं।”

“तुम्हें पसन्द नहीं?”

“एक दम नहीं।”

“क्यों?”

“चार दिन तो मज़े ले लेते ज़िन्दगी के।”

“क्या ये जिंदगी का मज़ा नहीं?” इंदू ने सदमा-ज़दा लहजे में कहा, “मर्द-औ'रत शादी किसलिए करते हैं? भगवान ने बिन माँगे दे दिया

न? पूछो उन से जिन के नहीं होता। फिर वो क्या कुछ करती हैं। पीरों फ़क़ीरों के पास जातीं हैं। समाधियों, मजारों पर चोटियाँ बाँधती हैं, शर्म-ओ-हया[1] को तज कर दरियाओं के किनारे नंगी होकर सरकण्डे काटती, शमशानों में मसान जगाती हैं।"

"अच्छा! अच्छा!" मदन बोल, "तुमने बखान ही शुरू'अ कर दिया। औलाद के लिए थोड़ी उ'म्र पड़ी थी?"

"होगा तो!" इंदू ने सरज़निश के अन्दाज़ में उंगली उठाते हुए कहा, "जब तुम इसे हाथ भी मत लगाना। वो तुम्हारा नहीं, मेरा होगा। तुम्हें तो इसकी ज़रूरत नहीं, पर इसके दादा को बहुत है। ये मैं जानती हूँ।"

और फिर कुछ ख़जिल[2], कुछ सदमा ज़दा होकर इंदू ने अपना मुंह दोनों हाथों से छिपा लिया। वो सोचती थी पेट में इस नन्ही सी जान को पालने के सिलसिले में, इस जान का होता सोता थोड़ी बहुत हमदर्दी तो करेगा ही लेकिन मदन चुप चाप बैठा रहा। एक लफ़्ज़ भी उसने मुंह से न निकाला। इंदू ने चेहरे पर से हाथ उठा कर मदन की तरफ़ देखा और होने वाली पहलौटन के ख़ास अन्दाज़ में बोली, "वो तो जो कुछ मैं कह रही हूँ सब पीछे होगा। पहले तो मैं बचूँगी ही नहीं मुझे बचपन से वहम है इस बात का।"

मदन भी जैसे ख़ाइफ़ हो गया ये ख़ूबसूरत "चीज़" जो हामिला हो जाने के बाद और भी ख़ूबसूरत हो गई है मर जाएगी? उसने पीठ की तरफ़ से इंदू को थाम लिया और फिर खींच कर अपने बाज़ुओं में ले आया और बोला, "तुझे कुछ न होगा इंदू, मैं तो मौत के मुंह से भी छीन कर ले आऊँगा तुझे, अब सावित्री की नहीं, सत्यवान की बारी है।"

मदन से लिपट कर इंदू भूल ही गई कि उसका अपना भी कोई दुख

---

1 लाज 2 शर्मिन्दा

है।

उसके बाद बाबू जी ने कुछ न लिखा। अलबत्ता सहारनपुर से एक सार्टर आया जिसने सिर्फ़ इतना बताया कि बाबू जी को फिर से दौरे पड़ने लगे हैं। एक दौरे में तो वो क़रीब-क़रीब चल ही बसे थे। मदन डर गया। इंदू रोने लगी। सार्टर के चले जाने के बाद हमेशा की तरह मदन ने आँखें मूंद लीं और मन ही मन में पढ़ने लगा ओम नमो भगवते...

दूसरे रोज़ ही मदन ने बाप को चिट्ठी लिखी, "बाबू जी! चले आओ बच्चे बहुत याद करते हैं और आपकी बहू भी", लेकिन आख़िरी नौकरी थी। अपने बस की बात थोड़ी थी। धनी राम के ख़त के मुताबिक़ वो छुट्टी का बन्दोबस्त कर रहे थे उनके बारे में दिन-ब-दिन मदन का एह-सास-ए-जुर्म बढ़ने लगा। "अगर मैं इंदू को वहीं रहने देता तो मेरा क्या बिगड़ता?"

विजयदशमी से एक रात पहले मदन इज़्तिराब[1] के आलम[2] में बीच वाले कमरे के बाहर बरामदे में टहल रहा था कि अंदर से रोने की आवाज़ आई और वो चौंक कर दरवाज़े की तरफ़ लपका। बेगम दाया बाहर आई और बोली, "मुबारक हो। मुबारक हो बाबू जी... लड़का हुआ है।"

"लड़का?" मदन ने कहा और फिर मुतफ़क्किराना[3] लहजे में बोला, "बीबी कैसी है?"

बेगम बोली, "ख़ैर महर है मैंने अभी तक उसे लड़की ही बताई है ज़च्चा[4] ज़ियादा ख़ुश हो जाए तो उसकी आँवल नहीं गिरती ना।"

"ओ..." मदन ने बेवक़ूफ़ों की तरह आँखें झपकते हुए कहा और कमरे में जाने के लिए आगे बढ़ा। बेगम ने उसे वहीं रोक दिया और कहने लगी, "तुम्हारा अंदर क्या काम?" और फिर एका-एकी दरवाज़ा

---

1 बेचैनी 2 अवस्था 3 चिंतित 4 बच्चा जन्म देने वाली औ'रत

भेड़ कर अंदर लपक गई या शायद इसलिए कि जब कोई इस दुनिया में आता है तो इर्द गिर्द के लोगों की यही हालत होती है। मदन ने सुन रक्खा था जब लड़का पैदा होता है तो घर के दर-ओ-दीवार लरज़ने[1] लगते हैं। गोया डर रहे हैं कि बड़ा होकर हमें बेचेगा या रखेगा। मदन ने महसूस किया कि जैसे सचमुच ही दीवारें काँप रही थीं ज़च्चगी के लिए चकली भाबी तो न आई थीं क्योंकि उसका अपना बच्चा तो बहुत छोटा था अलबत्ता दरियाबाद वाली फूफी ज़रूर पहुँची थीं जिसने पैदाइश[2] के वक़्त राम, राम, राम, राम की रट लगा दी थी और अब वही रट मद्धम हो रही थी।

ज़िन्दगी भर मदन को अपना आप इस क़दर फ़ुज़ूल[3] और बेकार न लगा था। इतने में फिर दरवाज़ा खुला और फूफी निकली। बरामदे की बिजली की मद्धम रौशनी में उसका चेहरा भूत के चेहरे की तरह एक दम दूधिया नज़र आ रहा था। मदन ने उसका रास्ता रोकते हुए कहा "इंदू ठीक है न फूफी।"

"ठीक है, ठीक है, ठीक है!" फूफी ने तीन चार बार कहा और फिर अपना लरज़ता हुआ हाथ मदन के सिर पर रख कर उसे नीचा किया, चूमा और बाहर लपक गई।

फूफी बरामदे के दरवाज़े में से बाहर जाती हुई नज़र आ रही थी। वो बैठक में पहुँची जहाँ बाक़ी बच्चे सो रहे थे। फूफी ने एक-एक के सिर पर प्यार से हाथ फेरा और फिर छत की तरफ़ आँखें उठा कर मुंह में कुछ बोली और फिर निढाल सी होकर मुन्नी के पास लेट गई। औंधी... उसके फड़कते हुए शानों से पता चल रहा था जैसे रो रही है। मदन हैरान हुआ फूफी तो कई ज़च्चगियों[4] से गुज़र चुकी है, फिर क्यों उसकी रूह काँप उठी है फिर उधर के कमरे से हर मल की बू बाहर लपकी। धुंए का एक

---

1 काँपना 2 जन्म 3 व्यर्थ 4 बच्चे को जन्म देना

गुबार सा आया जिसने मदन का अहाता[1] कर लिया। उसका सिर चकरा गया। जभी बेगम दाया कपड़े में कुछ लपेटे हुए बाहर निकली। कपड़े पर ख़ून ही ख़ून था। जिसमें कुछ क़तरे निकल कर फ़र्श पर गिर गए। मदन के होश उड़ गए। उसे मा'लूम न था कि वो कहाँ है। आँखें खुली हुई थीं और कुछ दिखाई न दे रहा था। बीच में इंदू की एक मरघिल्ली सी आवाज़ आई, "हाए" और फिर बच्चे के रोने की आवाज़।

तीन चार दिन में बहुत कुछ हुआ। मदन ने घर के एक तरफ़ गढ़ा खोद कर आँवल को दबा दिया। कुत्तों को अंदर आने से रोका लेकिन उसे कुछ याद न था। उसे यूँ लगा जैसे हरमल की बू दिमाग़ में बस जाने के बाद आज ही उसे होश आया है, कमरे में वो अकेला ही था और इंदू... ननद और जसोधा... और दूसरी तरफ़ नंद लाल। इंदु ने बच्चे की तरफ़ देखा और कुछ टोह लेने के से अन्दाज़ में बोली, "बिल्कुल तुम ही पर गया है।"

"होगा।" मदन ने एक उचटती हुई नज़र बच्चे पर डालते हुए कहा, "मैं तो कहता हूँ शुक्र है भगवान का कि तुम बच गईं।"

"हाँ!" इंदू बोली, "मैं तो समझती थी।"

"शुभ शुभ बोलो", मदन ने एक दम इंदू की बात काटते हुए कहा, "यहाँ तो जो कुछ हुआ है... मैं तो अब तुम्हारे पास भी नहीं फटकूँगा।" और मदन ने ज़बान दाँतों तले दबा ली।

"तौबा करो" इंदू बोली।

मदन ने उसी दम कान अपने हाथ से पकड़ लिए और इंदू नहीफ़ आवाज़ में हँसने लगी।

बच्चा होने के कई रोज़ तक इंदू की नाफ़ ठिकाने पर न आई। वो घूम-घूम कर उस बच्चे की तलाश कर रही थी जो अब उससे परे, बाहर

---

1 घेरे में लेना

की दुनिया में जा कर अपनी असली माँ को भूल गया था। अब सब कुछ ठीक था और इंदू शांति से इस दुनिया को तक रही थी मा'लूम होता था उसने मदन ही के नहीं दुनिया भर के गुनाहगारों के गुनाह माफ़ कर दिए हैं और देवी बन कर दया और करुणा के प्रसाद बाँट रही है, मदन ने इंदू के मुंह की तरफ़ देखा और सोचने लगा। इस सारे खून-ख़राबे के बाद कुछ दुबली होकर इंदू और भी अच्छी लगने लगी है... तभी एका एकी इंदू ने दोनों हाथ अपनी छातियों पर रख लिए।

"क्या हुआ?" मदन ने पूछा।

"कुछ नहीं।" इंदू थोड़ा सा उठने की कोशिश कर के बोली, "इसे भूक लगी है" और उसने बच्चे की तरफ़ इशारा किया।

"इसे?... भूक?" मदन ने पहले बच्चे की तरफ़ और फिर इंदू की तरफ़ देखते हुए कहा "तुम्हें कैसे पता चला?"

"देखते नहीं", इंदू नीचे की तरफ़ निगाह करते हुए बोली, "सब कुछ गीला हो गया है।"

मदन ने ग़ौर से ढीले-ढाले गले की तरफ़ देखा। झर झर दूध बह रहा था और एक ख़ास क़िस्म की बू आ रही थी। फिर इंदू ने बच्चे की तरफ़ हाथ बढ़ाते हुए कहा, "उसे मुझे दे दो!"

मदन ने हाथ पिंघोड़े की तरफ़ बढ़ाया और उसी दम खींच लिया। फिर कुछ हिम्मत से काम लेते हुए उसने बच्चे को यूँ उठाया जैसे वो कोई मरा हुआ चूहा है। आख़िर उसने बच्चे को इंदू की गोद में दे दिया। इंदू मदन की तरफ़ देखते हुए बोली, "तुम जाओ... बाहर।"

"क्यों? बाहर क्यों जाऊँ?" मदन ने पूछा।

"जाओ ना।" इंदू ने कुछ मचलते, कुछ शरमाते हुए कहा, "तुम्हारे सामने मैं दूध नहीं पिला सकूँगी।" "अरे?" मदन हैरत से बोला, "मेरे सामने... नहीं पिला सकेगी।" और फिर नासमझी के अन्दाज़ में सर को

झटका दे कर बाहर की तरफ़ चल निकला। दरवाज़े के पास पहुँच कर उसने मुड़ते हुए इंदू पर एक निगाह डाली। इतनी ख़ूबसूरत इंदू आज तक नहीं लगी थी।

बाबू धनी राम छुट्टी पर घर लौटे तो वो पहले से आधे दिखाई पड़ते थे। जब इंदू ने पोता उनकी गोद में दिया तो वो खिल उठे। उनके पेट के अंदर कोई फोड़ा निकल आया था जो चौबीस घंटे उन्हें सूली पर लटकाए रखता। अगर मुन्ना रोता तो बाबू जी की उससे दस गुना बुरी हालत होती।

कई इ'लाज किए गए। बाबू जी के आख़िरी इ'लाज में डाक्टर ने अधन्नी के बराबर पंद्रह बीस गोलियाँ रोज़ खाने को दीं। पहले ही दिन उन्हें इतना पसीना आया कि दिन में तीन-तीन चार-चार बार कपड़े बदलने पड़े। हर बार मदन कपड़े उतार कर बाल्टी में निचोड़ता। सिर्फ़ पसीने से ही बाल्टी एक चौथाई हो गई थी। रात उन्हें मतली सी महसूस होने लगी थी और उन्होंने पुकारा, "बहू ज़रा दातुन तो देना ज़ायक़ा बहुत ख़राब हो रहा है।" बहू भागी हुई गई और दातुन लेकर आई। बाबू जी उठ कर दातुन चबा ही रहे थे कि एक उबकाई आई। साथ ही ख़ून का परनाला ले आई। बेटे ने वापस सिरहाने की तरफ़ लिटाया तो उनकी पुतलियाँ फिर चुकी थीं और कोई ही दम में वो ऊपर आस्मान के गुलज़ार में पहुँच चुके थे जहाँ उन्होंने अपना फूल पहचान लिया था।

मुन्ने को पैदा हुए कुल बीस-पच्चीस रोज़ हुए थे। इंदू ने मुंह नोच कर, सर और छाती पीट-पीट कर ख़ुद को नीला कर लिया। मदन के सामने वही मंज़र था जो उसने तसव्वुर में अपने मरने पर देखा था। फ़र्क़ सिर्फ़ इतना था कि इंदू ने चूड़ियाँ तोड़ने की बजाए उतार कर रख दी थीं। सर पर राख नहीं डाली थी लेकिन ज़मीन पर से मिट्टी लग जाने और बालों के बिखर जाने से चेहरा भयानक हो गया था। "लोगो! मैं लुट

गई”, की जगह उसने एक दिलदोज़ आवाज़ में चिल्लाना शुरू’अ कर दिया था। “लोगो! हम लुट गए!”

घर-बार का कितना बोझ मदन पर आ पड़ा था। उसका अभी मदन को पूरी तरह अन्दाज़ा न था। सुब्ह होने तक उसका दिल लपक कर मुंह में आ गया। वो शायद बच न पाता। अगर वो घर के बाहर बद-रौ के किनारे सील चढ़ी मिट्टी पर औंधा लेट कर अपने दिल को ठिकाने पर न लाता धरती माँ ने छाती से लगा कर अपने बच्चे को बचा लिया था। छोटे बच्चे कुन्दन, दुलारी मुन्नी, पाशी यूँ चिल्ला रहे थे जैसे घोंसले पर शकरे के हमले पर चिड़िया के बोंट चोंचें उठा-उठा कर चीं-चीं करते हैं। उन्हें अगर कोई परों के नीचे समेटती थी तो इंदू।

नाली के किनारे पड़े पड़े मदन ने सोचा अब तो ये दुनिया मेरे लिए ख़त्म हो गई है। क्या मैं जी सकूँगा? ज़िन्दगी में कभी हँस भी सकूँगा? वो उठा और उठ कर घर के अन्दर चला आया।

सीढ़ियों के नीचे गुस्लख़ाना था जिसमें घुस कर अंदर से किवाड़ बन्द करते हुए मदन ने एक बार फिर इस सवाल को दोहराया, “मैं कभी हँस भी सकूँगा?” और वो खिलखिला कर हँस रहा था। हालाँकि उसके बाप की लाश अभी पास ही बैठक में पड़ी थी।

बाप को आग में हवाले करने से पहले मदन अर्थी पर पड़े हुए जिस्म के सामने दंडवत के अन्दाज़ में लेट गया। ये उसका अपने जन्मदाता को आख़िरी प्रणाम था। तिस पर भी वो रो न रहा था। उसकी ये हालत देख कर मातम में शरीक होने वाले रिश्तेदार मोहल्लेदार सन्न से रह गए। फिर हिंदू रिवाज के मुताबिक़ सब से बड़ा बेटा होने की हैसियत से मदन को चिता जलानी पड़ी। जलती हुई खोपड़ी में कपाल कृपा की लाठी मारनी पड़ीं हैं, औ’रतें बाहर ही से श्मशान के कुएँ पर से नहा कर लौट चुकी थीं। जब मदन घर पहुँचा तो वो काँप रहा था। धरती माँ ने

थोड़ी देर के लिए जो ताक़त अपने बेटे को दी थी, रात घर के घर आने पर फिर से हवस में ढल गई, उसे कोई सहारा चाहिए था, किसी ऐसे जज़्बे का सहारा जो मौत से भी बड़ा हो। उस वक़्त धरती माँ की बेटी जनक दुलारी इंदू ने किसी घड़े में से पैदा होकर इस राम को अपनी बाँहों में ले लिया। उस रात को अगर इंदू अपना आप यूँ उस पर निसार न करती तो इतना बड़ा दुख मदन को ले डूबता।

दस ही महीने के अंदर-अंदर उनका दूसरा बच्चा चला आया। बीवी को इस दोज़ख़[1] की आग में धकेल कर ख़ुद अपना दुख भूल गया था। कभी-कभी उसे ख़याल आता अगर मैं शादी के बाद बाबू जी के पास गई हुई इंदू को न बुला लेता तो शायद वो इतनी जल्दी न चल देते लेकिन फिर वो बाप की मौत से पैदा होने वाले ख़सारे को पूरा करने में लग जाता, कारोबार जो पहले बे-तवज्जुही[2] की वज्ह से बन्द हो गया था... मजबूरन चल निकला।

उन दिनों बड़े बच्चे को मदन के पास छोड़कर, छोटे को छाती से गले लगाए इंदू मैके चली गई। पीछे मुन्ना तरह तरह की ज़िद करता था जो कभी मानी जाती थी और कभी नहीं भी। मैक़े से इंदू का ख़त आया मुझे यहाँ अपने बेटे के रोने की आवाज़ आ रही है, उसे कोई मारता तो नहीं? मदन को बड़ी हैरत हुई एक जाहिल अनपढ़ औ'रत ऐसी बातें कैसे लिख सकती है? फिर उसने अपने आप से पूछा क्या ये भी कोई रटा हुआ फ़िक़्रा है?

साल गुज़र गए। पैसे कभी इतने न आये कि उनमें से कुछ ऐ'श[3] हो सके लेकिन गुज़ारे के मुताबिक़ आमदनी ज़रूर हो जाती थी। दिक़्क़त[4] उस वक़्त पर होती जब कोई बड़ा ख़र्च सामने आ जाता कुन्दन का दाख़िला देना है, दुलारी मुन्नी का शगुन भिजवाना है। उस वक़्त मदन

---

1 नर्क 2 ध्यान न देना 3 मौज मस्ती 4 परेशानी

मुंह लटका कर बैठ जाता और फिर इंदू एक तरफ़ से आती मुस्कुराती हुई और कहती "क्यों दुखी हो रहे हो?" मदन उम्मीद भरी नज़रों से उसकी तरफ़ देखते हुए कहता। "दुखी न होऊँ? कुन्दन का बी.ए. का दाख़िला देना है मुन्नी" इंदू फिर हँसती और कहती। "चलो मेरे साथ" और मदन भेड़ के बच्चे की तरह इंदू के पीछे चल देता। इंदू संदल के संदूक़ के पास पहुँचती जिसे किसी को, मदन समेत हाथ लगाने की इजाज़त[1] न थी। कभी-कभी इस बात पर ख़फ़ा[2] हो कर मदन कहता, "मरोगी तो उसे भी छाती पर डाल के ले जाना।" और इंदू कहती, "हाँ! ले जाऊँगी।" फिर इंदू वहाँ से मत्लूबा रक़्म निकाल कर सामने रख देती।

"ये कहाँ से आ गए?"

"कहीं से भी तुम्हें आम खाने से मत्लब है।"

"फिर भी?"

"तुम जाओ अपना काम चलाओ।"

और जब मदन ज़ियादा इस्रार करता तो इंदू कहती, "मैंने एक सेठ दोस्त बनाया है न।" और फिर हँसने लगती। झूट जानते हुए भी मदन को ये मज़ाक़ अच्छा न लगता। फिर इंदू कहती, "मैं चोर लुटेरा हूँ... तुम नहीं जानते? सखी और लुटेरा... जो एक हाथ से लूटता है और दूसरे हाथ से ग़रीब-ग़ुरबा को दे देता है।" उसी तरह मुन्नी की शादी हुई जिस पर ऐसी ही लूट के ज़ेवर बिके। क़र्ज़ा चढ़ा और फिर उतर भी गया।

ऐसे ही कुन्दन भी ब्याहा गया। इन शादियों में इंदू ही 'हथ भरा' करती थी और माँ की जगह खड़ी हो जाती। आस्मान से बाबू जी और माँ देखा करते और फूल बरसाते जो किसी को नज़र न आते। फिर ऐसा हुआ, ऊपर माँ और बाबू जी में झगड़ा चल गया। माँ ने बाबू जी

---

1 आज्ञा 2 नाराज़

से कहा, “तुम तो बहू के हाथ की पकी खा कर आये हो। उसका सुख भी देखा है। पर मैं नसीबों[1] जली ने कुछ भी नहीं देखा।” और ये झगड़ा विष्णु महेश और शिव तक पहुँचा। उन्होंने माँ के हक़ में फ़ैसला दे दिया और यूँ माँ, मात लोक में आकर बहू की कोख में पड़ी और इंदू के यहाँ एक बेटी पैदा हुई.

फिर इंदू ऐसी देवी भी न थी। जब कोई उसूल की बात होती तो ननद-देवर क्या ख़ुद मदन से भी लड़ पड़ती। मदन रास्त-बाजी[2] की इस पुतली को ख़फ़ा होकर हरीश चन्द्र की बेटी कहा करता था। चूँकि इंदू की बातों में उलझाव होने के बावजूद सच्चाई और धर्म क़ायम रहते थे, इसलिए मदन और कुम्बे के बाक़ी सब लोगों की आँखें इंदू के सामने नीचे रहती थीं। झगड़ा कितना भी बढ़ जाए। मदन अपने शौहरी ज़ो’म[3] में कितना भी इंदू की बात को रद्द कर दे लेकिन आख़िर सब ही सर झुकाए हुए इंदू ही की शरण में आते थे और उसी से क्षमा माँगते थे।

नई भाभी आई। कहने को तो वो भी बीवी थी लेकिन इंदू एक औ’रत थी, जिसे बीवी कहते हैं। उसके उलट छोटी भाभी रानी एक बीवी थी जिसे औ’रत कहते हैं। रानी के कारण भाइयों में झगड़ा हुआ और जे पी चाचा की मा’रिफ़त[4] जाएदाद तक़्सीम हुई जिसमें माँ-बाप को जाएदाद तो एक तरफ़ इंदू की अपनी बनाई हुई चीज़ें भी तक़्सीम की ज़द में आ गईं और इंदू कलेजा मसोस कर रह गई।

जहाँ सब कुछ हो जाने के बाद और अलग होकर भी कुन्दन और रानी ठीक से नहीं बस सके थे, वहाँ इंदू का नया घर दिनों ही में जगमग जगमग करने लगा था।

बच्ची की पैदाइश के बाद इंदू की सेहत वो न रही। बच्ची हर वक़्त इंदू की छातियों से चिमटी रहती जहाँ सभी गोश्त के इस लोथड़े पर थू

---

1 भाग्य 2 सच्चाई 3 गुमान 4 जरिया

थू करते थे वहाँ एक इंदू थी जो उसे कलेजे से लगाए फिरती लेकिन कभी ख़ुद परेशान हो उठती और बच्ची को सामने झलंगे में फेंकते हुए कह उठती, "तू मुझे भी जीने देगी, माँ?" और बच्ची चिल्ला-चिल्ला कर रोने लगती।

मदन इंदू से कटने लगा। शादी से लेकर उस वक़्त तक उसे वो औ'रत न मिली थी जिसका वो मुतलाशी[1] था। गंदा बे-रोज़ा बिकने लगा और मदन ने बहुत सा रुपया इंदू से बाला-बाला ख़र्च करना शुरू' कर दिया। बाबू जी के चले जाने के बाद कोई पूछने वाला भी तो न था। पूरी आज़ादी थी।

गोया पड़ोसी सिब्ते की भैंस फिर मदन के मुंह के पास फुंकारने लगी। बल्कि बार-बार फुंकारने लगी। शादी की रात वाली भैंस तो बिक चुकी थी लेकिन उसका मालिक ज़िन्दा था। मदन उसके साथ ऐसी जगहों पर जाने लगा। जहाँ रौशनी और साए अजीब बे-क़ाएदा सी शक्लें बनाते हैं। नुक्कड़ पर भी कभी अंधेरे की तिकोन बनती है और ऊपर खट से रौशनी की एक चौकोर लहर आ कर उसे काट देती है। कोई तस्वीर पूरी नहीं बनती। मा'लूम होता है बग़ल से एक पाजामा निकला और आस्मान की तरफ़ उड़ गया। या किसी कोट ने देखने वाले का मुंह पूरी तरह से ढाँप लिया। और कोई साँस के लिए तड़पने लगा। जभी रौशनी की एक चौकोर लहर एक चोखटा सी बन गई और उसमें एक सूरत आ कर खड़ी हो गई। देखने वाले ने हाथ बढ़ाया तो वो आर-पार चला गया। जैसे वहाँ कुछ भी न था। पीछे कोई कुत्ता रोने लगा। ऊपर तबल ने उसकी आवाज़ डुबो दी।

मदन को उसके तसव्वुर के ख़द-ओ-ख़ाल[2] मिले लेकिन हर जगह ऐसा मा'लूम हो रहा था जैसे आर्टिस्ट से एक ख़त ग़लत लग गया

---

1 ढूँढना 2 शक्ल और सूरत

या हँसी की आवाज़ ज़रूरत से ज़ियादा बुलन्द थी और मदन बे-दाग़ सन्नाई और मुतवाज़िन हँसी की तलाश में खो गया।

सिब्ते ने उस वक़्त अपनी बीवी से बात की जब उसकी बेगम ने मदन को मिसाली शौहर की हैसियत से सिब्ते के सामने पेश किया। पेश ही नहीं किया बल्कि मुंह पे मारा। उसको उठा कर सिब्ते ने बेगम के मुंह पर दे मारा। मा'लूम होता था किसी ख़ूनीं तरबूज़ का गूदा है जिसके रग-ओ-रेशे बेगम की नाक उसकी आँखों और कानों पर लगे हुए हैं। करोड़-करोड़ गाली बकती हुई बेगम ने हाफ़िज़े की टोकरी में से गूदा और बीज उठाए और इंदू के साफ़ सुथरे सहन में बिखेर दिए।

एक इंदू की बजाए दो इंदू हो गईं। एक तो इंदू ख़ुद थी और दूसरी एक काँपता हुआ ख़त जो इंदू के पूरे जिस्म का अहाता किए हुए था और जो नज़र नहीं आ रहा था, मदन कहीं भी जाता था तो घर से होकर नहा-धो, अच्छे कपड़े पहन, मघई की एक गिलौरी जिसमें ख़ुश्बूदार क़िवाम लगा हो, मुंह में रख कर लेकिन उस दिन मदन घर आया तो इंदू की शक्ल ही दूसरी थी। उसने चेहरे पर पाउडर थोप रक्खा था। गालों पर रोज़ लगा रक्खी थी। लिपस्टिक न होने पर होंट माथे की बिंदी से रंग लिए थे और बाल कुछ इस तरीक़े से बनाए थे कि मदन की नज़रें उनमें उलझ कर रह गईं।

"क्या बात है आज?" मदन ने हैरान होकर पूछा।

"कुछ नहीं", इंदू ने मदन से नज़रें बचाते हुए कहा, "आज फ़ुर्सत मिली है।"

शादी के पंद्रह बीस बरस गुज़र जाने के बाद इंदू को आज फ़ुर्सत मिली थी और वो भी उस वक़्त जब चेहरे पर झाइयाँ आ चली थीं। नाक पर एक सियाह काठी बन गई थी और ब्लाउज़ के नीचे नंगे पेट के पास कमर पर चर्बी की दो तहें सी दिखाई देने लगी थीं। आज इंदू

ने ऐसा बंदोबस्त किया था कि इन उ'यूब[1] में से एक भी चीज़ नज़र न आती थी। यूँ बनी ठनी, कसी-कसाई वो बेहद हसीन लग रही थी "ये नहीं हो सकता" मदन ने सोचा और उसे एक धचका सा लगा। उसने फिर एक बार मुड़ कर इंदू की तरफ़ देखा जैसे घोड़ों के ब्यापारी किसी नामी घोड़ी की तरफ़ देखते हैं। वहाँ घोड़ी भी थी और लाल लगाम भी। यहाँ जो ग़लत ख़त लगे थे, शराबी आँखों को न दिख सके। इंदू सचमुच ख़ूबसूरत थी। आज भी पंद्रह साल के बाद फूलाँ, रशीदा, मिसिज़ राबर्ट और उनकी बहनें उनके सामने पानी भरती थीं, फिर मदन को रहम आने लगा और एक डर।

आस्मान पर कोई ख़ास बादल भी न थे लेकिन पानी पड़ना शुरू'अ हो गया। उधर घर की गंगा तुग़यानी पर थी और उसका पानी किनारों से निकल निकल कर पूरी उतराई और उसके आस पास बसने वाले गांव और क़स्बों को अपनी लपेट में ले रहा था। ऐसा मा'लूम होता था कि इसी रफ़्तार से अगर पानी बहता रहा तो उसमें कैलाश पर्बत भी डूब जाएगा, उधर बच्ची रोने लगी। ऐसा रोना जो वो आज तक न रोई थी। मदन ने उसकी आवाज़ सुन कर आँखें बन्द कर लीं। खोलीं तो वो सामने खड़ी थी। जवान औ'रत बन कर... नहीं, नहीं वो इंदू थी, अपनी माँ की बेटी, अपनी बेटी की माँ। जो अपनी आँखों के दुंबाले से मुस्कुराई और होंटों के कोने से देखने लगी।

उसी कमरे में जहाँ एक दिन हरमल की धूनी ने मदन को चकरा दिया था, आज उसकी ख़ुश्बू ने बौखला दिया था। हल्की बारिश तेज़ बारिश से ख़तरनाक होती है। इसलिए बाहर का पानी ऊपर किसी कड़ी में से रिस्ता हुआ इंदू और मदन के बीच टपकने लगा लेकिन मदन तो शराबी हो रहा था। इस नशे में उसकी आँखें सिमटने लगीं और

---

1 ख़राबी, बुराई

तनफ़्फ़ुस[1] तेज़ होकर इंसान का तनफ़्फ़ुस न रहा।

"इंदू..." मदन ने कहा और उसकी आवाज़ शादी की रात वाली पुकार से दो सुर ऊपर थी और इंदू ने परे देखते हुए कहा, "जी" और उसकी आवाज़ दो सुर नीचे थी... फिर आज चाँदनी की बजाए अमावस थी।

इससे पहले कि मदन इंदू की तरफ़ हाथ बढ़ाता। इंदू ख़ुद ही मदन से लिपट गई। फिर मदन ने हाथ से इंदू की ठोढ़ी ऊपर उठाई और देखने लगा। उसने क्या खोया, क्या पाया है? इंदू ने एक नज़र मदन के सियाह होते हुए चेहरे की तरफ़ फेंकी और आँखें बन्द कर लीं।

"ये क्या?" मदन ने चौंकते हुए कहा, "तुम्हारी आँखें सूजी हुई हैं।"

"यूँ ही", इंदू ने कहा और बच्ची की तरफ़ इशारा करते हुए बोली, "रात भर जगाया है इस चुड़ैल मय्या ने।"

बच्ची अब तक ख़ामोश हो चुकी थी। गोया वो दम साधे देख रही थी। अब क्या होने वाला है? आस्मान से पानी पड़ना बन्द हो गया था? वाक़ई आस्मान से पानी पड़ना बन्द हो गया था। मदन ने फिर ग़ौर से इंदू की तरफ़ देखते हुए कहा, "हाँ मगर ये आँसू?"

"ख़ुशी के हैं", इंदू ने जवाब दिया, "आज की रात मेरी है।" और फिर एक अजीब सी हँसी हँसते हुए वो मदन से चिमट गई। एक तलज़्ज़ुज़[2] के एहसास से मदन ने कहा, "आज बरसों के बाद मेरे मन की मुराद पूरी हुई इंदू! मैंने हमेशा चाहा था..."

"लेकिन तुम ने कहा नहीं", इंदू बोली, "याद है शादी वाली रात मैंने तुम से कुछ माँगा था?"

"हाँ!" मदन बोला, "अपने दुख मुझे दे दो।"

"तुमने कुछ नहीं माँगा मुझ से।"

---

1 साँस लेना 2 मज़ा, लुत्फ़

"मैंने?" मदन ने हैरान होते हुए कहा, "मैं क्या माँगता? मैं तो जो कुछ माँग सकता था वो सब तुमने दे दिया। मेरे अ'ज़ीज़ों से प्यार उनकी तालीम, ब्याह शादियाँ, ये प्यारे-प्यारे बच्चे, ये सब कुछ तो तुमने दे दिया।"

"मैं भी यही समझती थी।" इंदू बोली, "लेकिन अब जा कर पता चला, ऐसा नहीं।"

"क्या मत्लब?"

"कुछ नहीं।" फिर इंदू ने रुक कर कहा, "मैंने भी एक चीज़ रख ली...।"

"क्या चीज़ रख ली...?"

इंदू कुछ देर चुप रही और फिर अपना मुंह परे करते हुए बोली, "अपनी लाज... अपनी ख़ुशी... उस वक़्त तुम भी कह देते अपने सुख मुझे दे दो तो मैं..." और इंदू का गला रुँध गया। और कुछ देर बाद बोली, "अब तो मेरे पास कुछ भी नहीं रहा..."

मदन के हाथों की गिरफ़्त ढीली पड़ गई। वो ज़मीन में गड़ गया। ये अनपढ़ औ'रत...? कोई रटा हुआ फ़िक़्रा...? नहीं तो... ये तो अभी ही ज़िन्दगी की भट्टी से निकला है... अभी तो इस पर बराबर हथौड़े पड़ रहे हैं... और अतिशी बुरादा चारों तरफ़ उड़ रहा है।

कुछ देर बाद मदन के होश ठिकाने आये और बोला, "मैं समझ गया इंदू।" फिर रोते हुए मदन और इंदू एक दूसरे से लिपट गए।

इंदू ने मदन का हाथ पकड़ा और उसे ऐसी दुनियाओं में ले गई जहाँ इंसान मर कर ही पहुँच सकता है।

टोबा टेक सिंह

सआ'दत हसन मंटो

बटवारे के दो-तीन साल बा'द पाकिस्तान और हिन्दुस्तान की हुकूमतों को ख़याल आया कि अख़लाक़ी क़ैदियों की तरह पागलों का तबादला भी होना चाहिए यानी जो मुसलमान पागल, हिन्दुस्तान के पागलख़ानों में हैं उन्हें पाकिस्तान पहुँचा दिया जाए और जो हिंदू और सिख, पाकिस्तान के पागलख़ानों में हैं उन्हें हिन्दुस्तान के हवाले कर दिया जाये।

मा'लूम नहीं ये बात मा'क़ूल[1] थी या ग़ैरमाक़ूल, बहरहाल दानिशमन्दों[2] के फ़ैसले के मुताबिक़[3] इधर उधर ऊंची सतह की कांफ्रेंसें हुईं और बिल-आख़िर[4] एक दिन पागलों के तबादले[5] के लिए मुक़र्रर[6] हो गया। अच्छी तरह छानबीन की गई। वो मुसलमान पागल जिनके लवाहिक़ीन[7] हिन्दुस्तान ही में थे, वहीं रहने दिए गए थे। जो बाक़ी थे, उनको सरहद पर रवाना कर दिया गया।

यहाँ पाकिस्तान में चूँकि क़रीब-क़रीब तमाम हिंदू-सिख जा चुके थे इसीलिए किसी को रखने रखाने का सवाल ही न पैदा हुआ। जितने हिंदू-सिख पागल थे सबके सब पुलिस की हिफ़ाज़त में बॉर्डर पर पहुँचा दिए गए।

उधर का मा'लूम नहीं, लेकिन इधर लाहौर के पागलख़ाने में जब इस तबादले की ख़बर पहुँची तो बड़ी दिलचस्प चेमीगोईयाँ होने लगीं। एक मुसलमान पागल जो बारह बरस से हर रोज़ बा-क़ाइदगी के साथ

---

1 मुनासिब 2 अ'क़्लमन्दों 3 अनुसार 4 आख़िरकार 5 बदलना 6 नियुक्त 7 मिलने-जुलने वाले

'ज़मींदार' पढ़ता था, उससे जब उसके एक दोस्त ने पूछा, “मौलबी साब! ये पाकिस्तान क्या होता है?” तो उसने बड़े ग़ौर-ओ-फ़िक्र[1] के बाद जवाब दिया, “हिन्दुस्तान में एक ऐसी जगह है जहाँ उस्तरे[2] बनते हैं।” ये जवाब सुन कर उसका दोस्त मुत्मइन[3] हो गया।

इसी तरह एक सिख पागल ने एक दूसरे सिख पागल से पूछा, “सरदार जी हमें हिन्दुस्तान क्यों भेजा जा रहा है... हमें तो वहाँ की बोली नहीं आती।”

दूसरा मुस्कुराया, “मुझे तो हिन्दुस्तानियों की बोली आती है, हिन्दुस्ता-नी बड़े शैतानी, आकड़-आकड़ फिरते हैं।”

एक दिन नहाते नहाते एक मुसलमान पागल ने "पाकिस्तान ज़ि-न्दाबाद" का नारा इस ज़ोर से बुलन्द किया कि फ़र्श[4] पर फिसल कर गिरा और बेहोश हो गया।

बा'ज़ पागल ऐसे भी थे जो पागल नहीं थे। उनमें अक्सरियत[5] ऐसे क़ातिलों की थी जिनके रिश्तेदारों ने अफ़्सरों को दे दिला कर, पाग-लख़ाने भिजवा दिया था कि फांसी के फंदे से बच जाएँ। ये कुछ-कुछ समझते थे कि हिन्दुस्तान क्यों तक़्सीम हुआ है और ये पाकिस्तान क्या है। लेकिन सही वाक़िआ'त[6] से वो भी बे-ख़बर थे।

अख़्बारों से कुछ पता नहीं चलता था और पहरेदार सिपाही अनपढ़ और जाहिल थे। उनकी गुफ़्तुगूओं[7] से भी वो कोई नतीजा बरामद नहीं कर सकते थे। उनको सिर्फ़ इतना मा'लूम था कि एक आदमी मोहम्मद अली जिन्ना है जिसको क़ाइद-ए-आज़म[8] कहते हैं। उसने मुसलमानों के लिए एक अलाहिदा[9] मुल्क[10] बनाया है जिसका नाम पाकिस्तान है... ये कहाँ है, उसका महल-ए-वक़ूअ[11] क्या है, उसके मुतअल्लिक़[12] वो कुछ

---

1 सोच विचार 2 छुरी 3 सुकून 4 बिछौना 5 ज़ियादातर 6 घटित 7 बातचीत 8 बड़ा लीडर 9 अलग 10 राज्य 11 स्थापित होने की जगह 12 संबंधित

नहीं जानते थे।

यही वज्ह है कि पागलख़ाने में वो सब पागल जिनका दिमाग़ पूरी तरह माऊफ़[1] नहीं हुआ था, इस मुख़समे[2] में गिरफ़्तार थे कि वो पाकिस्तान में हैं या हिन्दुस्तान में... अगर हिन्दुस्तान में हैं तो पाकिस्तान कहाँ है!

अगर वो पाकिस्तान में हैं तो ये कैसे हो सकता है कि वो कुछ अर्सा[3] पहले यहीं रहते हुए भी हिन्दुस्तान में थे!

एक पागल तो पाकिस्तान और हिन्दुस्तान और हिन्दुस्तान और पाकिस्तान के चक्कर में कुछ ऐसा गिरफ़्तार हुआ कि और ज़ियादा पागल हो गया, झाड़ू देते एक दिन दरख़्त पर चढ़ गया और टहनी पर बैठ कर दो घंटे मुसलसल[4] तक़रीर[5] करता रहा जो पाकिस्तान और हिन्दुस्तान के नाज़ुक मसले पर थी।

सिपाहियों ने उसे नीचे उतरने को कहा तो वो और ऊपर चढ़ गया। डराया धमकाया गया तो उसने कहा, "मैं हिन्दुस्तान में रहना चाहता हूँ न पाकिस्तान में... मैं इस दरख़्त पर ही रहूँगा।"

बड़ी मुश्किलों के बा'द जब उसका दौरा सर्द पड़ा तो वो नीचे उतरा और अपने हिंदू-सिख दोस्तों से गले मिल मिल कर रोने लगा। इस ख़याल से उसका दिल भर आया था कि वो उसे छोड़ कर हिन्दुस्तान चले जाएंगे।

एक एम.एस. सी. पास रेडियो इंजिनियर जो मुसलमान था और दूसरे पागलों से बिल्कुल अलग थलग, बाग़ की एक ख़ास रविश पर, सारा दिन ख़ामोश टहलता रहता था, ये तब्दीली नुमूदार[6] हुई कि उसने तमाम कपड़े उतार कर दफ़अदार के हवाले कर दिए और नंग-धड़ंग

---

1 विकृत 2 झगड़े 3 समय 4 लगातार 5 भाषन 6 प्रकट

सारे बाग़ में चलना फिरना शुरू' कर दिया।

चन्यूट के एक मोटे मुसलमान पागल ने जो मुस्लिम लीग का सरगर्म कारकुन[1] रह चुका था और दिन में पंद्रह सोलह मर्तबा नहाया करता था, यकलख़्त[2] ये आदत तर्क[3] कर दी। उसका नाम मोहम्मद अली था। चुनान्चे उसने एक दिन अपने जंगले में ऐलान कर दिया कि वो क़ाइद-ए-आज़म मोहम्मद अली जिन्ना है। उसकी देखा देखी एक सिख पागल मास्टर तारा सिंह बन गया। क़रीब था कि इस जंगले में ख़ूनख़राबा हो जाए मगर दोनों को ख़तरनाक पागल क़रार दे कर अलाहेदा-अलाहेदा[4] बन्द कर दिया गया।

लाहौर का एक नौजवान हिंदू वकील था जो मोहब्बत में मुब्तला हो कर पागल हो गया था। जब उसने सुना कि अमृतसर हिन्दुस्तान में चला गया है तो उसे बहुत दुख हुआ। उसी शहर की एक हिंदू लड़की से उसे मोहब्बत हुई थी। गो उसने उस वकील को ठुकरा दिया था, मगर दीवानगी की हालत में भी वो उसको नहीं भूला था। चुनान्चे वो उन तमाम मुस्लिम लीडरों को गालियाँ देता था जिन्होंने मिल मिला कर हिन्दुस्तान के दो टुकड़े कर दिए, उसकी महबूबा हिन्दुस्तानी बन गई और वो पाकिस्तानी।

जब तबादले की बात शुरू' हुई तो वकील को कई पागलों ने समझाया कि वो दिल बुरा न करे, उसको हिन्दुस्तान भेज दिया जाएगा। उस हिन्दुस्तान में जहाँ उसकी महबूबा रहती है। मगर वो लाहौर छोड़ना नहीं चाहता था इसलिए कि उसका ख़याल था कि अमृतसर में उसकी प्रैक्टिस नहीं चलेगी।

यूरोपियन वार्ड में ऐंगलो इंडियन पागल थे। उनको जब मा'लूम

---

1 काम करने वाला 2 अचानक 3 छोड़ देना 4 अलग-अलग

हुआ कि हिन्दुस्तान को आज़ाद कर के अंग्रेज़ चले गए हैं तो उनको बहुत रन्ज[1] हुआ। वो छुपछुप कर घंटों इस मसअले पर गुफ़्तुगू[2] करते रहते कि पागलख़ाने में उनकी हैसियत किस क़िस्म की होगी। यूरोपियन वार्ड रहेगा या उड़ जाएगा। ब्रेकफास्ट मिला करेगा या नहीं। क्या उन्हें डबल रोटी के बजाय ब्लडी इंडियन चपाती तो ज़हर मार नहीं करना पड़ेगी।

एक सिख था जिसको पागलख़ाने में दाख़िल हुए पंद्रह बरस हो चुके थे। हर वक़्त उसकी ज़बान से ये अजीब-ओ-ग़रीब[3] अल्फ़ाज़[4] सुनने में आते थे, "ओपड़ दी गुड़ गुड़ दी अनैक्स दी बे ध्याना दी मंग दी दाल आफ़ दी लालटैन।" दिन में सोता था न रात में। पहरेदारों का ये कहना था कि पंद्रह बरस के तवील-अर्से[5] में वो एक लहज़े के लिए भी नहीं सोया। लेटा भी नहीं था। अलबत्ता कभी कभी किसी दीवार के साथ टेक लगा लेता था।

हर वक़्त खड़ा रहने से उसके पाँव सूज गए थे। पिंडलियाँ भी फूल गई थीं, मगर उस जिस्मानी तक्लीफ़ के बावजूद लेट कर आराम नहीं करता था। हिन्दुस्तान, पाकिस्तान और पागलों के तबादले के मुतअल्लिक़ जब कभी पागलख़ाने में गुफ़्तुगू होती थी वो ग़ौर से सुनता था। कोई उससे पूछता था कि उसका क्या ख़याल है तो वो बड़ी सन्जीदगी[6] से जवाब देता, "ओपड़ दी गुड़ गुड़ दी अनैक्स दी बे ध्याना दी मंग दी दाल ऑफ़ दी पाकिस्तान गर्वनमैंट।"

लेकिन बाद में "ऑफ़ दी पाकिस्तान गर्वनमैंट" की जगह "ऊफ़ दी टोबा टेक सिंह गर्वनमैंट" ने ले ली और उसने दूसरे पागलों से पूछना शुरू' किया कि टोबा टेक सिंह कहाँ है, जहाँ का वो रहने वाला

---

1 दुख: 2 बातचीत 3 अनोखा 4 शब्दों 5 लम्बे समय 6 कोमलता

है। लेकिन किसी को भी मा'लूम नहीं था कि वो पाकिस्तान में है या हिन्दुस्तान में। जो बताने की कोशिश करते थे, ख़ुद इस उलझाव में गिरफ़्तार हो जाते थे कि सियालकोट पहले हिन्दुस्तान में होता था पर अब सुना है कि पाकिस्तान में है।

क्या पता है कि लाहौर जो अब पाकिस्तान में है कल हिन्दुस्तान में चला जाए या सारा हिन्दुस्तान ही पाकिस्तान बन जाएगा और ये भी कौन सीने पर हाथ रख कर कह सकता था कि हिन्दुस्तान और पाकिस्तान दोनों किसी दिन सिरे से ग़ायब ही हो जाएँगे।

उस सिख पागल के केस छिदरे हो के बहुत मुख़्तसर[1] रह गए थे। चूँकि बहुत कम नहाता था, इसलिए दाढ़ी और बाल आपस में जम गए थे, जिसके बाइस[2] उसकी शक्ल बड़ी भयानक हो गई थी। मगर आदमी बेज़रर[3] था। पंद्रह बरसों में किसी से झगड़ा फ़साद नहीं किया था। पागलख़ाने के जो पुराने मुलाज़िम[4] थे, वो उसके मुतअ'ल्लिक़[5] जानते थे कि टोबा टेक सिंह में उसकी कई ज़मीनें थीं। अच्छा खाता-पीता ज़मींदार था कि अचानक दिमाग़ उलट गया।

उसके रिश्तेदार लोहे की मोटी-मोटी ज़न्जीरों में उसे बांध कर लाए और पागलख़ाने में दाख़िल करा गए।

महीने में एक बार मुलाक़ात के लिए ये लोग आते थे और उसकी ख़ैर-ख़ैरियत दरयाफ़्त[6] कर के चले जाते थे। एक मुद्दत तक ये सिलसिला जारी रहा। पर जब पाकिस्तान, हिन्दुस्तान की गड़बड़ शुरू' हुई तो उनका आना बन्द हो गया।

उसका नाम बिशन सिंह था मगर उसे टोबा टेक सिंह कहते थे। उसको ये क़तअन[7] मा'लूम नहीं था कि दिन कौन सा है, महीना

---

1 छोटा 2 कारण 3 नुक़्सान न देने वाला 4 नौकर 5 संबंधित 6 पूछना 7 बिल्कुल

कौन सा है या कितने साल बीत चुके हैं। लेकिन हर महीने जब उसके अ'ज़ीज़-ओ-अक़ारिब[1] उससे मिलने के लिए आते थे तो उसे अपने आप पता चल जाता था। चुनान्चे वो दफ़अदार से कहता कि उसकी मुलाक़ात आ रही है।

उस दिन वो अच्छी तरह नहाता, बदन पर ख़ूब साबुन घिसता और सर में तेल लगा कर कंघा करता, अपने कपड़े जो वो कभी इस्तेमाल नहीं करता था, निकलवा के पहनता और यूँ सज-बन कर मिलने वालों के पास जाता। वो उससे कुछ पूछते तो वो ख़ामोश रहता या कभी कभार "ऊपर दी गुड़ गुड़ दी अनैक्स दी बे ध्याना दी मंग दी वाल ऑफ़ दी लालटैन" कह देता।

उसकी एक लड़की थी जो हर महीने एक ऊँगली बढ़ती-बढ़ती पंद्रह बरसों में जवान हो गई थी। बिशन सिंह उसको पहचानता ही नहीं था। वो बच्ची थी जब भी अपने बाप को देख कर रोती थी, जवान हुई तब भी उसकी आँखों से आँसू बहते थे।

पाकिस्तान और हिन्दुस्तान का क़िस्सा शुरू' हुआ तो उसने दूसरे पागलों से पूछना शुरू' किया कि टोबा टेक सिंह कहाँ है। जब इत्मिना-नबख़्श जवाब न मिला तो उसकी कुरेद[2] दिन-ब-दिन बढ़ती गई। अब मुलाक़ात भी नहीं आती थी। पहले तो उसे अपने आप पता चल जाता था कि मिलने वाले आ रहे हैं, पर अब जैसे उसके दिल की आवाज़ भी बन्द हो गई थी जो उसे उनकी आमद[3] की ख़बर दे दिया करती थी।

उसकी बड़ी ख़्वाहिश थी कि वो लोग आएँ जो उससे हमदर्दी का इज़्हार[4] करते थे और उसके लिए फल, मिठाईयाँ और कपड़े लाते थे। वो अगर उनसे पूछता कि टोबा टेक सिंह कहाँ है, तो वो उसे यक़ीनन

---

1 दोस्त, रिश्तेदार 2 छानबीन 3 आन की 4 अभिव्यक्ति

बता देते कि पाकिस्तान में है या हिन्दुस्तान में क्योंकि उसका ख़याल था कि वो टोबा टेक सिंह ही से आते हैं, जहाँ उसकी ज़मीनें हैं।

पागलख़ाने में एक पागल ऐसा भी था जो ख़ुद को ख़ुदा कहता था। उससे जब एक रोज़ बिशन सिंह ने पूछा कि टोबा टेक सिंह पाकिस्तान में है या हिन्दुस्तान में तो उसने हस्ब-ए-आदत[1] क़हक़हा लगाया और कहा, "वो पाकिस्तान में है न हिन्दुस्तान में। इसलिए कि हमने अभी तक हुक्म नहीं लगाया।"

बिशन सिंह ने उस ख़ुदा से कई मर्तबा मिन्नत-समाजत से कहा कि वो हुक्म देदे ताकि झंझट ख़त्म हो, मगर वो बहुत मस्रूफ़[2] था इसलिए कि उसे और बेशुमार[3] हुक्म देने थे। एक दिन तंग आ कर वो उस पर बरस पड़ा, "ओपड़ दी गुड़ गुड़ दी अनैक्स दी बे ध्याना दी मंग दी दाल ऑफ़ वाहेगुरू जी दा ख़ालसा ऐंड वाहेगूरू जी की फ़तह... जो बोले सो निहाल, सत अकाल।"

उसका शायद ये मत्लब था कि तुम मुसलमानों के ख़ुदा हो... सिखों के ख़ुदा होते तो ज़रूर मेरी सुनते।

तबादले से कुछ दिन पहले टोबा टेक सिंह का एक मुसलमान जो उसका दोस्त था, मुलाक़ात के लिए आया। पहले वो कभी नहीं आया था। जब बिशन सिंह ने उसे देखा तो एक तरफ़ हट गया और वापस जाने लगा, मगर सिपाहियों ने उसे रोका, "ये तुमसे मिलने आया है... तुम्हारा दोस्त फ़ज़्लदीन है।"

बिशन सिंह ने फ़ज़्लदीन को एक नजर देखा और कुछ बड़बड़ाने लगा। फ़ज़्लदीन ने आगे बढ़ कर उसके कंधे पर हाथ रखा, "मैं बहुत दिनों से सोच रहा था कि तुमसे मिलूँ लेकिन फ़ुर्सत ही न मिली... तुम्हारे

1 आ'दत के अनुसार 2 व्यस्त 3 अनगिनत

सब आदमी ख़ैरियत से हिन्दुस्तान चले गए... मुझसे जितनी मदद हो सकी, मैंने की... तुम्हारी बेटी रूप कौर..."

वो कुछ कहते कहते रुक गया। बिशन सिंह कुछ याद करने लगा, "बेटी रूप कौर!"

फ़ज़्लदीन ने रुक रुक कर कहा, "हाँ... वो... वो भी ठीक ठाक है... उनके साथ ही चली गई थी।"

बिशन सिंह ख़ामोश रहा। फ़ज़्लदीन ने कहना शुरू' किया, "उन्होंने मुझसे कहा था कि तुम्हारी ख़ैर ख़ैरियत पूछता रहूँ... अब मैंने सुना है कि तुम हिन्दुस्तान जा रहे हो... भाई बलबीर सिंह और भाई वधावा सिंह से मेरा सलाम कहना... और बहन अमृत कौर से भी...

"भाई बलबीर से कहना फ़ज़्लदीन राज़ी ख़ुशी है... दो भूरी भैंसें जो वो छोड़ गए थे, उनमें से एक ने कट्टा दिया है और दूसरी के कट्टी हुई थी पर वो छः दिन की हो के मर गई... और मेरे लायक़ जो ख़िदमत हो कहना, मैं हर वक़्त तैयार हूँ... और ये तुम्हारे लिए थोड़े से मरोंडे लाया हूँ।"

बिशन सिंह ने मरोंडों की पोटली ले कर पास खड़े सिपाही के हवाले कर दी और फ़ज़्लदीन से पूछा, "टोबा टेक सिंह कहाँ है?"

फ़ज़्लदीन ने क़दरे हैरत[1] से कहा, "कहाँ है... वहीं है जहाँ था।"

बिशन सिंह ने फिर पूछा, "पाकिस्तान में या हिन्दुस्तान में?"

"हिन्दुस्तान में... नहीं नहीं, पाकिस्तान में।" फ़ज़्लदीन बौखला सा गया।

बिशन सिंह बड़बड़ाता हुआ चला गया, "ओपड़ दी गुड़ गुड़ दी

---

1 आश्चर्य

अनैक्स दी बे ध्याना दी मंग दी दाल ऑफ़ पाकिस्तान ऐंड हिन्दुस्तान आफ़ दी दुरफ़टे मुँह।"

तबादले[1] की तैयारियाँ मुकम्मल हो चुकी थीं। इधर से उधर और उधर से इधर आने वाले पागलों की फ़ेहरिस्तें पहुँच गई थीं और तबादले का दिन भी मुक़र्रर[2] हो गया।

सख़्त सर्दियां थीं, जब लाहौर के पागलख़ाने से हिंदू-सिख पागलों से भरी हुई लारियाँ पुलिस के मुहाफ़िज़ दस्ते[3] के साथ रवाना हुईं। मुतअ'ल्लिक़ा अफ़्सर भी हमराह[4] थे। वाघा के बॉर्डर पर तुरफ़ैन[5] के सुपरिन्टेन्डेन्ट एक दूसरे से मिले और इब्तिदाई[6] कार्रवाई ख़त्म होने के बाद तबादला शुरू हो गया जो रात भर जारी रहा।

पागलों को लारियों से निकालना और उनको दूसरे अफ़्सरों के हवाले करना बड़ा कठिन काम था। बा'ज़ तो बाहर निकलते ही नहीं थे। जो निकलने पर रज़ामन्द[7] हुए थे, उनको सँभालना मुश्किल हो जाता था क्योंकि इधर-उधर भाग उठते थे, जो नंगे थे, उनको कपड़े पहनाए जाते वो फाड़ कर अपने तन से जुदा कर देते। कोई गालियाँ बक रहा है। कोई गा रहा है। आपस में लड़ झगड़ रहे हैं। रो रहे हैं, बिलक[8] रहे हैं। कान पड़ी आवाज़ सुनाई नहीं देती थी... पागल औ'रतों का शोर-ओ-ग़ौग़ा[9] अलग था और सर्दी इतनी कड़ाके की थी कि दाँत बज रहे थे।

पागलों की अक्सरियत[10] इस तबादले के हक़ में नहीं थी, इसलिए कि उनकी समझ में नहीं आता था कि उन्हें अपनी जगह से उखाड़ कर कहाँ फेंका जा रहा है। चन्द जो कुछ सोच रेह थे, पाकिस्तान के नारे लगा रहे थे। दो तीन मर्तबा फ़साद होते होते बचा क्योंकि बा'ज़ मुसल-

1 बदली करना 2 नियुक्त 3 हिफ़ाजत करने वाले फ़ौज 4 साथ 5 दोनों तरफ़ के लोग 6 शुरूआती 7 मान गए 8 रो रहे हैं 9 शोर करना 10 जियादा

मानों और सिखों को ये नारा सुन कर तैश[1] आ गया था।

जब बिशन सिंह की बारी आई और वाघा के उस पार मुतअल्लिक़ा अफ़्सर उसका नाम रजिस्टर में दर्ज करने लगा तो उसने पूछा, "टोबा टेक सिंह कहाँ है... पाकिस्तान में या हिन्दुस्तान में?"

मुतअल्लिक़ा अफ़्सर हँसा, "पाकिस्तान में।"

ये सुन कर बिशन सिंह उछल कर एक तरफ़ हटा और दौड़ कर अपने बाक़ी-मान्दा साथियों के पास पहुँच गया।

पाकिस्तानी सिपाहियों ने उसे पकड़ लिया और दूसरी तरफ़ ले जाने लगे, मगर उसने चलने से इनकार कर दिया: "टोबा टेक सिंह यहाँ है..." और ज़ोर-ज़ोर से चिल्लाने लगा, "ओपड़ दी गुड़ गुड़ दी अनैक्स दी बे ध्याना दी मंग दी दाल ऑफ़ टोबा टेक सिंह ऐंड पाकि-स्तान।"

उसे बहुत समझाया गया कि देखो अब टोबा टेक सिंह हिन्दुस्तान में चला गया है... अगर नहीं गया तो उसे फ़ौरन वहाँ भेज दिया जाएगा, मगर वो न माना। जब उसको ज़बरदस्ती दूसरी तरफ़ ले जाने की कोशिश की गई तो वो दरमियान में एक जगह इस अंदाज़ में अपनी सूजी हुई टांगों पर खड़ा हो गया जैसे अब उसे कोई ताक़त वहाँ से नहीं हिला सकेगी।

आदमी चूँकि बेज़रर था इसलिए उससे मज़ीद[2] ज़बरदस्ती न की गई। उसको वहीं खड़ा रहने दिया गया और तबादले का बाक़ी काम होता रहा।

---

1 गुस्सा 2 और

सूरज निकलने से पहले साकित-ओ-सामित बिशन सिंह के हलक़ से एक फ़लक-शिगाफ़[1] चीख़ निकली... इधर उधर से कई अफ़्सर दौड़े आए और देखा कि वो आदमी जो पंद्रह बरस तक दिन-रात अपनी टांगों पर खड़ा रहा था, औंधे मुँह लेटा है। उधर ख़ारदार[2] तारों के पीछे हिन्दुस्तान था.. इधर वैसे ही तारों के पीछे पाकिस्तान। दरमियान में ज़मीन के उस टुकड़े पर जिसका कोई नाम नहीं था, टोबा टेक सिंह पड़ा था।

---

1 आस्मान में दराड़ पैदा करने वाली 2 काँटेदार

आनंदी

ग़ुलाम अ'ब्बास

बलदिया[1] का इजलास[2] बलदिया[1] का इजलास[2] ज़ोरों पर था। हाल खचाखच भरा हुआ था और खिलाफ़-ए-मा'मूल[3] एक मेम्बर भी ग़ैर-हाज़िर न था। बलदिया के ज़ेर-ए-बहस[4] मस्अला ये था कि ज़नान-बाज़ारी[5] को शह्र बदर कर दिया जाए क्योंकि उनका वुजूद इन्सानियत, शराफ़त और तहज़ीब के दामन पर बदनुमा दाग़ है।

बलदिया के एक भारी भरकम रुक्न जो मुल्क-ओ-क़ौम[6] के सच्चे ख़ैर-ख़्वाह और दर्द-मंद समझे जाते थे निहायत फ़साहत[7] से तक़रीर कर रहे थे।

"और फिर हज़रात आप ये भी ख़याल फ़रमाइए कि उनका क़याम[8] शह्र के एक ऐसे हिस्से में है जो न सिर्फ़ शह्र के बीचों बीच आम गुज़र-गाह है बल्कि शह्र का सबसे बड़ा तिजारती मर्कज़[9] भी है चुनाँचे[10] हर शरीफ़ आदमी को चार-ओ-ना-चार[11] इस बाज़ार से गुज़रना पड़ता है। अलावा अज़ीं शुरफ़ा की[12] पाक दामन बहू बेटियाँ इस बाज़ार की तिजारती अहमियत की वज्ह से यहाँ आने और ख़रीद-ओ-फ़रोख़्त[13] करने पर मजबूर हैं। साहिबान! ये शरीफ़ ज़ादियाँ[14] इन आबरू बाख़्ता,[15] नीम उरियाँ बेस्वाओं[16] के बनाव सिंगार को देखती हैं तो क़ुदरती तौर पर उनके दिल में भी आराइश-ओ-दिलरुबाई[17] की नई-नई उमंगें और

---

1 नगरपालिका 2 सभा 3 स्वभाव के विपरीत 4 विचाराधीन 5 वेश्या वृत्ति 6 देश और समाज 7 सुंदर एंव आम भाषा 8 ठहरने की जगह 9 व्यवसायिक केन्द्र 10 यद्दपि 11 चाहते न चाहते हुए 12 इसके अतिरिक्त शरीफ़ों की 13 क्रय-विक्रय 14 संभ्रान्त परिवार की बेटियाँ 15 इज्ज़त बेचने वाली 16 अर्ध-नग्न वेश्याओं 17 बनाव श्रृंगार एंव नैन मटक्का

वलवले[1] पैदा होते हैं और वो अपने ग़रीब शौहरों से तरह-तरह के गाज़ों, लेवेनडरों, ज़र्क़-बर्क़[2] साड़ियों और क़ीमती ज़ेवरों की फरमाइशें करने लगती हैं। नतीजा ये होता है कि उनका पुर-मसर्रत[3] घर, उनका राहत-कदा[4] हमेशा के लिए जहन्नम का नमूना बन जाता है।"

"और साहिबान फिर आप ये भी तो ख़याल फ़रमाइए कि हमारे नौ-निहालान-ए-क़ौम[5] जो दर्सगाहों[6] में ता'लीम पा रहे हैं और उनकी आइन्दा तरक़्क़ियों से क़ौम की उम्मीदें वाबस्ता[7] हैं और क़यास कहता है कि एक न एक दिन क़ौम की कश्ती को भंवर से निकालने का सहरा उन्ही के सर बंधेगा, उन्हें भी सुब्ह शाम इसी बाज़ार से होकर आना-जाना पड़ता है। ये क़हबाएँ[8] हर वक़्त बारा उभरन सोलह सिंगार किए राह-रौ[9] पर बे-हिजाबाना[10] निगाह-ओ-मिज़ह[11] के तीर-ओ-सिनाँ[12] बरसाती और उसे दावत-ए-हुस्न[13] देती हैं। क्या इन्हें देख कर हमारे भोले-भाले ना-तजुर्बेकार[14] जवानी के नशे में मस्त,[15] सूद-ओ-ज़ियाँ[16] से बे-परवाह[17] नौ-निहालान-ए-क़ौम[18] अपने जज़्बात-ओ-ख़यालात[19] और अपनी आला सीरत को मा'सियत[20] के मस्मूम असरात[21] से महफ़ूज़ रख सकते हैं? साहिबान! क्या उनका हुस्न ज़ाहिद फ़रेब हमारे नौ-निहालान-ए-क़ौम[22] को जादा-ए-मुस्तक़ीम[23] से भटका कर, उनके दिल में गुनाह की पुर-असरार[24] लज़्ज़तों की तिश्नगी पैदा करके एक बेकली, एक इज़्तिराब,[25] एक हैजान[26] बरपा न कर देता होगा।"

इस मौक़े पर एक रुक्न-ए-बलदिया जो किसी ज़माने में मुदर्रिस[27] रह चुके थे और आदाद-ओ-शुमार[28] से ख़ास शग़फ़[29] रखते थे बोल उठे:

"साहिबान, वाज़ेह[30] रहे कि इम्तिहानों में नाकाम रहने वाले तलबा[31]

---

1 उत्साह 2 चमक-दमक 3 ख़ुशहाल 4 आराम की जगह 5 समाज के बच्चे 6 विद्यालयों 7 जुड़ी हुई 8 बदचलन औरत 9 आवागमन पथ 10 बेपर्दा 11 नज़र और पलक 12 तीर और भाला 13 रूप का निमंत्रण 14 अनुभवहीन 15 लिप्त 16 लाभ-हानि 17 उदासीन 18 समाज के बच्चे 19 भाव एंव कल्पना 20 पाप 21 विषाक्त प्रभाव 22 समाज के बच्चे 23 सत्यमार्ग 24 प्रभावी 25 बेचैनी 26 उफान 27 शिक्षक 28 अंकगणना 29 रूचि 30 स्पष्ट 31 विद्यार्थी

का तनासुब[1] पिछले पाँच साल की निस्बत ड्योढा हो गया है।"

एक रुक्न ने जो चश्मा लगाए थे और हफ़्तावार[2] अख़बार के मुदीर-ए-ए'ज़ाज़ी[3] थे, तक़रीर करते हुए कहा, "हज़रात हमारे शह्र से रोज़ ब-रोज़ ग़ैरत, शराफ़त, मर्दानगी, नेको-कारी-ओ-परहेज़गारी[4] उठती जा रही है और इसकी बजाए बे-ग़ैरती,[5] ना-मर्दी, बुज़दिली, बदमाशी, चोरी और जालसाज़ी का दौर-दौरा[6] होता जा रहा है। मुनश्शियात[7] का इस्ते'माल बढ़ गया है। क़त्ल-ओ-ग़ारतगरी,[8] ख़ुदकशी और दीवालिया निकलने की वारदातें बढ़ती जा रही हैं। इसका सबब महज़ उन ज़नान-ए-बाज़ारी का नापाक वुजूद है क्यों कि हमारे भोले-भाले शह्री उनकी ज़ुल्फ़-ए-गिरहगीर[9] के असीर[10] हो कर होश-ओ-ख़िरद[11] खो बैठते हैं और उनकी बारगाह[12] तक रसाई की ज़्यादा से ज़्यादा क़ीमत अदा करने के लिए हर जायज़-ओ-ना-जायज़[13] तरीक़े से ज़र[14] हासिल करते हैं। बा'ज़ औक़ात[15] वो इस सई-ओ-कोशिश[16] में जामा-ए-इन्सानियत[17] से बाहर हो जाते हैं और क़बीह अफ़आल[18] का इर्तिकाब[19] कर बैठते हैं, नतीजा ये होता है कि वो जान-ए-अज़ीज़ी[20] से हाथ धो बैठते हैं या जेल ख़ानों में पड़े सड़ते हैं।"

एक पेंशन याफ़्ता[21] मुअ'म्मर रुक्न[22] जो एक वसीअ[23] ख़ानदान के सर-परस्त[24] थे और दुनिया का सर्द-ओ-गर्म[25] देख चुके थे और अब कशमकश-ए-हयात[26] से थक कर बाक़ी माँदा[27] उ'म्र सुस्ताने और अपने अह्ल-ओ-अयाल को अपने साए में पनपता हुआ देखने के मुतमन्नी थे, तक़रीर करने उठे... उनकी आवाज़ लरज़ती हुई थी और लहजा फ़र्याद का अन्दाज़ लिए हुए था। बोले: साहिबान रात-रात भर उन लोगों के

---

1 अनुपात 2 साप्ताहिक 3 सम्मानित 4 इच्छा आचरण एंव संयम 5 निर्लज्जता 6 रिवाज 7 मादक पदार्थ 8 हत्या एवं लूटपाट 9 घुंघराले बाल 10 बंदी 11 सोच-समझ 12 भवन 13 उचित-अनुचित 14 धन 15 किसी समय पर 16 प्रयास 17 मनुष्यता का परिधान 18 बुरे कर्म 19 पाप करना 20 प्रियजन 21 निवृत्ति वेतन भागी 22 वृद्धजन 23 लम्बे-चौड़े 24 मुखिया 25 ऊँच-नींच 26 जीवन के उहापोह 27 शेष

तबले की थाप, उनकी गले बाज़ियाँ, उनके उ'श्शाक़ की धींगा मुश्ती, गाली गलोच, शोर-ओ-गुल हा हा हा हो हो हो, सुन-सुन कर आस-पास के रहने वाले शुरफ़ा के कान पक गए हैं।

रात की नींद हराम है तो दिन का चैन मफ़क़ूद। अलावा अज़ीं उनके क़ुर्ब से हमारी बहू बेटियों के अख़लाक़ पर जो असर पड़ता है इसका अन्दाज़ा हर साहिब-ए-औलाद ख़ुद कर सकता है। आख़िरी फ़िक़रा कहते-कहते उनकी आवाज़ भर्रा गई और वो इससे ज़्यादा कुछ न कह सके। सब अराकीन-ए-बलदिया को उनसे हमदर्दी थी क्यों कि बद-क़िस्मती से उनका मकान उस बाज़ार-ए-हुस्न के ऐन वस्त में वाक़े था। उनके बा'द एक रुक्न-ए-बलदिया ने जो पुरानी तहज़ीब के अलम-बरदार थे और आसार-ए-क़दीमा को औलाद से ज़ियादा अज़ीज़ रखते थे तक़रीर करते हुए कहा...

"हज़रात! बाहर से जो सय्याह और हमारे अहबाब इस मश्हूर और तारीख़ी शह्र को देखने आते हैं जब वो उस बाज़ार से गुज़रते हैं और उसके मुतअ'ल्लिक़ इस्तिफ़सार करते हैं तो यक़ीन कीजिए कि हम पर घड़ों पानी पड़ जाता है।"

अब सद्र-ए-बलदिया तक़रीर करने उठे। गो क़द ठिगना और हाथ-पाँव छोटे-छोटे थे मगर सर बड़ा था। जिसकी वज्ह से बुर्द-बार आदमी मा'लूम होते थे। लहजे में हद दर्जा मतानत थी, बोले: "हज़रात! मैं इस अम्र में क़तई तौर पर आप से मुत्तफ़िक़ हूँ कि इस तबक़े का वुजूद हमारे शह्र और हमारे तहज़ीब-ओ-तमद्दुन के लिए बाइस-ए-सद-आ'र है लेकिन मुश्किल ये है कि इसका तदारुक किस तरह किया जाए। अगर उन लोगों को मजबूर किया जाए कि ये अपना ज़लील पेशा छोड़ दें तो सवाल पैदा होता है कि ये लोग खाएँगे कहाँ से?" एक साहब बोल उठे, "ए औरतें शादी क्यों नहीं कर लेतीं?" इस पर एक तवील फ़रमा-इशी क़हक़हा पड़ा और हाल की मातमी फ़िज़ा में यकबारगी शगुफ़्तगी

के आसार पैदा हो गए। जब इजलास में ख़ामोशी हुई तो साहिब-ए-सद्र बोले, "हज़रात ये तजवीज़ बारहा उन लोगों के सामने पेश की जा चुकी है। इसका उनकी तरफ़ से ये जवाब दिया जाता है कि आसूदा और इज़्ज़तदार लोग ख़ानदानी हुर्मत-ओ-नामूस के ख़याल से उन्हें अपने घरों में घुसने न देंगे और मुफ़लिस और अदना तबक़े के लोगों को जो महज़ उनकी दौलत के लिए उनसे शादी करने पर आमादा होंगे, ये औरतें ख़ुद मुंह नहीं लगाएँगी।"

इस पर एक साहब बोले, "बलदिया को उनके निजी मुआ'मलों में पड़ने की ज़रूरत नहीं। बलदिया के सामने तो ये मस्अला है कि ये लोग चाहे जहन्नम में जाएँ मगर इस शह्र को ख़ाली कर दें।" सद्र ने कहा, "साहिबान ये भी आसान काम नहीं है। उनकी तादाद दस-बीस नहीं सैंकड़ों तक पहुँचती है और फिर उनमें से बहुत सी औरतों के ज़ाती मकानात हैं।"

ये मस्अला कोई महीने भर तक बलदिया के ज़ेर-ए-बहस रहा और बिल-आख़िर तमाम अराकीन की इत्तिफ़ाक़-ए-राय ये अम्र क़रार पाया कि ज़नान-ए-बाज़ारी के ममलूका मकानों को ख़रीद लेना चाहिए और उन्हें रहने के लिए शह्र से काफ़ी दूर कोई अलग-थलग इलाक़ा दे देना चाहिए। उन औरतों ने बलदिया के इस फ़ैसले के ख़िलाफ़ सख़्त एहतिजाज किया। बा'ज़ ने ना-फ़रमानी कर के भारी जुर्माने और क़ैदें भुगतीं मगर बलदिया की मर्ज़ी के आगे उनकी कोई पेश न चल सकी और चार-ओ-नाचार सब्र कर के रह गईं।

इसके बा'द एक अर्से तक इन ज़नान-ए-बाज़ारी के ममलूका मकानों की फ़हरिस्तें और नक़्शे तैयार होते रहे और मकानों के गाहक पैदा किए जाते रहे। बेशतर मकानों को ब-ज़रिया-ए-नीलाम फ़रोख़्त करने का फ़ैसला किया गया। उन औरतों को छःमहीने तक शह्र में अपने पुराने ही मकानों में रहने की इजाज़त दे दी गई ताकि इस अर्से

में वो नए इलाक़े में मकान वग़ैरह बनवा सकें।

उन औरतों के लिए जो इलाक़ा मुंतख़ब किया गया वो शह्र से छः कोस दूर था। पाँच कोस तक पक्की सड़क जाती थी और इससे आगे कोस भर का कच्चा रास्ता था। किसी ज़माने में वहाँ कोई बस्ती होगी मगर अब तो खंडरों के सिवा कुछ न रहा था। जिनमें साँपों और चमगादड़ों के मस्कन[1] थे और दिन दहाड़े उल्लू बोलता था। उस इलाक़े के नवाह में कच्चे घरौंदों वाले कई छोटे-छोटे गाँव थे। मगर किसी का फ़ासला भी यहाँ से दो-ढाई मील से कम न था। उन गाँव के बसने वाले किसान दिन के वक़्त खेती बाड़ी करते, या यूँ ही फिरते-फ़िराते उधर निकल आते वर्ना आम तौर पर उस शह्र-ए-ख़मोशाँ[2] में आदमज़ाद की सूरत नज़र न आती थी। बा'ज़ औक़ात[3] रोज़-ए-रौशन[4] ही में गीदड़ उस इलाक़े में फिरते देखे गए थे।

पाँच सौ से कुछ ऊपर बेस्वाओं[5] में से सिर्फ़ चौदह ऐसी थीं जो अपने उश्शाक़ की वा-बस्तगी या ख़ुद अपनी दिल-बस्तगी या किसी और वज्ह से शह्र के क़रीब आज़ादाना[6] रहने पर मजबूर थीं और अपने दौलतमंद चाहने वालों की मुस्तक़िल[7] माली सरपरस्ती के भरोसे बा-दिल-ए-ना-ख़्वास्ता उस इलाक़े में रहने पर आमादा हो गई थीं वर्ना बाक़ी औरतों ने सोच रखा था कि वो या तो इसी शह्र के होटलों को अपना मस्कन[8] बनाएँगी या ब-ज़ाहिर पारसाई[9] का जामा पहन कर शह्र के शरीफ़ महलों की कोनों-ख़ुदरों[10] में जा छुपेंगी या फिर इस शह्र को छोड़कर कहीं और निकल जाएँगी।

ए चौदह बेस्वाएँ अच्छी ख़ासी मालदार थीं। उस पर शह्र में उनके जो ममलूका[11] मकान थे, उनके दाम उन्हें अच्छे वसूल हो गए थे और

1 निवास 2 सुनसान नगर 3 कभी-कभी 4 दिन के उजाले 5 वेश्याओं 6 स्वतंत्र 7 निरंतर 8 निवास 9 पवित्रता 10 कोना और बिल 11 ख़रीदा गया

उस इलाक़े में ज़मीन की क़ीमत बराए नाम थी और सब से बढ़ कर ये कि उनके मिलने वाले दिल-ओ-जान से उनकी माली इमदाद[1] करने के लिए तैयार थे। चुनाँचे[2] उन्होंने उस इलाक़े में जी खोल कर बड़े-बड़े आलीशान मकान बनवाने की ठानी। एक ऊँची और हमवार जगह जो टूटी-फूटी क़ब्रों से हट कर थी, "मुंतख़ब की गई। ज़मीन के कत्बे साफ़ करवाए और चाबुक-दस्त नक़्शा-नवीसों[3] से मकान के नक़्शे बनवाए गए और चन्द ही रोज़ में ता'मीर का काम शुरू'' हो गया। दिन भर ईंट, मिट्टी, चूना, शहतीर, गार्डर और दूसरा इमारती सामान गाड़ियों, छकड़ों, खच्चरों, गधों और इन्सानों पर लद कर इस बस्ती में आता और मुंशी साहब हिसाब-किताब की कापियाँ बग़लों में दबाए उन्हें गिनवाते और कापियों में दर्ज करते... मीर साहब मे'मारों[4] को काम के मुतअ'ल्लिक़[5] हिदायात[6] देते। मे'मार मज़दूरों को डाँटते-डपटते मज़दूर इधर-उधर दौड़ते फिरते।

मज़दूरनियों को चिल्ला-चिल्ला कर पुकारते और अपने साथ काम करने के लिए बुलाते। ग़रज़ सारा दिन एक शोर एक हंगामा रहता। और सारा दिन आस-पास के गाँव के देहाती अपने खेतों में और दिहातनें अपने घरों में हवा के झोंकों के साथ दूर से आती हुई खट-खट की धीमी आवाज़ें सुनती रहतीं।

इस बस्ती के खंडरों में एक जगह मस्जिद के आसार थे और उसके पास ही एक कुँआँ था जो बंद पड़ा था। राज मज़दूरों ने कुछ तो पानी हासिल करने और बैठ कर सुस्ताने की ग़रज़ से और कुछ सवाब कमाने और अपने नमाज़ी भाइयों की इबादत-गुज़ारी[7] के ख़याल से सबसे पहले उसकी मरम्मत की चूँकि ये फ़ायदा-बख़्श[8] और सवाब का काम था, इसलिए किसी ने कुछ एतराज़ न किया चुनाँचे दो-तीन रोज़ में मस्जिद

---

1 सहायता 2 यद्दपि 3 चुनिंदा नक़्शा बनाने वाले 4 मिस्त्रियों 5 सम्बंधित 6 निर्देश 7 पूजा पाठ 8 लाभप्रद

तैयार हो गई।

दिन को बारह बजे जैसे ही खाना खाने की छुट्टी हुई दो-ढाई सौ राज मज़दूर, मीर-ए-इमारत,[1] मुंशी और उन बेस्वाओं के रिश्तेदार या कारिंदे[2] जो ता'मीर की निगरानी पर मा'मूर थे, इस मस्जिद के आस-पास जमा हो जाते और अच्छा ख़ासा मेला सा लग जाता।

एक दिन एक देहाती बुढ़िया जो पास के किसी गाँव में रहती थी, इस बस्ती की ख़बर सुन कर आ गई। उसके साथ एक ख़ुर्द साल[3] लड़का था। दोनों ने मस्जिद के क़रीब एक दरख़्त के नीचे घटिया सिगरेट, बीड़ी, चने और गुड़ की बनी हुई मिठाईयों का ख़्वाँचा लगा दिया। बुढ़िया को आए अभी दो दिन भी न गुज़रे थे कि एक बूढ़ा किसान कहीं से एक मटका उठा लाया और कुएँ के पास ईंटों का एक छोटा सा चबूतरा बना पैसे के दो-दो शकर के शर्बत के गिलास बेचने लगा। एक कुंजड़े को जो ख़बर हुई वो एक टोकरे में ख़रबूज़े भर कर ले आया और ख़्वाँचा[4] वाली बुढ़िया के पास बैठ कर, "ले लो ख़रबूज़े, शहद से मीठे ख़रबूज़े!" की सदा लगाने लगा। एक शख़्स ने क्या किया, घर से सिरी-पाए पका, देगची में रख, ख़्वाँचे में लगा, थोड़ी सी रोटियाँ, मिट्टी के दो तीन प्याले और टीन का एक गिलास ले आ मौजूद हुआ और इसी बस्ती के कारकुनों[5] को जंगल में घर की हंडिया[6] का मज़ा चखाने लगा।

ज़ुहर[7] और अ'स्र[8] के वक़्त, मीर-ए-इमारत,[9] मुंशी, मे'मार और दूसरे लोग मज़दूरों से कुएँ से पानी निकलवा-निकलवा कर वुज़ू करते नज़र आते। एक शख़्स मस्जिद में जा कर अज़ान देता, फिर एक को इमाम बना दिया जाता और दूसरे लोग उसके पीछे खड़े होकर नमाज़ पढ़ते। किसी गाँव में एक मुल्ला के कान में जो ये भनक पड़ी कि फ़लाँ मस्जिद में इमाम की ज़रूरत है वो दूसरे ही दिन

---

1 इंजीनियर 2 कर्मचारी 3 किशोर 4 खोमचा 5 कर्मचारी 6 एक बरतन 7 दोपहर के समय पढ़ी जाने वाली नमाज़ 8 सूर्यस्ति से पहले पढ़ी जोने वाली नमाज़ 9 इंजीनियर

अलस्सुबह[1] एक सब्ज़ जुज़दान[2] में क़ुरआन शरीफ़, पंजसूरह, रेहल और मसले मसाइल के चन्द छोटे-छोटे रिसाले रख आ मौजूद हुआ और उस मस्जिद की इमामत बा-क़ायदा[3] तौर पर उसे सौंप दी गई।

हर रोज़ तीसरे पहर गाँव का एक कबाबी सर पर अपने सामान का टोकरा उठाए आ जाता और ख़्वाँचा[4] वाली बुढ़िया के पास ज़मीन पर चूल्हा बना, कबाब, कलेजी, दिल और गुर्दे सीखों पर चढ़ा, बस्ती वालों के हाथ बेचता। एक भटयारी ने जो ये हाल देखा तो अपने मियाँ को साथ लेकर मस्जिद के सामने मैदान में धूप से बचने के लिए फूंस का एक छप्पर डाल कर तन्नूर गर्म करने लगी। कभी-कभी एक नौजवान देहाती नाई, फटी पुरानी कस्बत[5] गले में डाले जूतों की ठोकरों से रास्ता रोड़ों को लुढ़काता इधर-उधर गश्त करता देखने में आ जाता।

उन बेस्वाओं के मकानों की ता'मीर की निगरानी उनके रिश्तेदार या कारिंदे तो करते ही थे, किसी-किसी दिन वो दोपहर के खाने से फ़ारिग़ हो कर अपने उश्शाक़[6] के हमराह ख़ुद भी अपने-अपने मकानों को बनता देखने आ जातीं और ग़ुरूब-ए-आफ़ताब[7] से पहले यहाँ से न जातीं। इस मौक़े पर फ़क़ीरों और फ़क़ीरनियों की टोलियों की टोलियाँ न जाने कहाँ से आ जातीं और जब तक ख़ैरात न ले लेतीं अपनी सदाओं से बराबर शोर मचाती रहतीं और उन्हें बात न करने देतीं। कभी-कभी शह्र के लफ़ंगे, ओबाश-ओ-बेकार[8] मबाश कुछ क्या कर, के मिस्दाक़-ए-शह्र[9] से पैदल चल कर बेस्वाओं की इस नई बस्ती की सुन-गुन लेने आ जाते और अगर उस दिन बेस्वाएँ भी आई होतीं तो उनकी ईद हो जाती। वो उनसे दूर हट कर उनके गिर्दा-गिर्द चक्कर लगाते रहते। फ़िक़रे कसते, बेतुके क़हक़हे लगाते। अजीब-अजीब शक्लें बनाते और

---

1 प्रातः काल 2 क़ुरआन को रखने का कपड़ा 3 नियमानुसार 4 खोमचा 5 नाइयों की पेटी 6 प्रेमियों 7 सूर्यस्ति 8 अय्याश 9 प्रमाणिक नगर

मजनूनाना[1] हरकतें करते। उस रोज़ कबाबी की ख़ूब बिक्री होती।

उस इलाक़े में जहाँ थोड़े ही दिन पहले हू का आलम था अब हर तरफ़ गहमा गहमी और चहल-पहल नज़र आने लगी। शुरू'-शुरू' में उस इलाक़े की वीरानी में उन बेस्वाओं को यहाँ आ कर रहने के ख़याल से जो वहशत होती थी, वो बड़ी हद तक जाती रही थी और अब वो हर मर्तबा ख़ुश-ख़ुश अपने मकानों की आराइश और अपने मर्ग़ूब[2] रंगों के मुतअ'ल्लिक़ मे'मारों को ताकीदें कर जाती थीं।

बस्ती में एक जगह एक टूटा-फूटा मज़ार था जो क़राइन[3] से किसी बुज़ुर्ग का मा'लूम होता था। जब ये मकान निस्फ़[4] से ज़्यादा ता'मीर हो चुके तो एक दिन बस्ती के राज मज़दूरों ने क्या देखा कि मज़ार के पास धुआँ उठ रहा है और एक सुर्ख़-सुर्ख़ आँखों वाला लंबा तड़ंगा मस्त फ़क़ीर, लंगोट बाँधे चार अब्रू का सफ़ाया कराए उस मज़ार के इर्द-गिर्द फिर रहा है और कंकर पत्थर उठा-उठा कर परे फेंक रहा है। दोपहर को वो फ़क़ीर एक घड़ा लेकर कुँवें पर आया और पानी भर-भर कर मज़ार पर ले जाने और उसे धोने लगा। एक दफ़ा' जो आया तो कुएँ पर दो तीन राज मज़दूर खड़े थे। वो नीम दीवानगी और नीम फ़र्ज़ानगी के आलम में उनसे कहने लगा, "जानते हो वो किस का मज़ार है? कड़क शाह पीर बादशाह का! मेरे बाप-दादा, उनके मुजाविर थे।" उसके बा'द उसने हँस-हँस कर और आँखों में आँसू भर-भर कर पीर कड़क शाह की कुछ जलाली करामातें भी उन राज मज़दूरों से बयान कीं।

शाम को ये फ़क़ीर कहीं से माँग-ताँग कर मिट्टी के दो दीए और सरसों का तेल ले आया और पीर कड़क शाह की क़ब्र के सिरहाने और पाइंती चराग़ रौशन कर दिए। रात को पिछले पहर कभी-कभी उस मज़ार से अल्लाह-हू का मस्त नारा सुनाई दे जाता।

---

1 विक्षिप्त 2 मन भावन 3 रंग-ढंग 4 आधा

छः महीने गुज़रने न पाए थे कि ये चौदह मकान बन कर तैयार हो गए। ये सब के सब दो मंज़िला और क़रीब-क़रीब एक ही वज़ा के थे। सात एक तरफ़ और सात दूसरी तरफ़। बीच में चौड़ी चकली सड़क थी। हर एक मकान के नीचे चार चार दुकानें थीं। मकान की बालाई मन्ज़िल में सड़क के रुख़ वसीअ बरामदा था। उसके आगे बैठने के लिए कश्ती नुमा[1] शह-नशीन[2] बनाई गई थी। जिसके दोनों सिरों पर या तो संग-ए-मरमर के मोर रक़्स करते हुए बनाए गए थे और या जल परियों के मुजस्समे[3] तराशे गए थे, जिनका आधा धड़ मछली का और आधा इन्सान का था। बरामदे के पीछे जो बड़ा कमरा बैठने के लिए था उसमें संग-ए-मरमर के नाज़ुक-नाज़ुक सुतून[4] बनाए गए थे... दीवारों पर ख़ुशनुमा पच्चीकारी की गई थी। फ़र्श सब्ज़ चमकदार और पत्थरों का बनाया गया था। जब संग-ए-मरमर के सुतूनों के अ'क्स इस फ़र्श पर पड़ते तो ऐसा मा'लूम होता गोया सफ़ेद-सफ़ेद बुर्राक़[5] परों वाले राज हँसों ने अपनी लंबी-लंबी गर्दनें झील में डुबो दी हैं।

बुध का शुभ दिन, उस बस्ती में आने के लिए मुक़र्रर[6] किया गया। उस रोज़ उस बस्ती की सब बेस्वाओं ने मिल कर बहुत भारी नियाज़[7] दिलवाई। बस्ती के खुले मैदान में ज़मीन को साफ़ करा कर शामियाने नस्ब[8] कर दिए गए। देग़ें खड़कने की आवाज़ और गोश्त और घी की ख़ुशबू, बीस-बीस कोस से फ़क़ीरों और कुत्तों को खींच लाई। दोपहर होते-होते पीर कड़क शाह के मज़ार के पास जहाँ लंगर तक़सीम[9] किया जाता था इस क़दर फ़क़ीर जमा हो गए कि ईद के रोज़ किसी बड़े शह् र की जामा मस्जिद के पास भी न हुए होंगे। पीर कड़क शाह के मज़ार को ख़ूब साफ़ करवाया और धुलवाया गया और उस पर फूलों की चादर चढ़ाई गई और उस मस्त फ़क़ीर को नया जोड़ा सिलवा कर पहनाया

---

1 नौकारूपी 2 राजसी बैठक 3 मूर्तियाँ 4 स्तंभ 5 चमकीला 6 निश्चित 7 पढ़ावे का भोजन 8 गाड़ना 9 वितरण

गया, जिसे उसने पहनते ही फाड़ डाला।

शाम को शामियाने के नीचे दूध सी उजली चाँदनी का फ़र्श कर दिया गया। गाव-तकिए[1] पानदान, पीकदान, पेचवाँ दानी और गुलाब पाश रख लिए गए और राग रंग की महफ़िल सजाई गई। दूर-दूर से बहुत सी बेस्वाओं को बुलवाया गया जो उनकी सहेलियाँ या बिरादरी की थीं। उनके साथ उनके बहुत से मिलने वाले भी आए जिनके लिए एक अलग शामियाने में कुर्सियों का इन्तिज़ाम किया गया और उनके सामने के रुख़ चिक़ें[2] डाल दी गईं। बेशुमार गैसों की रौशनी से ये जगह बुक़्क़ा-ए-नूर[3] बनी हुई थी। उन बेस्वाओं के तोंदल सियाह-फ़ाम[4] साज़िंदे जरबफ़्त[5] और कमख़्वाब[6] की शेरवानियाँ पहने, इत्र में बसे हुए फोए कानों में रखे, इधर उधर मूंछों को ताव देते फिरते और ज़र्क़-बर्क़[7] लिबासों और तितली के पर से बारीक साड़ियों में मलबूस, गाज़ों और ख़ुशबुओं में बसी हुई नाज़नीन अठखेलियों से चलतीं। रात भर रक़्स और सुरूर का हंगामा बरपा रहा और जंगल में मंगल हो गया।

दो तीन दिन के बा'द जब इस जश्न की थकावट उतर गई तो ये बेस्वाएँ साज़-ओ-सामान की फ़राहमी[8] और मकानों की आराइश में मसरूफ़ हो गईं। झाड़, फ़ानूस, ज़रूफ़-ए-बिल्लौरी,[9] क़द-ए-आदम[10] आईने, निवाड़ी पलंग, तस्वीरें और क़तआत-ए-सुनहरी, चौकठों में जुड़े हुए लाए गए और क़रीने से कमरों में लगाए गए और कोई आठ रोज़ में जा कर ये मकान कील कांटे से लैस हुए। ये औरतें दिन का बेश्तर हिस्सा तो उस्तादों से रक़्स-ओ-सरोद[11] की ता'लीम लेने, ग़ज़लें याद करने, धुनें बिठाने, सबक़ पढ़ने, तख़्ती लिखने, सीने-पिरोने, काढ़ने, ग्रामोफोन सुनने, उस्तादों से ताश और कैरम खेलने, ज़िला-जुगत, नोक-झोंक से जी बहलाने या सोने में गुज़ारतीं और तीसरे पहर ग़ुस्लख़ानों[12] में नहाने

1 तकिया गद्दा इत्यदि 2 परदे 3 प्रकाश घर 4 काले वर्ण के 5 सोने और रेशम के तारों से बुना कपड़ा 6 रेशमी 7 चमक-दमक 8 उपलब्धता 9 चमकीले बर्तन 10 आदमी के क़द का 11 नृत्य और गायन 12 स्नान-घर

जातीं, जहाँ उनके मुलाज़िमों ने दस्ती पंपों से पानी निकाल-निकाल कर टब भर रखे होते। इसके बा'द वो बनाव सिंघार में मसरूफ़ हो जातीं।

जैसे ही रात का अंधेरा फैलता, ये मकान गैसों की रौशनी से जगमगा उठते जो जा-ब-जा संग-ए-मरमर के आधे खिले हुए कंवलों में निहायत सफ़ाई से छुपाए गए थे और उन मकानों की खिड़कियों और दरवाज़ों के किवाड़ों के शीशे जो फूल पत्तियों की वज़ा के काट कर जड़े गए थे उनकी क़ौस-ए-क़ज़ह[1] के रंगों की सी रौशनियाँ दूर से झिल-मिल-झिलमिल करती हुई निहायत भली मा'लूम होतीं। ये बेस्वाएँ, बनाव सिंगार किए बरामदों में टहलती, आस-पास वालियों से बातें करतीं, हँसतीं खिलखिलातीं।

जब खड़े-खड़े थक जातीं तो अन्दर कमरे में चाँदनी के फ़र्श पर गाव-तकियों से लग कर बैठ जातीं। उनके साज़िंदे साज़ मिलाते रहते और ये छालिया[2] कतरती रहतीं। जब रात ज़रा भीग जाती तो उनके मिलने वाले टोकरों में शराब की बोतलें और फल-फलारी लिए अपने दोस्तों के साथ मोटरों या तांगों में बैठ कर आते। इस बस्ती में जिनके क़दम रखते ही एक ख़ास गहमा-गहमी और चहल-पहल होने लगती। नग़मा-ओ-सरोद[3] साज के सुर, रक़्स करती हुई नाजनीनों के घुंघरुओं की आवाज़, क़ुलक़ुल-ए-मीना में मिल कर एक अजीब सुरूर की सी कैफ़ियत पैदा कर देती। ऐ'श-ओ-मस्ती के इन हंगामों में मा'लूम भी न होता और रात बीत जाती।

इन बेस्वाओं को इस बस्ती में आए हुए चन्द रोज़ ही हुए थे कि दुकानों के किराएदार पैदा हो गए। जिनका किराया इस बस्ती को आबाद करने के ख़याल से बहुत ही कम रखा गया था। सब से पहले जो दुकानदार आया वो वही बुढ़िया थी जिसने सब से पहले मस्जिद के

---

1 इंद्रधनुष 2 सुपारी 3 गीत एंव गायन

सामने दरख़्त के नीचे ख़्वाँचा[1] लगाया था। दुकान को पुर करने के लिए बुढ़िया और उसका लड़का सिगरेटों के बहुत से डिब्बे उठा लाए और उसे मिंबर के ताकों में सजा कर रख दिया गया। बोतलों में रंगदार पानी भर दिया गया ताकि मा'लूम हो कि शर्बत की बोतलें हैं।

बुढ़िया ने अपने बिसात के मुताबिक़ काग़ज़ी फूलों और सिगरेट की डिबियों से बनाई हुई बेलों से दुकान की कुछ आराइश[2] भी की, बा'ज़ एक्टरों और एक्ट्रसों की तस्वीरें भी पुराने रिसालों से निकाल कर लेई से दीवारों पर चिपका दीं। दुकान का अस्ल माल दो तीन क़िस्म के सिगरेट के तीन-तीन चार-चार पैकेटों, बीड़ी के आठ दस बंडलों या दिया सलाई की निस्फ़ दर्जन डिबियों, पानी की ढोली, पीने के तंबाकू की तीन चार टिकियों और मोमबत्ती के निस्फ़ बंडल से ज़्यादा न था।

दूसरी दुकान में एक बनिया, तीसरी में हलवाई और शीर फ़रोश,[3] चौथी में कसाई, पाँचवी में कबाबी और छट्टी में एक कुंजड़ा आ बसे। कुंजड़ा आस-पास के देहात से सस्ते दामों में चार-पाँच क़िस्म की सब्ज़ियाँ ले आता और यहाँ ख़ासे मुनाफ़े पर बेच देता। एक आध टोकरा फलों का भी रख लेता चूँकि दुकान ख़ासी खुली थी। एक फूल वाला उसका साझी बन गया। वो दिन भर फूलों के हार, गजरे और तरह-तरह के गहने बनाता रहता और शाम को उन्हें चंगीर में डाल कर एक-एक मकान पर ले जाता और न सिर्फ़ फूल ही बेच आता बल्कि हर जगह एक-एक दो-दो घड़ी बैठ, साज़िंदों से गपशप भी हाँक लेता और हुक्के के दम भी लगा आता। जिस दिन तमाशबीनों की कोई टोली उसकी मौजूदगी में ही कोठे पर चढ़ आती और गाना बजाना शुरू'' हो जाता तो वो साज़िंदों के नाक भौं चढ़ाने के बावुजूद घंटों उठने का नाम न लेता, मज़े-मज़े से गाने पर सर धुनता और बेवक़ूफ़ों की तरह एक-एक

---

1 खोमचा 2 सजावट 3 दूध बेचने वाला

की सूरत तकता रहता। जिस दिन रात ज़ियादा गुज़र जाती और कोई हार बच जाता तो उसे अपने गले में डाल लेता और बस्ती के बाहर गला फाड़-फाड़ कर गाता फिरता।

एक दिन एक बेस्वा का बाप और भाई जो दर्ज़ियों का काम जानते थे, सीने की एक मशीन रख कर बैठ गए। होते-होते एक हज्जाम भी आ गया और अपने साथ एक रंगरेज़ को भी लेता आया। उसकी दुकान के बाहर अलगनी पर लटकते हुए तरह-तरह के रंगों के दुपट्टे हवा में लहराते हुए आँखों को भले मा'लूम होने लगे।

चंद ही रोज़ गुज़रे थे कि एक टट-पुंजिए बिसाती[1] ने जिसकी दुकान शह्र में चलती न थी, बल्कि उसे दुकान का किराया निकालना भी मुश्किल हो जाता था शह्र को ख़ैर-बाद कह कर इस बस्ती का रुख़ किया। यहाँ पर उसे हाथों-हाथ लिया गया और उसके तरह-तरह के लेवेंडर, क़िस्म-क़िस्म के पाउडर, साबुन, कंघियाँ, बटन, सूई, धागा, लेस, फीते, ख़ुशबू-दार तेल, रूमाल, मंजन वग़ैरह की ख़ूब बिक्री होने लगी।

इस बस्ती के रहने वालों की सरपरस्ती और उनके मुरब्बियाना सुलूक की वज्ह से इसी तरह दूसरे तीसरे रोज़ कोई न कोई टट-पुंजिया दुकानदार कोई बज़्ज़ाज़,[2] कोई पंसारी, कोई नेचाबंद, कोई नान-बाई मंदे की वज्ह से या शह्र के बढ़ते हुए किराए से घबरा कर उस बस्ती में आ पनाह लेता।

एक बड़े मियाँ अत्तार[3] जो हिक्मत[4] में भी किसी क़दर दख़्ल रखते थे, उनका जी शह्र की गुंजान आबादी और हकीमों और दवाख़ानों की इफ़रात[5] से जो घबराया तो वो अपने शागिर्दों को साथ लेकर शह्र से उठ आए और इस बस्ती में एक दुकान किराए पर ले ली। सारा दिन बड़े मियाँ और उनके शागिर्द दवाओं के डिब्बों, शर्बत की बोतलों और

---

1 साज श्रृंगार की वस्तुएँ बेचने वाला 2 कपड़ा बेचने वाले 3 इत्र बेचने वाले 4 हकीमी 5 अधिकता

मुरब्बे, चटनी, अचार के बुवयामों को अलमारियों और ताकों में अपने-अपने ठिकाने पर रखते रहे। एक ताक़ में तिब्ब-ए-अकबर,[1] क़राबादीन क़ादरी[2] और दूसरी तिब्बी[3] किताबें जमा कर रख दीं। किवाड़ों की अन्दरुनी जानिब और दीवारों के साथ जो जगह ख़ाली बची वहाँ उन्होंने अपने ख़ास-उल-ख़ास[4] मुजर्रिबात[5] के इश्तिहारात[6] सियाह रौशनाई से जली लिख कर और दफ़्तियों पर चिपका कर आवेज़ाँ कर दिए। हर रोज़ सुब्ह को बेस्वाओं के मुलाज़िम गिलास ले ले कर आ मौजूद होते और शर्बत-ए-बुज़ूरी,[7] शर्बत-ए-बनफ़्शा,[8] शर्बत-ए-अनार[9] और ऐसे ही और नुज़हत बख़्श,[10] रूह अफ़्ज़ा शर्बत-ओ-अर्क़,[11] ख़मीरा गाव-ज़बाँ[12] और तक़वियत[13] पहुँचाने वाले मुरब्बे मअ-वर्क़-हाय-नुक़रा[14] ले जाते।

जो दुकानें बच रहीं, उनमें बेस्वाओं के भाई-बंदों और साज़िंदों ने अपनी चारपाइयाँ डाल दीं। दिन भर ये लोग उन दुकानों में ताश, चौसर और शतरंज खेलते, बदन पर तेल मलवाते, सब्ज़ी घोटते, बटेरों की पालियाँ[15] कराते, तीतरों से "सुब्हान तेरी क़ुदरत" की रट लगवाते और घड़ा बजा-बजा कर गाते।

एक बेस्वा के साज़िंदे ने एक दुकान ख़ाली देख कर अपने भाई को जो साज़ बनाना जानता था उसमें ला बिठाया। दुकान की दीवारों के साथ-साथ कीलें ठोंक कर टूटी-फूटी मरम्मत-तलब सारंगियाँ, सितार, तंबूरे, दिलरुबा वग़ैराह टाँग दिए गए। ये शख़्स सितार बजाने में भी कमाल रखता था। शाम वो अपनी दुकान में सितार बजाता, जिसकी मीठी आवाज़ सुन कर आस-पास के दुकानदार अपनी दुकानों से उठ-उठ कर आ जाते और देर तक बुत बने सितार सुनते रहते। इस सितार-नवाज़[16] का एक शागिर्द था जो रेलवे के दफ़्तर में क्लर्क था। उसे

---

1 उपचार पुस्तक 2 औषधिकोश 3 उपचार सम्बंधी 4 अति विशिष्ट 5 अनुभवों 6 विज्ञापन 7 बीजों से बना रस 8 बनफ़्शा का रस 9 अनार का रस 10 ताज़गी देने वाला 11 रस 12 एक प्रसिब्द्ध औषधि 13 बल 14 चाँदी के वरक़ चढ़े 15 परिंदों के लड़ाई की जगह 16 सिगार वादक

सितार सीखने का बहुत शौक़ था। जैसे ही दफ़्तर से छुट्टी हुई, सीधा साइकल उड़ाता हुआ उस बस्ती का रुख़ करता और घंटा डेढ़ घंटा दुकान ही में बैठ कर मश्क़[1] किया करता, ग़रज़ उस सितार नवाज़ के दम से बस्ती में ख़ासी रौनक़ रहने लगी।

मस्जिद के मुल्ला जी, जब तक तो ये बस्ती ज़ेर-ए-ता'मीर[2] रही रात को देहात अपने घर चले जाते रहे। मगर अब जब कि उन्हें दोनों वक़्त मुरग़्ग़न[3] खाना बा-फ़रात[4] पहुँचने लगा तो वो रात को भी यहीं रहने लगे। रफ़्ता-रफ़्ता बा'ज़ बेस्वाओं के घरों से बच्चे भी मस्जिद में पढ़ने आने लगे, जिससे मुल्ला जी को रुपए-पैसे की आमदनी भी होने लगी।

एक शह्र-शह्र घूमने वाली घटिया दर्जे की थेएटरिकल कंपनी को जब ज़मीन के चढ़ते हुए किराए और अपनी बे-माइगी के बाइस शह्र में कहीं जगह न मिली तो उसने इस बस्ती का रुख़ किया और उन बेस्वाओं के मकानों से कुछ फ़ासिले पर मैदान में तंबू खड़े कर के डेरे डाल दिए। उसके ऐक्टर-ऐक्टरी के फ़न से महज़ ना-बलद[5] थे। उनके ड्रेस फटे पुराने थे जिनके बहुत से सितारे झड़ चुके थे और ये लोग तमाशा भी बहुत दक़ियानूसी दिखाते थे मगर इसके बावजूद ये कंपनी चल निकली। इसकी वज्ह ये थी कि टिकट के दाम बहुत कम थे। शह्र के मज़दूर पेशा लोग, कारख़ानों में काम करने वाले और ग़रीब-ग़ुरबा जो दिन भर की कड़ी मेहनत मशक़्क़त की कसर शोर-ओ-गुल, ख़र मस्तियों और अदना अय्याशियों से निकालना चाहते थे, पाँच-पाँच छः-छः की टोलियाँ बना कर, गले में फूलों के हार डाले, हँसते-बोलते, बांसुरी और अलग़ूज़े बजाते, राह चलतों पर आवाज़ें कसते, गाली गलोच बकते, शह्र से पैदल चल कर थिएटर देखने आते और लगे हाथों बाज़ार-ए-

---

1 अभ्यास 2 निर्माणधीन 3 घी मिला हुआ 4 प्रचुरता 5 अपरिचित

हुस्न की सैर भी कर जाते। जब तक नाटक शुरू' न होता थिएटर का एक मस्ख़रा तंबू के बाहर एक स्टूल पर खड़ा कभी कोल्हू हिलाता, कभी मुंह फुलाता, कभी आँखें मटकाता, अजीब-अजीब हया-सोज़[1] हरकतें करता जिन्हें देख कर ये लोग ज़ोर-ज़ोर से क़हक़हे लगाते और गालियों की सूरत दाद देते।

रफ़्ता-रफ़्ता दूसरे लोग भी इस बस्ती में आने शुरू' हुए। चुनाँचे शह्र के बड़े-बड़े चौकों में तांगे वाले सदाएँ लगाने लगे, "आओ, कोई नई बस्ती को" शह्र से पाँच कोस तक जो पक्की सड़क जाती थी उस पर पहुँच कर ताँगे वाले सवारियों से इनआ'म हासिल करने के लालच में या उनकी फ़र्माइश पर तांगों की दौड़ें कराते। मुंह से हॉर्न बजाते और जब कोई ताँगा आगे निकल जाता तो उसकी सवारियाँ नारों से आसमान सर पर उठा लेतीं। इस दौड़ में ग़रीब घोड़ों का बुरा हाल हो जाता और उनके गले में पड़े हुए फूलों के हारों से बजाए ख़ुशबू के पसीने की बदबू आने लगती। रिक्शा वाले, ताँगे वालों से क्यों पीछे रहते। वो उनसे कम दाम पर सवारियाँ बिठा, तरारे भरते और घुंघरू बजाते उस बस्ती को जाने लगे। अलावा अज़ीं[2] हर हफ़्ते की शाम को स्कूलों और कॉलेजों के तलबा एक-एक साइकल पर दो-दो लदे, जौक़-दर-जौक़[3] इस पुर-असरार[4] बाज़ार की सैर देखने आते, जिससे उनके ख़याल के मुताबिक़ उनके बड़ों ने ख़्वाह-म-ख़्वाह[5] महरूम कर दिया था।

रफ़्ता-रफ़्ता उस बस्ती की शोहरत चारों तरफ़ फैलने और मकानों और दुकानों की माँग होने लगी। वो बेस्वाएँ जो पहले इस बस्ती में आने पर तैयार न होती थीं अब उसकी दिन दुगुनी रात चौगुनी तरक़्क़ी देख कर अपनी बेवक़ूफ़ी पर अफ़सोस करने लगीं। कई औरतों ने तो झट ज़मीनें ख़रीद, उन बेस्वाओं के साथ उसी वज़्अ'-क़त्अ' के मकान

---

1 लज्जापूर्ण 2 इसके, इस बिना पर 3 झुंड कें झुंड 4 जादुई 5 अकारण

बनवाने शुरू' कर दिए। अलावा अज़ीं शहर के बा'ज़ महाजनों ने भी इस बस्ती के आस-पास सस्ते दामों ज़मीनें ख़रीद-ख़रीद कर किराए पर उठाने के लिए छोटे-छोटे कई मकान बनवा डाले। नतीजा ये हुआ कि वो फ़ाहिशा औरतें जो होटलों और शरीफ़ महलों में रुपोश थीं, मोर-ओ-मलख़[1] की तरह अपने निहाँ-ख़ानों से बाहर निकल आईं और उन मकानों में आबाद हो गईं। बा'ज़ छोटे-छोटे मकानों में उस बस्ती के वो दुकानदार आ बसे जो अ'यालदार[2] थे और रात को दुकानों में सो न सकते थे।

इस बस्ती में आबादी तो ख़ासी हो गई थी मगर अभी तक बिजली की रौशनी का इन्तिज़ाम नहीं हुआ था। चुनाँचे उन बेस्वाओं और बस्ती के तमाम रहने वालों की तरफ़ से सरकार के पास बिजली के लिए दरख़्वास्त भेजी गई, जो थोड़े दिनों बा'द मंजूर कर ली गई। इसके साथ ही एक डाकखाना भी खोल दिया गया। एक बड़े मियाँ डाकखाना के बाहर एक सन्दूकचे में लिफ़ाफ़े, कार्ड और क़लम दवात रख, बस्ती के लोगों के ख़त पत्र लिखने लगे।

एक दफ़्अ' बस्ती में शराबियों की दो टोलियों का फ़साद हो गया जिसमें सोडा वाटर की बोतलों, चाक़ुओं और ईंटों का आज़ादाना[3] इस्ते-माल किया गया और कई लोग सख़्त मजरूह हुए। इस पर सरकार को ख़याल आया कि इस बस्ती में एक थाना भी खोल देना चाहिए।

थिएटरिकल कंपनी दो महीने तक रही और अपनी बिसात के मुताबिक़ ख़ासा कमा ले गई। इस शहर के एक सिनेमा मालिक ने सोचा क्यों न इस बस्ती में भी एक सिनेमा खोल दिया जाए। ये ख़याल आने की देर थी कि उसने झट एक मौक़े की जगह चुन कर ख़रीद ली और जल्द-जल्द ता'मीर का काम शुरू' करा दिया। चन्द ही महीनों में सिनेमा हाल

---

1 कीड़े-मकोड़े 2 बीवी बच्चों वाले 3 स्वतंत्रतापूर्वक

तैयार हो गया। उसके अन्दर एक छोटा सा बाग़ीचा भी लगवाया गया ताकि तमाशाई अगर बाईस्कोप शुरू' होने से पहले आ जाएँ तो आराम से बाग़ीचे में बैठ सकें। उनके साथ लोग यूँ ही सुस्ताने या सैर देखने की ग़रज़ से आ-आ कर बैठने लगे। ये बाग़ीचा ख़ासी सैर-गाह बन गया। रफ़्ता-रफ़्ता सिक्क़े कटोरा बजाते उस बाग़ीचे में आने और प्यासों की प्यास बुझाने लगे। सर की तेल मालिश वाले निहायत घटिया क़िस्म के तेज़ ख़ुश्बू वाले तेल की शीशियाँ वास्कट की जेबों में ठूँसे, कांधे पर मैला कुचैला तौलिया डाले, दिल पसंद, दिल बहार मालिश की सदा लगाते दर्द-ए-सर के मरीज़ों को अपनी ख़िदमात पेश करने लगे।

सिनेमा के मालिक ने सिनेमा हाल की बैरूनी[1] जानिब दो एक मकान और कई दुकानें भी बनवाईं। मकान में तो होटल खुल गया जिसमें रात को क़ियाम करने के लिए कमरे भी मिल सकते थे और दुकानों में एक सोडा वाटर की फ़ैक्ट्री वाला, एक फ़ोटो-ग्राफ़र, एक साईकल की मरम्मत वाला, एक लान्ड्री वाला, दो पनवाड़ी, एक बूट-शाप वाला और एक डाक्टर मअ' अपने दवाख़ाना के आ रहे। होते-होते पास ही एक दुकान में कलाल-ख़ाना[2] खुलने की इजाज़त मिल गई। फ़ोटो-ग्रा-फ़र की दुकान के बाहर एक कोने में एक घड़ी साज़ ने आ डेरा जमाया और हर वक़्त मुहद्दिब[3] शीशा आँखों पर चढ़ाए घड़ियों के कल पुर्ज़ों में ग़लताँ-ओ-पेचाँ रहने लगा।

इसके कुछ ही दिन बा'द बस्ती में नल, रौशनी और सफ़ाई के बा-क़ाए-दा इन्तिज़ाम की तरफ़ तवज्जोह की जाने लगी। सरकारी कारिंदे सुर्ख़ झंडियाँ, जरीबें[4] और ऊँच-नीच देखने वाले आले लेकर आ पहुँचे और नाप-नाप कर सड़कों और गली कूचों की दाग़ बेल डालने लगे और बस्ती की कच्ची सड़कों पर सड़क कूटने वाला इंजन चलने लगा।

---

1 बाहरी 2 शराबख़ाना 3 गुम्बद जैसा 4 ज़मीन नापने का आला

इस वाक़िए को बीस बरस गुज़र चले हैं। ये बस्ती अब एक भरा-पूरा शह्र बन गई है जिसका अपना रेलवे स्टेशन भी है और टाउन हाल भी, कचहरी भी और जेल ख़ाना भी, आबादी ढाई लाख के लगभग है। शह्र में एक कॉलेज, दो हाईस्कूल, एक लड़कों के लिए, एक लड़कियों के लिए और आठ प्राइमरी स्कूल हैं जिनमें म्युनिस्पिल्टी की तरफ़ से मुफ़्त ता'लीम दी जाती है। छः सिनेमा हैं और चार बैंक जिनमें से दो दुनिया के बड़े-बड़े बैंकों की शाख़ें हैं।

शह्र से दो रोज़ाना, तीन हफ़्तावार और दस माहाना रसाइल-ओ-जराइद[1] शाए होते हैं। इनमें चार अदबी, दो अख़लाक़ी-ओ-मुआशरती-ओ-मज़हबी,[2] एक सनअ'ती,[3] एक तिब्बी,[4] एक ज़नाना और एक बच्चों का रिसाला है। शह्र के मुख़्तलिफ़ हिस्सों में बीस मस्जिदें, पंद्रह मंदिर और धर्मशाले, छः यतीम-ख़ाने,[5] पाँच अनाथ-आश्रम और तीन बड़े सरकारी हस्पताल हैं जिनमें से एक सिर्फ़ औरतों के लिए मख़सूस है।

शुरू'-शुरू' में कई साल तक ये शह्र अपने रहने वालों के नाम की मुनासिबत से "हुस्नाबाद" के नाम से मौसूम[6] किया जाता रहा मगर बा'द में इसे ना-मुनासिब[7] समझ कर इसमें थोड़ी सी तर्मीम[8] कर दी गई। या'नी बजाय "हुस्नाबाद" के "हसनाबाद" कहलाने लगा। मगर ये नाम चल न सका क्योंकि अवाम हुस्न और हसन में इम्तियाज़[9] न करते। आख़िर बड़ी-बड़ी बोसीदा[10] किताबों की वर्क़ गरदानी[11] और पुराने नविश्तों[12] की छानबीन के बा'द इसका असली नाम दरयाफ़्त[13] किया गया जिस से ये बस्ती आज से सैंकड़ों बरस क़ब्ल उजड़ने से पहले मौसूम थी और वो नाम है "आनंदी।"

यूँ तो सारा शह्र भरा पुरा, साफ़-सुथरा और ख़ुशनुमा है मगर सब

---

1 पत्र-पत्रिकाएँ 2 व्यवहारिक, सामाजिक एवं धार्मिक 3 कलात्मक 4 चिकित्सा संबन्धी 5 अनाथालय 6 नाम धारी 7 अनुचित 8 बदलाव 9 अंतर 10 पुरानी 11 पृष्ठों को उलटना-पलटना 12 लिखावट 13 खोज

से ख़ूबसूरत, सब से बा-रौनक़ और तिजारत का मर्कज़ वही बाज़ार है जिसमें ज़नान-ए-बाज़ारी रहती हैं।

आनंदी बलदिया का इजलास ज़ोरों पर है, हाल खचाखच भरा हुआ है और ख़िलाफ़-ए-मा'मूल एक मेंबर भी ग़ैर-हाज़िर नहीं। बलदिया के ज़ेर-ए-बहस मस्अला ये है कि ज़नान-ए-बाज़ारी को शह्‌र बदर कर दिया जाए क्योंकि इनका वुजूद इन्सानियत, शराफ़त और तहज़ीब के दामन पर बदनुमा दाग़ है। एक फ़सीह-उल-बयान मुक़र्रिर[1] तक़रीर कर रहे हैं, "मा'लूम नहीं वो क्या मस्लिहत थी जिसके ज़ेरे-असर इस नापाक तबक़े को हमारी इस क़दीमी और तारीख़ी शह्‌र के ऐन बीचों-बीच रहने की इजाज़त दी गई," इस मर्तबा उन औरतों के लिए जो इलाक़ा मुंतख़ब[2] किया गया वो शह्‌र से बारह कोस दूर था।

---

1 कुशल वक्ता 2 चुनाव

चौथी का जोड़ा

इ'स्मत चुग़ताई

सहदरी के चौके पर आज फिर साफ़-सुथरी जाज़िम बिछी थी। टूटी-फूटी खपरैल की झिर्रियों में से धूप के आड़े तिरछे क़त्ले पूरे दालान में बिखरे हुए थे। मोहल्ले-टोले की औ'रतें ख़ामोश और सहमी हुई सी बैठी थीं। जैसे कोई बड़ी वारदात होने वाली हो। माँओं ने बच्चे छातियों से लगा लिए थे। कभी-कभी कोई मेहनती सा चिड़चिड़ा बच्चा रसद की कमी की दुहाई देकर चिल्ला उठता।

"नाईं-नाईं मेरे लाल!", दुबली पतली माँ उसे अपने घुटने पर लिटा कर यूँ हिलाती जैसे धान मिले चावल धूप में पटक रही हो। और फिर वो हुंकारे भर कर ख़ामोश हो जाता।

आज कितनी आस भरी निगाहें कुबरा की माँ के मुतफ़क्किर[1] चेहरे को तक रही थीं, छोटे अ'रज़ की टोल के दो पाट तो जोड़ लिए गए थे, मगर अभी सफ़ेद गज़ी का निशान ब्योंतने की किसी को हिम्मत न पड़ी थी। काट-छाँट के मुआ'मले में कुबरा की माँ का मर्तबा बहुत ऊँचा था। उनके सूखे-सूखे हाथों ने न जाने कितने जहेज़ सँवारे थे, कितने छटी-छोछक तय्यार किए थे और कितने ही कफ़न ब्योंते थे। जहाँ कहीं मोहल्ले में कपड़ा कम पड़ जाता और लाख जतन पर भी ब्योंत न बैठी, कुबरा की माँ के पास केस लाया जाता। कुबरा की माँ कपड़े की कान निकालतीं, कलफ़ तोड़तीं, कभी तिकोन बनातीं, कभी खैखन्टा करतीं और दिल ही दिल में क़ैंची चला कर आँखों से नाप तौल कर मुस्कुरा पड़तीं।

---

1 चिंतित

"आस्तीन[1] के लिए घेर तो निकल आएगा, गिरेबान के लिए कत्रन मेरी बुक़्ची[2] से ले लो", और मुश्किल आसान हो जाती। कपड़ा तराश-कर्दा कत्रनों की पिंडी बना कर पकड़ा देतीं।

पर आज तो सफ़ेद गज़ी का टुकड़ा बहुत ही छोटा था और सबको यक़ीन था कि आज तो कुबरा की माँ की नाप तौल हार जाएगी, जब ही तो सब दम साधे उनका मुँह तक रही थीं। कुबरा की माँ के पुर-इस्ति-क़्लाल[3] चेहरे पर फ़िक्र की कोई शक्ल न थी, चार गिरह गज़ी के टुकड़े को वो निगाहों से ब्योंत रही थीं। लाल टोल का अ'क्स[4] उनके नीलगूँ ज़र्द[5] चेहरे पर शफ़क़[6] की तरह फूट रहा था। वो उदास-उदास गहरी झुर्रियाँ अँधेरी घटाओं की तरह एकदम उजागर हो गईं, जैसे घने जंगल में आग भड़क उठी हो, और उन्होंने मुस्कुरा कर क़ैंची उठा ली।

मोहल्ले वालियों के जमघटे से एक लम्बी इत्मीनान की साँस उभरी। गोद के बच्चे भी ठसक दिए गए। चील जैसी निगाहों वाली कुँआरियों ने चम्पा-चम्प सूई के नाकों में डोरे पिरोए, नई ब्याही दुल्हनों ने अंगुश्ताने[7] पहन लिए। कुबरा की माँ की क़ैंची चल पड़ी थी।

सहदरी के आख़िरी कोने में पलंगड़ी पर हमीदा पैर लटकाए हथेली पर ठोढ़ी रखे कुछ सोच रही थी।

दोपहर का खाना निमटा कर उसी तरह बी अम्माँ सहदरी की चौकी पर जा बैठती हैं और बुक़्ची खोल कर रंग-बिरंगे कपड़ों का जाल बिखेर दिया करती हैं। कूँढी के पास बैठी माँझती हुई कुबरा कनखियों से उन लाल कपड़ों को देखती तो एक सुर्ख़[8] झपकी उस ज़र्दी-माइल[9] मटियाए रंग में लपक उठती। रुपहली कटोरियों के जाल जब पोले-पोले हाथों से खोल कर अपने ज़ानुओं पर फैलातीं तो उनका मुरझाया हुआ

---

1 कुर्ते की बाँह 2 छोटा बंडल 3 मज़बूती से भरपूर 4 परछाईं 5 पीला 6 चेहरे की लाली 7 उँगली 8 लाल 9 पीलापन

चेहरा एक अ'जीब अरमान भरी रौशनी से जगमगा उठता। गहरी संदूक़ों जैसी शिकनों पर कटोरियों का अ'क्स नन्ही-नन्ही मशा'लों की तरह जगमगाने लगता। हर टाँके पर ज़री का काम हिलता और मशअ'लें[1] कपकपा उठतीं।

याद नहीं कब उसके शबनमी दुपट्टे बने, टके तय्यार हुए और गाड़ी के भारी क़ब्र जैसे संदूक़ की तह में डूब गए। कटोरियों के जाल धुँदला गए। गंगा-जमुनी किरनें माँद पड़ गईं। तूली के लच्छे उदास हो गए मगर कुबरा की बरात न आई। जब एक जोड़ा पुराना हो जाता तो उसे चाले का जोड़ा कह कर सैंत दिया जाता और फिर एक नए जोड़े के साथ नई उम्मीदों का इफ़्तिताह[2] हो जाता। बड़ी छानबीन के बा'द नई दुल्हन छाँटी जाती। सहदरी के चौके पर साफ़ सुथरी चादर बिछती। मोहल्ले की औ'रतें हाथ में पानदान और बग़लों में बच्चे दबाए झाँझें बजाती आन पहुँचतीं।

"छोटे कपड़े की गोंट तो उतर आएगी, पर बच्चियों का कपड़ा न निकलेगा।"

"लो बूबू लो और सुनो। तो क्या निगोड़ मारी टोल की चूलें पड़ेंगी?" और फिर सब के चेहरे फ़िक्रमन्द हो जाते। कुबरा की माँ ख़ामोश कीमियागर की तरह आँखों के फ़ीते से तूल-ओ-अर्ज़[3] नापती और बीवियाँ आपस में छोटे कपड़े के मुतअ'ल्लिक़ खुसर-फुसर कर के क़हक़हा लगातीं। ऐसे में कोई मनचली कोई सुहाग या बन्ना छेड़ देती। कोई और चार हाथ आगे वाली समधनों को गालियाँ सुनाने लगती, बेहूदा गन्दे मज़ाक़ और चुहलें शुरूअ' हो जातीं। ऐसे मौक़ों पर कुँआरी बालियों को सहदरी से दूर सर ढाँक कर खपरैल में बैठने का हुक्म दे दिया जाता और जब कोई नया क़हक़हा सहदरी से उभरता तो

---

2 लालटेन 2 उद्घाटन 3 लम्बाई-चौड़ाई

बेचारियाँ एक ठंडी साँस भर कर रह जातीं। "अल्लाह! ये क़हक़हे उन्हें ख़ुद कब नसीब होंगे?"

इस चहल-पहल से दूर कुबरा शर्म की मारी मच्छरों वाली कोठरी में सर झुकाए बैठी रहती। इतने में कतर ब्योंत निहायत नाजुक मरहले पर पहुँच जाती। कोई कली उल्टी कट जाती और उसके साथ बीवियों की मत भी कट जाती। कुबरा सहम कर दरवाज़े की आड़ से झाँकती।

यही तो मुश्किल थी। कोई जोड़ा अल्लाह मारा चैन से न सिलने पाया। जो कली उल्टी कट जाए तो जान लो नाइन की लगाई हुई बात में ज़रूर कोई अड़ंगा लगेगा। या तो दूल्हा की कोई दाश्ता[1] निकल आएगी या उसकी माँ ठोस कड़ों का अड़ंगा बाँधेगी, जो गोट में कान आ जाए तो समझ लो या तो मेहर पर बात टूटेगी या भरत के पायों के पलंग पर झगड़ा होगा। चौथी के जोड़े का शगुन बड़ा नाजुक होता है। बी अम्माँ की सारी मश्शाक़ी[2] और सुघड़ापा धरा रह जाता। न जाने ऐ'न वक़्त पर क्या हो जाता कि धनिया बराबर बात तूल पकड़ जाती। बि-समिल्लाह के ज़ोर से सुघड़ माँ ने जहेज़ जोड़ना शुरूअ' कर दिया था। ज़रा सी कतरन भी बचती तो तीले दानी या शीशी का ग़िलाफ़ सी कर धनक गोखरु से सँवारकर रख देतीं। लड़की का क्या है खीरे-ककड़ी की तरह बढ़ती है। जो बरात आ गई तो यही सलीक़ा काम आएगा।

और जब से अब्बा गुज़रे। सलीक़े का भी दम फूल गया। हमीदा को एकदम अब्बा याद आ गए। अब्बा कितने दुबले-पुतले लंबे जैसे मुहर्रम का अ'लम। एक बार झुक जाते तो सीधे खड़ा होना दुश्वार था। सुब्ह ही सुब्ह उठकर नीम की मिसवाक तोड़ लेते और हमीदा को घुटने पर बिठा कर न जाने क्या सोचा करते। फिर सोचते-सोचते नीम की मिसवाक का कोई फूँसड़ा हलक़ में चला जाता और वो खाँसते ही चले जाते। हमीदा

1 रखैल 2 दक्षता

बिगड़ कर उनकी गोद से उतर आती। खाँसी के धक्कों से यूँ हिल-हिल जाना उसे क़तई पसन्द न था। उसके नन्हे से ग़ुस्से पर वो हँसते और खाँसी सीने में बे-तरह उलझती जैसे गर्दन कटे कबूतर फड़फड़ा रहे हों। फिर भी अम्माँ आकर उन्हें सहला देतीं। पीठ पर धप-धप हाथ मारतीं।

"तौबा है, ऐसी भी क्या हँसी?"

उच्छू के दबाव से सुर्ख़[1] आँखें ऊपर उठा कर अब्बा बेकसी[2] से मुस्कुराते। खाँसी तो रुक जाती मगर वो देर तक बैठे हाँपा करते।

"कुछ दवा-दारू क्यों नहीं करते? कितनी बार कहा तुमसे?"

"बड़े शिफ़ा-ख़ाने[3] का डाक्टर कहता है सूईयाँ लगवाओ और रोज़ तीन पाव दूध और आधी छटाँक मक्खन।"

"ऐ ख़ाक पड़े इन डाक्टरों की सूरत पर। भला एक तो खाँसी है ऊपर से चिकनाई। बलग़म न पैदा कर देगी। हकीम को दिखाओ किसी को।"

"दिखाऊँगा।", अब्बा हुक़्क़ा गुड़गुड़ाते और फिर उच्छू लगता।

"आग लगे इस मुए हुक़्क़े को। इसी ने तो ये खाँसी लगाई है। जवान बेटी की तरफ़ भी देखते हो आँख उठा कर।"

और अब्बा कुबरा की जवानी की तरफ़ रहम-तलब निगाहों से देखते। कुबरा जवान थी। कौन कहता था कि जवान थी। वो तो जैसे बि-समिल्लाह के दिन से ही अपनी जवानी की आमद[4] की सुनावनी सुनकर ठिठक कर रह गई थी। न जाने कैसी जवानी आई थी कि न तो उसकी आँखों में किरनें नाचीं न उसके रुख़्सारों पर ज़ुल्फ़ें परेशान हुईं न उसके सीने पर तूफ़ान उठे, कभी सावन-भादो की घटाओं से मचल-मचल कर प्रीतम या साजन माँगे। वो झुकी-झुकी सहमी-सहमी जवानी जो न जाने कब दबे-पाँव उस पर रेंग आई, वैसे ही चुप-चाप न जाने किधर चल दी।

1 लाल रंग 2 लाचारी 3 अस्पताल 4 आना

मीठा बरस नमकीन हुआ और फिर कड़वा हो गया।

अब्बा एक दिन चौखट पर औंधे मुँह गिरे और उन्हें उठाने के लिए किसी हकीम या डाक्टर का नुस्ख़ा न आ सका। और हमीदा ने मीठी रोटी के लिए ज़िद करनी छोड़ दी। और कुबरा के पैग़ाम न जाने किधर रास्ता भूल गए। जानो किसी को मा'लूम ही नहीं कि इस टाट के पर्दे के पीछे किसी की जवानी आख़िरी सिसकियाँ ले रही है। और एक नई जवानी साँप के फन की तरह उठ रही है।

मगर बी अम्माँ का दस्तूर न टूटा, वो उसी तरह रोज़ दोपहर को सहदरी में रंग-बिरंगे कपड़े फैला कर गुड़ियों का खेल खेला करती हैं। कहीं न कहीं से जोड़ जमा' कर के शबरात के महीने में क्रेप का दुपट्टा साढे़ सात रुपए में ख़रीद ही डाला। बात ही ऐसी थी कि बग़ैर ख़रीदे गुज़ारा न था। मँझले मामूँ का तार आया कि उनका बड़ा लड़का राहत पुलिस की ट्रेनिंग के सिलसिले में आ रहा है। बी अम्माँ को तो बस जैसे एकदम घबराहट का दौरा पड़ गया। जानो चौखट पर बरात आन खड़ी हुई। और उन्होंने अभी दुल्हन की माँग की अफ़्शाँ भी नहीं कतरी। हौल से तो उनके छक्के छूट गए। झट अपनी मुँह-बोली बहन बिंदु की माँ को बुला भेजा कि “बहन मेरा मरी का मुँह देखो जो इसी घड़ी न आओ।”

और फिर दोनों में खुसर-फुसर हुई। बीच में एक नज़र दोनों कुबरा पर भी डाल लेतीं जो दालान में बैठी चावल फटक रही थी। वो इस काना-फूसी की ज़बान को अच्छी तरह समझती थी।

उसी वक़्त बी अम्माँ ने कानों की चार माशा की लौंगें उतार कर मुँह-बोली बहन के हवाले कीं कि जैसे-तैसे कर के शाम तक तोला भर गोखरु, छ: माशा सलमा सितारा और पाव गज़ नेफ़े के लिए टोल ला दें। बाहर की तरफ़ वाला कमरा झाड़ पोंछ कर तय्यार किया। थोड़ा सा चूना मँगा कर कुबरा ने अपने हाथों से कमरा पोत डाला। कमरा

तो चिट्टा हो गया मगर उसकी हथेलियों की खाल उड़ गई और जब वो शाम को मसाला पीसने बैठी तो चक्कर खा कर दोहरी हो गई। सारी रात करवटें बदलती गुज़री। एक तो हथेलियों की वज्ह से, दूसरे सुब्ह की गाड़ी से राहत आ रहे थे।

"अल्लाह! मेरे अल्लाह मियाँ! अब के तो मेरी आपा का नसीबा खुल जाए। मेरे अल्लाह मैं सौ रक्अ'त-ए-नफ़्ल तेरी दरगाह में पढ़ूँगी।" हमीदा ने फ़ज्र की नमाज़ पढ़ कर दुआ' माँगी।

सुब्ह राहत भाई आए तो कुबरा पहले ही से मच्छरों वाली कोठरी में जा छुपी थी। जब सेवईयों और पराठों का नाश्ता कर के बैठक में चले गए तो धीरे-धीरे नई दुल्हन की तरह पैर रखती कुबरा कोठरी से निकली और झूटे बर्तन उठा लिए। "लाओ मैं धोऊँ बी आपा।" हमीदा ने शरारत से कहा।

"नहीं।" वो शर्म से झुक गई।

हमीदा छेड़ती रही, बी अम्माँ मुस्कुराती रहीं और क्रेब के दुपट्टे में लप्पा टाँकती रहीं।

जिस रास्ते कान की लौंगें गई थीं उसी रास्ते फूल पत्ता और चाँदी की पाज़ेब भी चल दी और फिर हाथों की दो-दो चूड़ियाँ भी जो मँझले मामूँ ने रँडापा उतारने पर दी थीं। रूखी-सूखी ख़ुद खा कर आए दिन राहत के लिए पराठे तले जाते, कोफ़्ते, भुना पुलाव महकते। ख़ुद सूखा सा निवाला पानी से उतार कर वो होने वाले दामाद को गोश्त के लच्छे ख़िलातीं।

"ज़माना बड़ा ख़राब है बेटी।" वो हमीदा को मुँह फैलाते देखकर कहा करतीं। और वो सोचा करती। "हम भूके रह कर दामाद को खिला रहे हैं। बी आपा सुब्ह-सवेरे उठकर जादू की मशीन की तरह जुट जाती है। निहार मुँह[1] पानी का घूँट पी कर राहत के लिए पराठे तलती है। दूध औंटाती है ताकि मोटी सी मलाई पड़े। उसका बस नहीं था कि वो अपनी

चर्बी निकाल कर उन पराठों में भर दे। और क्यों न भरे। आख़िर को वो एक दिन उसका अपना हो जाएगा। जो कुछ कमाएगा उसकी हथेली पर रख देगा। फल देने वाले पौदे को कौन नहीं सींचता? फिर जब एक दिन फूल खिलेंगे और फलों से लदी हुई डाली झुकेगी तो ये ता'ना देने वालियों के मुँह पर कैसा जूता पड़ेगा और इस ख़याल ही से मेरी बी आपा के चेहरे पर सुहाग खिल उठा। कानों में शहनाइयाँ बजने लगतीं। और वो राहत भाई के कमरे को पलकों से झाड़तीं। उनके कपड़ों को प्यार से तह करतीं। जैसे वो कुछ उनसे कहते हों । वो उनके बदबूदार चूहों जैसे सड़े हुए मौज़े धोतीं। बिसाँदी बनियान और नाक से लिथड़े हुए रूमाल साफ़ करतीं। उनके तेल में चहचहाते हुए तकिए के ग़िलाफ़[2] पर स्वीट ड्रीम काढ़तीं। पर मुआ'मला चारों कोने चौकस नहीं बैठ रहा था। राहत सुब्ह अंडे पराठे डट कर खाता। और शाम को आकर कोफ़्ते खा कर सो जाता। और बी अम्माँ की मुँह-बोली बहन हाकिमाना[3] अन्दाज़ में खुसर-फुसर करतीं।

"बड़ा शर्मीला है बेचारा।" बी अम्माँ तावीलें[4] पेश करतीं। "हाँ ये तो ठीक है पर भई कुछ तो पता चले रंग-ढंग से, कुछ आँखों से।"

"ऐ नौज, ख़ुदा न करे मेरी लौंडिया आँखें लड़ाए। उसका आँचल भी नहीं देखा है किसी ने।" बी अम्माँ फ़ख़्र से कहतीं।

"ऐ तो पर्दा तुड़वाने को कौन कहे है।" बी आपा के पक्के मुहासों को देखकर उन्हें बी अम्माँ की दूर-अन्देशी[5] की दाद देनी पड़ी।

"ऐ बहन, तुम तो सच में बहुत भोली हो। ये मैं कब कहूँ हूँ। ये छोटी निगोड़ी कौन सी बकरीद को काम आएगी?" वो मेरी तरफ़ देखकर हँसती।

"अरे ओ नकचढ़ी! बहनोई से कोई बातचीत, कोई हँसी-मज़ाक़,

1 खाली पेट 2 चादर 3 हाकिमों के ढंग 4 स्पष्टीकरण 5 दूरदर्शिता

उँहवारी चल दीवानी।"

"ऐ तो मैं क्या करूँ ख़ाला?"

"राहत मियाँ से बातचीत क्यों नहीं करती?"

"भई हमें तो शर्म आती है।"

"ऐ हे, वो तुझे फाड़ ही तो खाएगा।" बी अम्माँ चिड़ कर बोलीं।

"नहीं तो। मगर..." मैं ला-जवाब हो गई और फिर मिस्कौट हुई। बड़ी सोच बिचार के बा'द खल के कबाब बनाए गए। आज बी आपा भी कई बार मुस्कुरा पड़ीं, चुपके से बोलीं,

"देखो हँसना नहीं, नहीं तो सारा खेल बिगड़ जाएगा।"

"नहीं हँसूँगी।", मैंने वा'दा किया।

"खाना खा लीजिए।", मैंने चौकी पर खाने की सीनी[1] रखते हुए कहा। फिर जो पट्टी के नीचे रखे हुए लोटे से हाथ धोते वक़्त मेरी तरफ़ सर से पाँव तक देखा तो मैं भागी वहाँ से। मेरा दिल धक-धक करने लगा।

अल्लाह तौबा क्या ख़न्नास आँखें हैं। "जा निगोड़ी मारी अरी! देख तो सही, वो कैसा मुँह बनाता है। ए हे सारा मज़ा किरकिरा हो जाएगा।"

आपा बी ने एक बार मेरी तरफ़ देखा। उनकी आँखों में इल्तिजा[2] थी। लौटी हुई बरातों का ग़ुबार था और चौथी के पुरानी जोड़ों की मानिन्द उदासी। मैं सर झुकाए फिर खम्बे से लग कर खड़ी हो गई।

राहत ख़ामोश खाते रहे, मेरी तरफ़ न देखा। खली के कबाब खाते देखकर मुझे चाहिए था कि मज़ाक़ उड़ाऊँ। क़हक़हा लगाऊँ कि "वाह जी वाह दूल्हा भाई! खली के कबाब खा रहे हो।" मगर जानो किसी ने मेरा नरख़रा दबोच लिया हो।

बी अम्माँ ने जल कर मुझे वापस बुला लिया। और मुँह ही मुँह में

---

1 थाली, तश्तरी 2 विनती

मुझे कोसने लगीं। अब मैं उनसे क्या कहती कि वो मज़े से खा रहा है कमबख़्त।

"राहत भाई! कोफ़्ते पसन्द आए?" बी अम्माँ के सिखाने पर मैंने पूछा।

जवाब नदारद[1]।

"बताइए ना?"

"अरी ठीक से जा कर पूछ।" बी अम्माँ ने ठोका दिया।

"आपने ला कर दिए। और हमने खाए। मज़े-दार ही होंगे।"

"अरे वाह-रे जंगली।" बी अम्माँ से न रहा गया।

"तुम्हें पता भी न चला, क्या मज़े से खली के कबाब खा गए।"

"खली के? अरे तो रोज़ काहे के होते हैं? मैं तो आ'दी हो चुका हूँ खली और भूसा खाने का।"

बी अम्माँ का मुँह उतर गया। बी आपा की झुकी हुई पलकें ऊपर न उठ सकीं। दूसरे रोज़ बी आपा ने रोज़ाना से दोगुनी सिलाई की। और फिर शाम को जब मैं खाना लेकर गई तो बोले, "कहिए आज क्या लाए हैं? आज तो लकड़ी के बुरादे की बारी है।"

"क्या हमारे यहाँ का खाना आपको पसन्द नहीं आता?" मैंने जल कर कहा।

"ये बात नहीं। कुछ अ'जीब सा मा'लूम होता है। कभी खली के कबाब तो कभी भूसे की तरकारी।"

मेरे तन-बदन में आग लग गई। हम सूखी रोटी खा के उसे हाथी की ख़ुराक दें। घी टपकते पराठे ठुँसाएँ। मेरी बी आपा को जोशाँदा नसीब नहीं और उसे दूध मलाई निगलवाएँ। मैं भन्नाकर चली आई।

बी अम्माँ की मुँह-बोली बहन का नुस्ख़ा काम आ गया और राहत ने दिन का ज़ियादा हिस्सा घर ही में गुज़ारना शुरूअ' कर दिया। बी

---

1 लुप्त

आपा तो चूल्हे में फुकी रहतीं। बी अम्माँ चौथी के जोड़े सिया करतीं। और राहत की ग़लीज़[1] आँखें तेज़ बन कर मेरे दिल में चुभा करतीं। बात बे-बात छेड़ना। खाना खिलाते वक़्त कभी पानी तो कभी नमक के बहाने से और साथ-साथ जुमले-बाज़ी में खिसिया कर बी आपा के पास जा बैठती। जी चाहता कि किसी दिन साफ़ कह दूँ कि किस की बकरी और कौन डाले दाना घास। ए बी मुझसे तुम्हारा ये बैल न नाथा जाएगा। मगर बी आपा के उलझे हुए बालों पर चूल्हे की उड़ती हुई राख... नहीं... मेरा कलेजा धक से हो गया। मैंने उनके सफ़ेद बाल लट के नीच छुपा दिए। नास जाए इस कमबख़्त नज़ले का बेचारी के बाल पकने शुरूअ' हो गए।

राहत ने फिर किसी बहाने से मुझे पुकारा। "उँह!" मैं जल गई। पर बी आपा ने कटी हुई मुर्ग़ी की तरह जो पलट कर देखा तो मुझे जाना ही पड़ा।

"आप हमसे ख़फ़ा हो गईं?" राहत ने पानी का कटोरा लेकर मेरी कलाई पकड़ ली। मेरा दम निकल गया और भागी तो हाथ झटक कर।

"क्या कह रहे थे?" बी आपा ने शर्म-ओ-हया से घुटी हुई आवाज़ में कहा। मैं चुप-चाप उनका मुँह तकने लगी।

"कह रहे थे किसने पकाया है खाना। वाह-वाह! जी चाहता है खाता ही चला जाऊँ। पकाने वाली के हाथ खा जाऊँ... ओह नहीं... खा नहीं बल्कि चूम लूँ।"

मैंने जल्दी-जल्दी कहना शुरूअ' किया और बी आपा का खुर्दरा हल्दी धनिया की बिसांद[2] में सड़ा हुआ हाथ अपने हाथ से लगा लिया। मेरे आँसू निकल आए। "ये हाथ।" मैंने सोचा जो सुब्ह से शाम तक मसाला पीसते हैं, पानी भरते हैं, प्याज़ काटते हैं, बिस्तर बिछाते हैं,

---

1 गंदा 2 बदबू

जूते साफ़ करते हैं। ये बेकस[1] ग़ुलाम सुब्ह से शाम तक जुटे ही रहते हैं उनकी बेगार कब ख़त्म होगी? क्या इनका कोई ख़रीदार न आएगा? क्या इन्हें कभी कोई प्यार से न चूमेगा? क्या इनमें कभी मेहंदी न रचेगी? क्या इनमें कभी सुहाग का इत्र न बसेगा? जी चाहा ज़ोर से चीख़ पड़ूँ।

"और क्या कह रहे थे?" बी आपा के हाथ तो इतने खुरदरे थे, पर आवाज़ इतनी रसीली और मीठी थी कि अगर राहत के कान होते तो... मगर राहत के न कान थे न नाक बस दोज़ख़ जैसा पेट था।

"और कह रहे थे कि अपनी बी आपा से कहना कि इतना काम न किया करें और जोशाँदा पिया करें।"

"चल झूटी।"

"अरे वाह झूटे होंगे आपके वो..."

"अरी चुप मुर्दार!" उन्होंने मेरा मुँह बन्द कर दिया।

"देख तो स्वेटर बुन गया है उन्हें दे आ। पर देख तुझे मेरी क़सम मेरा नाम न लीजियो।"

"नहीं बी आपा। उन्हें न दो वो स्वेटर। तुम्हारी इन मुट्ठी भर हड्डियों को स्वेटर की कितनी ज़रूरत है?" मैंने कहना चाहा पर कह न सकी।

"आपा बी तुम ख़ुद क्या पहनोगी?"

"अरे मुझे क्या ज़रूरत है? चूल्हे के पास तो वैसे ही झुलस रहती है।"

स्वेटर देखकर राहत ने अपनी एक अब्रू[2] शरारत से ऊपर तान कर कहा।

"क्या ये स्वेटर आपने बुना है?"

"नहीं तो।"

"तो भई हम नहीं पहनेंगे।"

मेरा जी चाहा कि उसका मुँह नोच लूँ कमीने। मिट्टी के थोदे। ये

---

1 मज्बूर 2 भौं

स्वेटर उन हाथों ने बुना है जो जीते जागते ग़ुलाम हैं। इसके एक-एक फंदे में किसी नसीबों जली के अरमानों की गर्दनें फँसी हुई हैं, ये उन हाथों का बुना हुआ है जो नन्हे पंगूरे झुलाने के लिए बनाए गए हैं। उनको थाम लो गधे कहीं के। और ये दो पतवार बड़े से बड़े तूफ़ान के थपेड़ों से तुम्हारी ज़िन्दगी की नाव को बचा कर पार लगा देंगे। ये सितारे के गत न बात सकेंगे। मणिपुरी और भारतनाट्यम की मुद्राएँ न दिखा सकेंगे। उन्हें पियानो पर रक़्स करना नहीं सिखाया गया। उन्हें फूलों से खेलना नहीं नसीब हुआ।

मगर ये हाथ तुम्हारे जिस्म पर चर्बी चढ़ाने के लिए सुब्ह से शाम तक सिलाई करते हैं। साबुन और सोडे में डुबकियाँ लगाते हैं। चूल्हे की आँच सहते हैं। तुम्हारी ग़लाज़तें[1] सहते हैं। तुम्हारी ग़लाज़तें धोते हैं ताकि तुम उजले चिट्टे बगुला भक्ति का ढोंग रचाए रहो। मेहनत ने उनमें ज़ख़्म डाल दिए हैं। उनमें कभी चूड़ियाँ नहीं खनकती हैं। उन्हें कभी किसी ने प्यार से नहीं थामा।

मगर मैं चुप रही। बी अम्माँ कहती हैं कि मेरा दिमाग़ तो मेरी नई-नई सहेलियों ने ख़राब कर दिया है। वो मुझे कैसी नई-नई बातें बताया करती हैं। कैसी डरावनी मौत की बातें, भूक और काल की बातें। धड़कते हुए दिल के एकदम चुप-चाप हो जाने की बातें।

"ये स्वेटर तो आप ही पहन लीजिए। देखिए न आपका कुर्ता कितना बारीक[2] है?"

जंगली बिल्ली की तरह मैंने उसका मुँह, नाक, गिरेबान और बाल नोच डाले और अपनी पलंगड़ी पर जा गिरी। बी आपा ने आख़िरी रोटी डाल कर जल्दी-जल्दी तसले में हाथ धोए। और आँचल से पोंछती मेरे पास आ बैठी।

---

1 गन्दगियाँ 2 पतला

"वो बोले?" उनसे न रहा गया तो धड़कते हुए दिल से पूछा।

"बी आपा। ये राहत भाई बड़े ख़राब आदमी हैं।" मैंने सोचा कि मैं आज सब कुछ बता दूँगी।

"क्यों?" वो मुस्कुराईं।

"मुझे अच्छे नहीं लगते... देखिए मेरी सारी चूड़ियाँ चूरा हो गईं।" मैंने काँपते हुए कहा।

"बड़े शरीर हैं।" उन्होंने रोमांटिक आवाज़ में शर्मा के कहा।

"बी आपा... सुनो बी आपा। ये राहत अच्छे आदमी नहीं।" मैंने सुलग कर कहा। "आज मैं अम्माँ से कह दूँगी।"

"क्या हुआ?" बी अम्माँ ने जा-नमाज़ बिछाते हुए कहा।

"देखो मेरी चूड़ियाँ बी अम्माँ।"

"राहत ने तोड़ डालीं।" बी अम्माँ मसर्रत[1] से बोलीं।

"हाँ!"

"ख़ूब किया। तू उसे सताती भी तो बहुत है। ए हे तो दम काहे को निकल गया। बड़ी मोम की बनी हुई हो कि हाथ लगाया और पिघल गईं।" फिर चुम्कार कर बोलीं, "ख़ैर तू भी चौथी में बदला ले लीजियो। वो कसर निकालियो कि याद ही करें मियाँ जी।" ये कह कर उन्होंने नियत बाँध ली।

मुँह-बोली बहन से फिर कान्फ्रेंस हुई और मुआ'मलात को उम्मीद-अफ़्ज़ा[2] रास्ते पर गामज़न[3] देखकर अज़-हद ख़ुशनूदी[4] से मुस्कुराया गया।

"ए हे तो तू बड़ी ही ठस है। ए हम तो अपने बहनोइयों का ख़ुदा की क़सम, नाक में दम कर दिया करते थे।"

और वो मुझे बहनोइयों के छेड़-छाड़ के हथकंडे बताने लगीं। कि

---

1 ख़ुशी 2 उम्मीद को बढ़ाने वाला 3 चलना 4 आनंद

किस तरह उन्होंने सिर्फ़ छेड़-छाड़ के तीर-ब-हदफ़[1] नुस्खे़ से उन दो नंबरी बहनों की शादी कराई जिनकी नाव पार लगने के सारे मौके़ हाथ से निकल चुके थे। एक तो उनमें से हकीम जी थे जहाँ बेचारे को लड़कियाँ-बालियाँ छेड़तीं शर्माने लगते और शर्माते-शर्माते इख़्तिलाज[2] के दौरे पड़ने लगते और एक दिन मामूँ साहब से कह दिया कि मुझे ग़ुलामी में ले लीजिए।

दूसरे वायसराय के दफ़्तर में क्लर्क थे जहाँ सुना कि बाहर आए हैं लड़कियाँ छेड़ना शुरूअ' कर देती थीं। कभी गिलौरियों में मिर्चें भर के भेज दीं। कभी सेवईयों में नमक डाल कर खिला दिया।

ए लो, वो तो रोज़ आने लगे। आँधी आए, पानी आए, क्या मजाल जो वो न आएँ। आख़िर एक दिन कहलवा ही दिया। अपने एक जान-पहचान वाले से कि उनके यहाँ शादी करा दो। पूछा कि "भई किस से?" तो कहा, "किसी से भी करा दो।" और ख़ुदा झूट न बुलाए तो बड़ी बहन की सूरत थी कि देखो तो जैसे बेचा चला आता है। छोटी तो बस सुब्हान-अल्लाह। एक आँख पूरब तो दूसरी पच्छिम। पंद्रह तोले सोना दिया है बाप ने और बड़े साहब के दफ़्तर में नौकरी अलग दिलवाई।"

"हाँ भई जिसके पास पंद्रह तोले सोना हो। और बड़े साहब के दफ़्तर की नौकरी उसे लड़का मिलते क्या देर लगती है?" बी अम्माँ ने ठंडी साँस भर कर कहा।

"ये बात नहीं है बहन! आजकल के लड़कों का दिल बस थाली का बैगन होता है जिधर झुका दो उधर ही लुढ़क जाएगा।"

मगर राहत तो बैंगन नहीं अच्छा-ख़ासा पहाड़ है। झुकाव देने पर कहीं मैं ही नहीं पिस जाऊँ। मैंने सोचा। फिर मैंने आपा की तरफ़ देखा। वो ख़ामोश दहलीज़[3] पर आ बैठी, आटा गूँध रही थीं और सब कुछ

---

1 ऐसा तीर जो ठीक निशाने पर लगे 2 दिल घबराना 3 चौखट

सुनती जा रही थीं। उनका बस चलता तो ज़मीन की छाती फाड़ कर अपने कुँवारपने की ला'नत समेत उसमें समा जातीं।

"क्या मेरी आपा मर्द की भूकी है? नहीं वो भूक के एहसास से पहले ही सहम चुकी है। मर्द का तसव्वुर उसके ज़ेह्न में एक उमंग बन कर नहीं उभरा बल्कि रोटी कपड़े का सवाल बन कर उभरा है। वो एक बेवा की छाती का बोझ है। इस बोझ को धकेलना ही होगा।"

मगर इशारों-किनायों के बावुजूद राहत मियाँ न ख़ुद मुँह से फूटे और न ही उनके घर ही से पैग़ाम आया। थक-हार कर बी अम्माँ ने पैरों के तोड़े गिरवी रखकर पीर मुश्किल-कुशा[1] की नियाज़ दिला डाली। दोपहर भर मोहल्ले टोले की लड़कियाँ सहन में ऊधम मचाती रहीं। बी आपा शरमाई-लजाई मच्छरों वाली कोठरी में अपने ख़ून की आख़िरी बूँदें चुसाने को जा बैठी। बी अम्माँ कमज़ोरी में अपनी चौकी पर बैठी चौथी के जोड़े में आख़िरी टाँके लगाती रहीं। आज उनके चेहरे पर मन्ज़िलों के निशान थे। आज मुश्किल कुशाई होगी। बस आँखों की सूईयाँ रह गई हैं। वो भी निकल जाएँगी। आज उनकी झुर्रियों में फिर मशा'लें थरथरा रही थीं। बी आपा की सहेलियाँ उनको छेड़ रही थीं और वो ख़ून की बची-खुची बूँदों को ताव में ला रही थीं। आज कई रोज़ से उनका बुख़ार नहीं उतरा था। थके-हारे दिए की तरह उनका चेहरा एक बार टिमटिमाता और फिर बुझ जाता। इशारे से उन्होंने मुझे अपने पास बुलाया। अपना आँचल हटा कर नियाज़ के मलीदे की तश्तरी मुझे थमा दी।

"इस पर मौलवी-साहब ने दम किया है।" उनकी बुख़ार से दहकती हुई गर्म-गर्म साँस मेरे कान में लगी।

तश्तरी लेकर मैं सोचने लगी। मौलवी-साहब ने दम किया है। ये

---

1 मुश्किल को दूर करने वाला

मुक़द्दस[1] मलीदा अब राहत के तंदूर में झोंका जाएगा। वो तंदूर जो छः महीने से हमारे ख़ून के छींटों से गर्म रखा गया। ये दम किया हुआ मलीदा मुराद बर लाएगा। मेरे कानों में शादियाने बजने लगे। मैं भागी-भागी कोठे से बरात देखने जा रही हूँ। दूल्हा के मुँह पर लम्बा सा सेहरा पड़ा है, जो घोड़े की अयालों को चूम रहा है।

चौथी का शहाबी[2] जोड़ा पहने फूलों से लदी शर्म से निढाल, आहिस्ता-आहिस्ता क़दम तौलती बी आपा चली आ रही हैं... चौथी का ज़र तार जोड़ा झिलमिल-झिलमिल कर रहा है। बी अम्माँ का चेहरा फूल की तरह खिला हुआ है... बी आपा की हया से बोझल आँखें एक बार ऊपर उठती हैं। शुक्रिया का एक आँसू ढलक कर अफ़्शाँ[3] के ज़र्रों में क़ुमक़ुमे की तरह उलझ जाता है।

"ये सब तेरी ही मेहनत का फल है।" बी आपा की ख़ामोशी कह रही है। हमीदा का गला भर आया।

"जाओ न मेरी बहनो।" बी आपा ने उसे जगा दिया। और वो चौंक कर ओढ़नी के आँचल से आँसू पोंछती ड्योढ़ी की तरफ़ बढ़ी।

"ये... ये मलीदा।" उसने उछलते हुए दिल को क़ाबू में रखते हुए कहा। उसके पैर लरज़[4] रहे। जैसे वो साँप की बानी में घुस आई हो। और फिर पहाड़ खिसका...! और मुँह खोल दिया। वो एकदम पीछे हट गई। मगर दूर कहीं बारात की शहनाइयों ने चीख़ लगाई। जैसे कोई उनका गला घोंट रहा हो। काँपते हाथों से मुक़द्दस[5] मलीदे का निवाला बना कर उसने राहत के मुँह की तरफ़ बढ़ा दिया।

एक झटके से उसका हाथ पहाड़ की खोह में डूबता चला गया। नीचे तअ'फ़्फ़ुन[6] और तारीकी[7] के अथाह ग़ार की गहराइयों में और एक बड़ी सी चट्टान ने उसकी चीख़ को घोंट दिया।

---

1 पवित्र 2 लाल रंग जैसा 3 ज़ाहिर करना 4 काँपना 5 पवित्र 6 बदबू 7 अंधेरा

नियाज़ के मलीदे की रकाबी हाथ से छूट कर लालटेन के ऊपर गिरी और लालटेन ने ज़मीन पर गिर कर दो-चार सिसकियाँ भरीं और गुल हो गई। बाहर आँगन में मोहल्ले की बहू-बेटियाँ मुश्किल-कुशा की शान में गीत गा रही थीं।

सुब्ह की गाड़ी से राहत मेहमान-नवाज़ी का शुक्रिया अदा करता हुआ रवाना हो गया। उसकी शादी की तारीख़ तय हो चुकी थी और उसे जल्दी थी।

इसके बा'द उस घर में कभी अंडे न तले गए। पराठे न सिंके और स्वेटर न बुने गए। दिक़ ने जो एक अर्से से बी आपा की ताक में भागी पीछे-पीछे आ रही थी एक ही जस्त में उन्हें दबोच लिया और उन्होंने चुप-चाप अपना ना-मुराद वुजूद उसकी आग़ोश में सौंप दिया।

और फिर उस सहदरी में चौकी पर साफ़ सुथरी जाज़िम बिछाई गई। मोहल्ले की बहू-बेटियाँ जुड़ीं। कफ़न का सफ़ेद-सफ़ेद लट्ठा। मौत के आँचल की तरह बी अम्माँ के सामने फैल गया। तहम्मुल[1] के बोझ से उनका चेहरा लरज़[2] रहा था। बाईं अब्रू फड़क रही थी। गालों की सुनसान झुर्रियाँ भायँ-भायँ कर रही थीं। जैसे उनमें लाखों अज़दहे[3] फुंकार रहे हों।

लट्ठे की कान निकाल कर उन्होंने चौपर तह किया और उनके दिल में अनगिनत क़ैंचियाँ चल गईं। आज उनके चेहरे पर भयानक सुकून और हरा भरा इत्मीनान था, जैसे उन्हें पक्का यक़ीन हो कि दूसरे जोड़ों की तरह चौथी का जोड़ा सैंता न जाए।

एकदम सहदरी में बैठी लड़कियाँ-बालियाँ मैनाओं की तरह चहकने लगीं। हमीदा माज़ी को दूर झटक कर उनके साथ जा मिली। लाल टोल पर... सफ़ेद गज़ी का निशान! उसकी सुर्ख़ी[4] में न जाने कितनी मा'सूम

1 सहनशीलता 2 काँपना 3 बड़े साँप 4 लाली

दुल्हनों का सुहाग रचा है और सफ़ेदी में कितनी ना-मुराद कुँआरियों के कफ़न की सफ़ेदी डूब कर उभरी है और फिर सब एकदम ख़ामोश हो गए। बी अम्माँ ने आख़िरी टाँका भर के डोरा तोड़ लिया। दो मोटे-मोटे आँसू उनके रुई जैसे नर्म गालों पर धीरे-धीरे रेंगने लगे। उनके चेहरे की शिकनों में से रौशनी की किरनें फूट निकलीं और वो मुस्कुरा दीं। जैसे आज उन्हें इत्मीनान हो गया कि उनकी कुबरा का सोहा जोड़ा बन कर तय्यार हो गया हो और कोई दम में शहनाइयाँ बज उठेंगी।

आख़िरी कोशिश

हयातुल्लाह अंसारी

टिकट बाबू ने गेट पर घसीटे को रोक कर कहा,

"टिकट!"

घसीटे ने घिघिया कर बाबू की तरफ़ देखा। उन्होंने माँ की गाली देकर उसे फाटक के बाहर धकेल दिया। ऐसे भिक्मंगों के साथ जब वो बिला टिकट सफ़र करें और किया ही क्या जा सकता है?

घसीटे ने स्टेशन से बाहर निकल कर इत्मिनान की सांस ली कि ख़ुदा ख़ुदा कर के सफ़र ख़त्म हो गया। रास्ते भर टिकट बाबुओं की गालियाँ सुनीं, ठोकरें सहीं, बीसियों बार रेल से उतारा गया। एक स्टेशन से दूसरे स्टेशन तक पैदल भी चलना पड़ा, एक दिन के सफ़र में बाईस दिन लगे मगर इन बातों से क्या? किसी न किसी तरह अपने वतन तो पहुँच गए .... वतन! पच्चीस बरस के बाद वतन। हाँ पच्चीस ही बरस तो हुए जब मैं कलकत्ता पहुँचा तो काली मिल खुली थी और अब लोग कहते हैं कि इसको खुले पच्चीस बरस से ज़ियादा हो गए। आ गए वतन। हाँ अब फ़ासिला[1] ही क्या है। अगर याद ग़लती नहीं करती है तो दो कोस का कच्चा रास्ता और दो घंटे की बात।

अपना घर! अपने लोग! वो नेअ'मतें जिनका पच्चीस साल से मज़ा नहीं चखा। कलकत्ता में घर के नाम को सड़क थी या दुकानों के तख़्ते या फिर शहर से मीलों दूर ठेकेदार की झोंपड़ियाँ जिसकी ज़मीन पर इतने आदमी होते थे कि करवट लेने भर की जगह न मिलती थी। रहे अपने लोग सो वहाँ अपना कौन था? सब ग़रज़ के बन्दे, बेईमान,

---

1 दूरी

हराम-ज़ादे, एक वो साला था भोंदू और दूसरा था भूरा और वो डायन भंगवी जो खोंचे की सारी आमदनी खा गई, वो मिलों के मज़दूर। भाई हैं भाई हैं, मगर मज़दूरी का मौक़ा आया कि हर एक को अपनी अपनी पड़ गई। जहाँ जाओ कोई दूसरा मज़दूर सिफ़ारिश लिए मौजूद, यहाँ सिफ़ारिश करने वाला कौन था? जब जेलर ने आ कर मुझे हुक्म सुनाया है कि तेरी मीआ'द[1] ख़त्म, तो आँखों से न जाने क्यों आँसू निकल आए। बस एकदम से घर की याद आ गई। घर! क्या चीज़ है?

घसीटे को यक़ीन था कि पच्चीस साल की थकी-माँदी आत्मा को घर पहुंचते ही सुख मिल जाएगा, और घर अब क़रीब था।

स्टेशन से कुछ दूर आ कर घसीटे भौंचक्का सा रह गया। यहाँ की दुनिया ही अब और थी। खेतों और बाग़ों की जगह एक शक्कर मिल खड़ी धुआँ उड़ा रही थी। जिसकी इमारतें यहाँ से वहाँ तक नज़र आती थीं। कच्ची सड़क की जगह अब पक्की सड़क थी और उसके बराबर मिल तक रेल की पटरियाँ बिछी हुई थीं। सड़क ख़ूब आबाद थी। मज़दूरों के बहुत से छोटे छोटे ग़ोल आ जा रहे थे। इतनी देर में कई मोटरें फ़र्राटे भर्ती निकल गई थीं। एक मालगाड़ी छक-छक करती जा रही थी। ग़रज़ कि जुग़राफ़िया इतना बदल गया था कि रास्ता पहचान-ना बस से बाहर था लेकिन फिर भी घसीटे का दिल इस बात पर राज़ी न हुआ कि मैं अपने स्टेशन पर उतर कर अपने ही क़स्बे का रास्ता पूछूँ। ये आप ही आप एक तरफ़ मुड़ गया। थोड़ी दूर आ कर जब शकर मिल की हदें ख़त्म होने लगीं, और ईख के खेतों और बाग़ों का सिलसिला आ गया। तब उसके दिल ने धड़क कर कहा मेरा रास्ता ठीक है।

डेढ़ कोस चलने के बाद अपने क़स्बे के ताड़ दिखाई देने लगे। ज़रा और चल कर शाही ज़माने की एक टूटी हुई मस्जिद मिली जिसका

---

1 अवधि

एक मीनार तो नाचती हुई बेलों से मंढा और जंगली कबूतरों से आबाद था और दूसरा तक़रीबन मुसल्लम[1] ज़मीन पर लेटा काई की मख़्मलीं चादर ओढ़े था। उस पर नज़र पड़ना थी कि बचपन की बहुत सी छोटी छोटी यादें जो कब की भूल चुकी थीं। पच्चीस बरसों के भारी बोझ के नीचे एकदम फड़फड़ा कर तड़प कर निकल आईं और कमसिन देहाती छोकरियों की तरह सामने उचकने-कूदने लगीं। वो ज़माना आँखों के सामने फिर गया जब इस मस्जिद के गिर्द पानी भर जाता और गाँव भर के लौंडे नंगे इसमें नहाते थे। उस वक़्त भी ये खड़ा मीनार यूँही खड़ा था और लेटा मीनार यूँही लेटा था।

आगे चल कर बरगद का दरख़्त मिला। ये वो जगह थी जहाँ हीरा, बफाती, बुलाक़ी, तीनू, नेवला, सूरज, बल्ली और कनवा साला क्या नाम था उसका और कौन-कौन सारी की सारी टोली जमा' होती थी और दिन-भर सिगार मार टंटा उड़ा करता था। वो गढ़िया के उस पार अमरूद का एक बाग़ था। उस पर कभी कभी लौंडा डाका पड़ा करता था। लौंडे घुस गए और चुपके-चुपके कच्चे-पक्के अमरूद नोच-नोच कर जेबों में भरने लगे। और रखवाला माँ बहन की सुनाता दौड़ा और उधर आनन-फ़ानन में सब हवा हो गए। एक बार ऐसा हुआ कि लौंडे अमरूद खसूट रहे थे कि उधर से एक फ़क़ीरनी आ निकली जो मिनमिना मिनमिना कर गा रही थी। कुछ लौंडों को सूझी शरारत। वो चुड़ैल-चुड़ैल चिल्ला कर भागे। फिर क्या था। सब सर पर पाँव रखकर भागे। बुलाक़ी रह गया। अरे डर के मारे उसकी जो घिग्घी बंधी है और जो लगा है फ़क़ीरनी के सामने हाथ जोड़ने...

घसीटे ये याद कर के बे-इख़्तियार हँस पड़ा।

सूरज दिन-भर का सफ़र तय कर के उफ़ुक़ के क़रीब पहुँच चुका था। धूप में मुलाइमत आ गई थी और हवा में ख़ुशगवार ख़ुन्की। रास्ते

---

1 पूरा

के एक तरफ़ पतावर के हरे-भरे झुण्ड थे। जिनके बीच बीच से बूढ़ी सिरकियाँ सरों को निकाले जवानों की तरह खड़ी होने की कोशिश कर रही थीं। दूसरी तरफ़ आसमान के किनारे तक खेतों और अमरूद के बाग़ों का सिलसिला चला गया था। बसेरा लेने वाली मैनाओं और कव्वों का शोर खेतों से वापस आने वाले बैलों की घंटियाँ, हलवाहों की हट-हट, बाग़ों के रखवालों की हो हो, इन सबसे हवा उसी तरह बसी हुई थी, जैसे पतावरों की भीनी-भीनी, मीठी-मीठी ख़ुशबू से मा'लूम होता था कि सारी दुनिया एक बहुत बड़ा घर जिसके रहने वाले या'नी खेत, दरख़्त, हवा, आने वाली सदाएँ और ख़ुशबू, सब क़रीबी रिश्तेदार हैं और ख़ुशी-ख़ुशी मिल-जुल कर रहते हैं।

किसानों का एक जत्था खेतों से वापस आता हुआ मिला। आगे-आगे एक लड़की फटी ओढ़नी सर से लपेटे गाती चली जा रही थी। उसके पीछे हलों को कंधे पर रखे, बैलों को हँकाते छः सात मर्द थे। उन लोगों ने फटे हाल घसीटे की तरफ़ तवज्जोह न की। मगर जैसे ही घसीटे की उनमें से एक शख़्स से निगाह मिली। वो बे-इख़्तियार मुस्कुरा दिया जैसे कोई दूर दराज़ सफ़र से आने वाला अपने अ'ज़ीज़ों को देखकर मुस्कुरा देता है।

उधर सूरज उफ़ुक़ के दामन में छिपा और इधर क़स्बा आ गया। इसका निशान एक अक्ल खड़ा ताड़ था जिससे कुछ दूर हट कर आम के दो-चार बूढ़े दरख़्त शाम का धुँदलका ओढ़े किसी याद में खोए खड़े थे। इस मुक़ाम से एक बहुत रूमान भरी याद अंगड़ाई लेकर उठी और घसीटे के पाँव थाम लिए। वो बिला इरादा खड़ा हो गया। वो सामने की झाड़ी और गढ़िया, यहीं दुलारी से छुप-छुप कर मिलते थे। वो भरे जिस्म की जहना ऐसी दुलारी जिसके न रूठने का ठीक पता चलता था और न मनने का। वहाँ बैठ कर वो दुलारी का इन्तिज़ार करता था, तो दिल में क्या-क्या नक़्शे बनते थे। शहर जाऊँगा, नौकरी करूँगा। दोनों वक़्त

चने चबाऊँगा मगर रुपया जोड़-जोड़ कर रखूँगा। फिर जब ढाई सौ रुपया हो जाएगा तो वापस आऊँगा और हीरालाल की तरह एकदम से एक गोई बैल लेकर खेती शुरूअ' करूँगा। उस वक़्त दुलारी मेरी कितनी ख़ुशामदें[1] करेगी। मैं तो कम से कम दो महीने तक उससे बात भी न करूँगा। बस उस जगह टहलते आ जाया करूँगा। वो आएगी ज़रूर और वहाँ दरख़्त की जड़ पर बैठ, गढ़िया में ढेले फेंकेगी, गुनगुनाएगी, मेरी तरफ़ कन-अँखियों से देख देख कर हँसेंगी। बड़ी चुड़ैल थी न जाने अब कहाँ है?

घसीटे दरख़्तों के अन्दर घुस कर देखने लगा कि पुरानी गढ़िया अब तक है? हाँ है तो और वो सामने जमुनी का दरख़्त भी है जिसकी जड़ पर वो बैठती थी। क्या ज़माना था।

घसीटे दरख़्तों से निकल कर सड़क पर आ गया और क़स्बे के अन्दर चला। मगर अब उसकी चाल धीमी थी। वो उन यादों में ऐसा डूब गया था कि आँखें देखना और कान सुनना भूल गए थे। एका-एकी एक मोड़ पर चौंक पड़ा जैसे कोई बिसरी बात इक-दम याद आ गई हो। यही जगह तो है। हाँ यहीं अब्बा ने दो चाँटे मारकर मेरे गले से शब्बन मियाँ की क़मीस का बटन नोच लिया था। इधर शब्बन मियाँ घर के अन्दर आए और उधर डाँट लगाई। घसीटे! "घसीटे! घसीटे! किधर मर गया?" टाँगें फैला कर दोनों बूट मेरे मुँह की तरफ़ बढ़ा दिए। इनको उतारो, फिर जुराबें[2] उतारो, फिर उँगलियों को तौलिए से पोंछो, फिर जूती ला कर पाँव के नीचे धरो... शब्बन मियाँ की चीज़ें देख देख कर जी चाहता था कि उनमें से दो एक हमारे पास भी होतीं! हमारे पास क्या था? एक फटा कुर्ता पाजामा पहने रहते थे। जब वो बिल्कुल चीथड़े हो जाता तो ख़ां-साहबिन फिर किसी का पुराना-धुराना जोड़ा दे देतीं। "फिर फाड़

---

1 चापलूसी 2 मोजा

लाया? इसके बदन पर तो काँटे हैं। ये कहाँ से खोंचा लगाया? कमीने को कभी तमीज़ न आएगी।" एक बार शब्बन मियाँ के कमरे में जो गया तो देखता क्या हूँ कि क़मीस के कफ़ के दो बटन पलंग पर पड़े चमचम कर रहे हैं। इस वक़्त कुछ ऐसे प्यारे मा'लूम हुए कि मैं चुपके से एक मुट्ठी में दबा लिया। थोड़ी देर में शब्बन मियाँ चिल्लाने लगे, "एक बटन क्या हुआ? कौन ले गया?" मैंने जी में कहा। मैं लाया हूँ। कहो क्या कहते हो? बटन तो न दूँगा चाहे कुछ करो। बल्कि अब तो तुम्हारे घर का काम भी न करूँगा। सबकी आँख बचा कर बाहर चला आया। मेरी क़मीस में आस्तीन कहाँ थी? मैंने वो बटन गले में इस तरह लगाया कि बटन और ज़ंजीर दोनों चीज़ें बाहर चमचम करें और फिर दिन-भर भूका प्यासा खेतों खेतों घूमता रहा। जब रात आ गयी तब फ़िक्र हुई कि अब कहाँ जाऊँगा। मैं इधर-उधर दुबकता फिरता था कि अब्बा ने जो मेरी खोज में लगे थे, देख लिया। "तू शब्बन मियाँ का सोने का बटन ले आया... सोने का बटन।" दो थप्पड़ पड़े थे कि मैं भागा। सोने का बटन। कलकत्ता में चार पैसे पत्ता मिलता है जितने चाहो इतने ले लो।

छप्परों और नीची-नीची कच्ची दीवारों पर शाम की साँवली रंगत छा गई। फ़ज़ा में हल्की-हल्की ख़ुन्की[1] थी। जिससे दिल को अ'जब सुकून मिलता था। घरों में चूल्हे जल गए थे जिनका धुआँ और सुर्ख़ी[2] छप्परों से निकल निकल कर बिला किसी घबराहट के ऊपर चढ़ रहे थे। पुकारने और ज़ोर ज़ोर से बातें करने की आवाज़ें आ रही थीं जो अपने साथ दिन-भर की तकान को लिए भागी जा रही थीं। द्वारे पर लड़के लड़कियाँ ऊँचा-नीचा खेल रहे थे और बेहद शोर मचा रहे थे जैसे बसेरा लेते वक़्त जंगली मैनाएँ एक घोड़ा दिन-भर दौड़ धूप कर के अभी-अभी थान पर आया था और ख़ुशी से हिनहिना रहा था।

---

1 हल्की ठंडक 2 लाली

आख़िर मस्जिद आ गई। उसी की बग़ल से घसीटे का रास्ता जाता था। पहली तारीख़ों का हिलाल मस्जिद के एक मीनार से लगा हुआ चमक रहा था। उसे देखकर घसीटे को एक बारात याद आ गई। जो बाजे गाजे लिए मशअ'लें जलाए एक कमज़ोर सी नाव पर, चढ़ी गंगा की ख़ूनी लहरों को पार कर के किनारे आ उतरी थी।

बगिया भी आ गई। उस के पार आबादी से ज़रा निकल कर घर था। घसीटे का दिल उम्मीदों बीम से ज़ोर-ज़ोर से धड़कने लगा और साथ-साथ ख़ुशी के मारे आँसू निकल पड़े। आँखों के सामने घर की तस्वीर फिर गई। बड़ा सा साफ़ सुथरा लीपा-पोता छप्पर। दो बड़ी-बड़ी अनाज की खट्टियाँ। रात को न मा'लूम कब से उठकर अम्मां का घरड़ घरड़ चक्की पीसना और उस पर गाना। "मोरी छागल न बोले।" दिन को काम काज करके घर आओ और लाख चिल्लाओ, "अम्मां रोटी दे दो, अम्मां रोटी दे दो।"और चिल्लाते-चिल्लाते थक जाओ रो धो कर अम्मां उसी तरह पीसे चली जाती हैं। जब उसका जी चाहता तब उठ कर चूल्हा जलाती जुमिया और शबरातन! ओफ़्फ़ो! दोनों को अम्मां कितना मारती थी। और थीं वो भी दोनों बड़ी हरामज़ादी। कभी जो काम करतीं इधर अब्बा कुल्हाड़ी कंधे पर रखे बकरियाँ हाँकता घर में घुसता और उधर चिल्लाने लगता। उधर अम्मां पर ग़ुस्सा आया और जोंटे पकड़ कर धोईं-धोईं... वाह री अम्मां जहाँ किसी का जी ख़राब हुआ उसके जी को लग गई। फिर तो ये है, 'अरे आ तिरा सर दाब दूँ" इधर आ बख़र गजर उतारूँ... चाँदनी में बैठ कर न खा।" दोनों वक़्त मिलते न चिल्ला। हर वक़्त टोटका उतार रही है। आने-जाने वालों से पूछ-पूछ दवा पिला रही है... खाने की कितनी शौक़ीन थी। कच्चे पक्के, गले सडे, खट्टे मीठे जैसे ही आम मिल जाएँ बड़े मज़े से बैठ कर सब खा जाती थी। कच्चे पक्के अमरूद, झर बेरियाँ, कैथे और क्या-क्या

सब शौक़ से खाती थी मगर बच्चों का खाना उसे बुरा नहीं लगता था। वो क़िस्सा जो हुआ था कि अम्मां को कहीं से गुड़ की भेली मिल गई। उसने ताक़ में रख दी। मैं इधर से आऊँ चुरा कर एक टुकड़ा मुँह में रख लूं। शाम को अब्बा ने जो देखा तो ज़रा सा गुड़ था। वो लगे डकरने। "कौन खा गया?" अम्मां समझ गईं। सहूलियत से बोलीं, "चूहा खा गया होगा...", "तू खा गई है तो क्या चूहे बिल्ली गुड़ खाते हैं?" अम्मां ने कहा, "क्यों? क्या उनमें जान नहीं है?" मैंने जी में कहा कि देखो जब शहर से कमा कर लौटूंगा तो गुड़ की एक पारी भी लाऊँगा। तब तो यही अब्बा चटख़ारे मारेंगे। "वाह क्या मजा है।" जुमिया और शबरातन आँखें फैला-फैला कर तकेंगी। मुँह से पानी छूटेगा।

घर में अब कौन होगा? अब्बा अम्मां भला क्या ज़िन्दा होंगे? सत्तर अस्सी बरस कौन जीता है। जुमिया और शबरातन कहीं ब्याह दी गई होंगी। हाँ फ़कीरा तो जवान होगा। भूरे के तो बीवी बच्चे होंगे और बकरियाँ? ओफ़्फ़ो कल्लू के नातिनों की नातिनें होंगी। कल्लू ज़िन्दा हो तो पहचानेगी? जब भूकी होती थी तो मेरी तरफ़ देख देख कर कैसा में... में करती।

(2)

सामने घर है कि नहीं? बग़िया से बाहर आते ही घसीटे के दिल ने धड़क कर बड़ी बे-ताबी से पूछा वो जगह थी वो... हाँ... वहाँ कुछ है तो ज़रूर।

शुरूअ' तारीख़ों की ओस की मारी बीमार चाँदनी में अंधेरे-उजाले का एक ढेर नज़र आया। एक दीवार थी जिसका आधा हिस्सा तो टीले की तरह ढेर था। आधा जो खड़ा था। उस पर एक टूटा फूटा छप्पर था जिसका फूँस धुआँ खाए हुए मकड़ी के जाले की तरह हर तरफ़ झूल रहा था। छप्पर के सामने की तरफ़ चौहद्दी[1] की जगह झाँकड़ों, ताड़ के पत्तों

---

1 चरकोर

और किसी सूखी बेल का मिला-जुला एक अड़म था जिनके पतले-पतले टेढ़े-मेढ़े साए केचुओं और खनखजूरों की तरह ज़मीन पर बजबजा रहे थे। घर और अपने सन्नाटे में क़ब्रिस्तान था। अन्दर न चूल्हा जल रहा था न चिराग़। घर की एक एक चीज़ पुकार-पुकार कर कह रही थी कि "हम ख़ुद टुकड़े के मुहताज[1] हैं... तुमको क्या खिलाएँगे?"

यही घर था जहाँ मुसाफ़िर की थकी माँदी आत्मा को चैन की तलाश थी। घसीटे की उम्मीदों का चमन जिसे वो बाईस रोज़ से पच्चीस बरसों के कुचले अरमानों के ख़ून से सींच रहा था, एकबारगी मुरझा गया। उसका दिल बार-बार शक दिलाता कि ये घर ख़ाली होगा। वो लोग कहीं और उठ गए होंगे, और बार-बार बकरियों के मौत की करान्ध और नाबदान[2] की सड़ांध जो बोझल हवा से दबी हुई घर के गिर्द मुक़य्यद[3] थीं, उन बालू के घरौंदों को ढा देतीं। घसीटे आध घंटे तक जहाँ-तहाँ खड़ा रहा। उसगें इतनी हिम्मत न हुई कि अन्दर जाता या किसी को आवाज़ देता।

दूर कहीं पर एक पिल्ला रो रहा था। रफ़्ता-रफ़्ता उसकी आवाज़ से एक तरह की ढारस बंधी और ये खखारा, जवाब न मिलने पर फिर खखारा, बार-बार खखारने पर कोई दबे-पाँव बाहर आया और राज़ दाराना लहजे में बोला,

"अन्दर चले आओ ना।"

इस धोके से घसीटे की हिम्मत और सिकुड़ गई। अब वो सहारा लेने को सच-मुच खखारा, फिर कहने लगा:

"कौन फ़क़ीरा?"

"हाँ!"

फ़क़ीरा ज़रा चिड़ कर बोला, "तुम कौन हो?"

---

1 ज़रूरतमन्द 2 नाली 3 बंदी

“ज़रा इधर आओ।”

फ़क़ीरा निकल कर क़रीब आया और बोला, “तुम कौन हो? यहाँ क्या कर रहे हो?”

“ज़रा सुनो तो भाई, तुम फ़क़ीरा होना?”

“हाँ, कह तो दिया।”

“तुम यहीं रहते हो।”

घसीटे की आवाज़ में कुछ इतना प्यार था कि फ़क़ीरा का ग़ुस्सा तो ग़ायब हो गया, मगर उसकी समझ में न आया कि ये शख़्स कौन है और क्या चाहता है। दूसरी तरफ़ घसीटे की समझ में न आता था कि अपने को कैसे पहचनवाए। उसे ख़याल तक न आया था कि अपने घर पहुँच कर ये काम भी करना होगा। आख़िर दिल कड़ा कर के बोला, “मैं बाईस रोज़ का सफ़र कर के आ रहा हूँ... तुम्हारे पास।”

अब भी फ़क़ीरा कुछ नहीं समझा मगर बिला इरादा उसकी ज़बान से निकल गया, “तो अन्दर आओ।”

अन्दर आकर घसीटे की हिम्मत बँधी और साथ ही राहत पाने की उम्मीद भी बिला वज्ह हरियाने लगी। फ़क़ीरा ने दिया-सलाई खींच कर चिराग़ जलाया। छप्पर के नीचे सात बकरियाँ और बकरियों के बच्चे बँधे थे। उन्हीं से शायद घराने की रोटी चलती थी। ज़रा इधर हट कर ज़मीन पर एक छीधा टाट बिछा था जिस पर एक मैली सी चीज़ जो शायद कभी रज़ाई हो मगर चीथड़ा हो कर गुमनाम हो गई थी, ओढ़ने के लिए पड़ी थी। घसीटे ने टाट पर बैठ कर कपकपाते चिराग़ की धुँदली रौशनी में फ़क़ीरा को ग़ौर से देखा। दुबला पतला, आँखें अन्दर धँसी हुई और बे-नूर चेहरे की खाल जूते के चमड़े की तरह खुरदुरी और इस पर दोनों तरफ़ दो लम्बी-लम्बी झुर्रियाँ, जैसे कच्ची दीवार पर बरखा के पानी की लकीरें। बाल खिचड़ी जिनमें सफ़ेदी ज़ियादा। ये था घसीटे

का जवान भाई फ़क़ीरा! मुसीबतज़दा[1] घसीटा देखने में उससे ज़ियादा जवान था।

घसीटे उसकी तरफ़ प्यार भरी नज़रों से देखकर बोला, "भैया तुम तो जवानी ही में बुढ़ाए गए।"

फ़क़ीरा ठंडी साँस भर कर बोला,

"जवानी तो खिलाई पिलाई से ठहरती है।"

"सच्च है भैया... भूरा, जुमिया और शबरातन कहाँ हैं?"

अब फ़क़ीरा ठिटका, "पहले तुम ये बताओ कि तुम कौन हो...? घसीटे तो नहीं हो।"

"हाँ घसीटे हूँ और कौन। बाईस दिन ठोकरें खा कर आ रहा हूँ।"

"भैया..." कह कर फ़क़ीरा उस से लिपट गया। घसीटे ने भी भींच कर उसे लिपटा लिया और जैसे कोई सोता फूट जाए, उसके आँसू धुल-धुल बहने लगे। फ़क़ीरा भी रो दिया... थोड़ी देर तक दोनों रोते रहे। फिर फ़क़ीरा ने अपने आँसू पोंछे और घसीटे को ढारस दिलाई कि "अब न रो, ये तो ख़ुशी की बात है कि तुम घर आ गए। अम्मां को देखोगे?"

घसीटे की आँसुओं से लबरेज़[2] आँखें हैरत से फैल गईं।

"अम्मां! है क्या?"

"हाँ।"

छप्पर के एक कोने में चिथड़ों का ढेर लगा था। फ़क़ीरा उसकी तरफ़ उँगली उठा कर बोला, "वो पड़ी है।"

घसीटे मुहब्बत और इश्तियाक़[3] के जोश में उधर भागा।

यहाँ चिथड़ों के अंबार[4] में दफ़्न एक इन्सानी पिंजर पड़ा था जिस पर मुरझाई हुई बदरंग गंदी खाल ढीले कपड़ों की तरफ़ झूल रही थी। सर के बाल बीमार बकरी के दुम के नीचे के बालों की तरह मैल-कुचैल

1 परेशान 2 भरा हुआ 3 चाहत, ख़्वाहिश 4 ढेर

में लिथड़ कर नमदे की तरह जम गए थे। आँखें धूल में सोंदी कौड़ियों की तरह बेरंग वीरान हलक़ों में डगर-डगर कर रही थीं। उनके कोए कीचड़ और आँसुओं में लत-पत थे। गाल की जगह एक पतली सी खाल रह गई थी जो दाँतों के ग़ायब होने से कई तहों में हो कर जबड़ों के नीचे आ गई थी। गाल के ऊपर की हड्डियों पर कुछ फूलापन सा था, बदगोशत हो या वर्म[1]! जैसे रोते-रोते वर्म आ गया हो। गर्दन इतनी सूखी थी कि एक-एक रग नज़र आ रही थी। नंगे सीने पर छातियाँ लटक रही थीं जैसे भिंची हुई उल्टी बंडी की ख़ाली जेबें। चेहरे की एक-एक झुर्री सख़्त घिनावनी मुसीबतों की मुहर थी जिसे देखकर बे-इख़्तियार दहाड़ें मार-मार कर रोने को जी चाहता था।

फ़क़ीरा चिराग़ लेकर आया। रौशनी देखते ही बुढ़िया कुछ बकने लगी। और दाहिने हाथ की उँगलियों से झूट-मूट का निवाला बना कर अपने मुँह की तरफ़ बार-बार ले जाने लगी। जैसे गूँगा खाने को माँगे। बुढ़िया न मा'लूम क्या कह रही थी मगर सुनने में सिर्फ़ ये आया था... बाब... बाब। बाब बाब।

उसकी आवाज़ ऐसे वीरानी के मारे गाँव की याद ताज़ा करती, जहाँ के रहने वाले आग से जल मरे थे और अब उसके खंड्हरों में दिन को बन्दर चीख़ते और रात को सियार रोते थे।

फ़क़ीरा ने घसीटे की तरफ़ देखकर कहा, "जब उसके पास आओ ये इसी तरह खाना माँगने लगती है। चाहे जितना खिलाओ इसका जी नहीं भरता। मुँह से निकल-निकल पड़ता है, फिर भी माँगे जाती है।"

आख़िर घसीटे बड़ी कोशिश से बोला, "अम्मां।"

आवाज़ बता रही थी कि उसका दिल अन्दर ही अन्दर कराह रहा था।

फ़क़ीरा ने कहा, "न वो सुनती है न समझती है। बस खाने की बात

---

1 सूजन

समझती है।"

बुढ़िया का पोपला मुँह धौंकनी की तरह चल रहा था, बाब की आवाज़ निकल रही थी, और उँगलियों का बना हुआ निवाला बार-बार मुँह की तरफ़ जा रहा था मगर इन हरकतों पर भी यक़ीन न आता था कि ये पिन्जर ज़िन्दा है।

ये वही चौड़ी चकली तन्दरुस्त अम्मां थी जो मुंह-अँधेरे से दोपहर तक मुसलसल[1] चक्की पीसा करती थी! जिसे दिन रात यही धुन सवार रहती थी कि किसी तरह घर की हालत सँभल जाए। उसने कैसा कैसा अपना जी मारा। ज़रा-ज़रा सी चीज़ के लिए कैसा-कैसा तरसती रही।

घसीटे के दिल में माँ के लिए तरस भरा प्यार उबल पड़ा जो हाथ फैला-फैला कर ये दुआ' माँगने लगा कि ऐ ख़ुदा इसकी मुश्किल आसान कर और अब तू इसे नापाक दुनिया से उठाले। अगर उस वक़्त घसीटे की आँखें रो देतीं तो उसे सुकून मिल जाता, मगर अफ़्सोस आँसुओं जैसी नेअ'मत कोसों दूर थी।

फ़क़ीरा के लिए इस नज़्ज़ारे[2] में कोई ख़ास बात नहीं थी। उसने कहा, "भैया! तुम ज़रा हाथ मुँह धोलो। मैं खाने-पीने का कुछ सुबीता करूँ।"

फ़क़ीरा भागता हुआ बग़िया के उस पार जोगियों के घर से आध सेर ज्वार का आटा उधार माँग लाया और फिर चूल्हा जला कर रोटियाँ पकाने बैठ गया। घसीटे भी चूल्हे के पास आ बैठा और बोला, "इतना आटा? क्या तुमने अभी नहीं खाया?"

"नहीं, आज आटा ख़त्म हो गया था तो मैंने कहा कि एक रात यूँही सही।"

"अब खेती नहीं होती?"

---

1 लगातार 2 दृश्य

"वो कब की बन्द हो गई। अब्बा के मरने के बाद भूरे को जेल हो गई। मैं अकेला रह गया। दो बरस तक तरकारियाँ वरकारियाँ बोईं मगर वो बिकीं बिकाईं नहीं। लगान तक नहीं अदा हुआ।"

"भूरे काहे में पकड़ा गया?"

"सोनी चन्द की एक बकरी बेच ली थी। फिर जब जेल से छूट कर यहाँ आया तो उसकी बीवी दूसरे के घर बैठ चुकी थी। ये फ़ौजदारी करने पर तय्यार हो गया। मगर उसकी तरफ़ से कोई काहे को खड़ा होता? दो महीने सबको गालियाँ देता रहा। फिर एक रात कहने लगा, "फ़क़ीरा! मुझसे तो अब तेरी तरह न भूकों मरा जाएगा और न इस गाँव में रहा जाएगा। बला से जेल हो जाएगी चार दिन, ऐस तो कर लेंगे..." दूसरे दिन मुँह-अँधेरे कहीं निकल गया... बांके कहता था कि अब फिर जेल पहुँच गया है।"

"जुमिया और शबरातन कहाँ हैं?"

"जुमिया हरामज़ादी किसी के साथ भाग गई। शबरातन का दस कोस पर तकिया वालों में ब्याह हो गया है। एक अमरूद का बाग़ है किसी तरह गुज़र बसर हो जाती है। मगर कभी माँ को नहीं पूछती।"

ज़रा देर ख़ामोशी रही। फिर फ़क़ीरा रोटी के किनारों को अंगारों पर सेंकते हुए बोला, "तुम्हारे जाने के बाद भैया वो आफ़तें आईं। सब घर मिट गया। वो भी क्या जमाना था, अब्बा कहा करते थे कि "ये सब पले पेट भरे में पेट भरे।" सच कहते थे। उस ज़माने में तो कोई रात ऐसी नहीं गुज़री, जब चूल्हा न जला हो।"

घसीटे लम्बी सी ठंडी साँस भर कर चुप हो गया और लपकते कोयलों की तरफ़ तकने लगा जैसे उनमें पुराने दिनों को ढूँड रहा हो।

फ़क़ीरा ने उस सन्नाटे को तोड़ा, "कहाँ कहाँ रहे घसीटे?"

हम कलकत्ता जाकर ऐसे फँसे कि ख़त पत्तर को भी चार पैसे न बचे। घर याद कर कर के कितनी बार रोना आया। बड़ी कठिन गुज़री

वहाँ, मिलों की ख़ाक छानी, उम्मीदवारी में काम किया, भूत घर में रुई ढोई, हफ़्तों क़ब्ज़ रहता था, चार साल रिक्शा चलाई, फिर खोंचा लगाया। अरे फ़क़ीरा बड़ा कठिन है कलकत्ता में रहना। जिसके दो-चार जानने वाले हों और जिसके पास लेने देने को ज़रा पैसा हो उसके लिए तो वहाँ सब कुछ है। लेकिन ऐसे वैसों को तो कोई पूछता ही नहीं। वहाँ तो रोए रुलाई नहीं आती थी। मरने की दुआ'एँ माँगा करते थे।

फ़क़ीरा ने लाल रोटी कपड़े पर रख दी और दोनों टुकड़े तोड़-तोड़ कर खाने लगे।

फ़क़ीरा बोला, "भैया ज़रा चुपके-चुपके खाओ, अम्मां सुन लेगी तो चिल्ला-चिल्ला कर रात-भर ना सोने देगी।"

घसीटे ने शक और हैरत से फ़क़ीरा की तरफ़ देखा। "तुम तो कहते हो वो बिल्कुल नहीं सुनती।"

"हाँ , मगर न जाने क्या बात है कि खाना खाने की आवाज़ सुन लेती है और खाने की बू भी पा लेती है, और फिर बाब, बाब करने लगती है।"

घसीटे बुझते अंगारों की तरह तकने लगा। उसका हलक़ इतना सूख गया कि मुँह का निवाला बिला पानी के घूँट के न उतार सका।

(3)

घसीटे घर के द्वारे होंटों पर बकरी का मस्का मिले, धूप में नंगे बदन बैठा, अपने मैले कुरते के चिलवे चुन रहा था। कई रोज़ से हाथों, पैरों और होंटों को चटख़ा देने वाली सर्द हवा के तेज़ झक्कड़ चल रहे थे जिनमें सैकड़ों मील का गर्द-ओ-ग़ुबार[1] भरा था जो नाक और हलक़[2] में घुस रहा था। खेतों के पौदे और दरख़्त हवा की चोट खा कर झुक जाते थे और बे कसी से अपने पत्ते फड़फड़ाते थे जैसे हवा से फ़र्याद कर रहे हों कि अब तो लल्ला जान छोड़ दे। खेतों में किसान अपनी चादरों को

---

1 धूल-मिट्टी 2 गला

बदन पर समेटे, हाथ पाँव सिकोड़े कंधों को आगे झुकाए सू-सू कर रहे थे। हर जगह इतनी उजाड़-उजाड़ थी और हर चीज़ इतनी दुख-भरी कि बे-इख़्तियार जी घबरा घबरा कर कहता था कि चलो कहीं भाग चलें।

घसीटे धूप में बैठा काँप रहा था और कलकत्ता को याद कर रहा था। आने के दूसरे ही दिन वो टूटे फूटे वीरान छप्पर बकरियों के मौत की खरान्द और अपनी माँ की बाब, बाब से घबरा गया था। दिन-भर भूक बहलाना और बकरियाँ चराना और रात को बर्रे की रूखी-सूखी रोटी और कभी-कभी तो रात को भी फ़ाक़ा फिर यहाँ की सर्दी! ओफ़्फ़ो! बदन है कि कटा जाता है। ओढ़ने को कहो या पहनने को दो आदमियों के बीच में एक, सबसे बड़ी कोफ़्त[1] ये कि जवानी के पच्चीस साल कलकत्ता में गँवाने के बाद घसीटे को यहाँ की किसी चीज़ से अब लुत्फ़[2] न आता था। चौपाल की बातें रूखी-फीकी। गाँव की औ'रतों में शर्म और खिचाव फिर जिस सफ़ेदपोश को देखो थानेदार की तरह अकड़ दिखाता है और फ़क़ीरा? वो तो बात-बात में बाप बनता है। सब मुसीबतों से बड़ी मुसीबत ये कि पैसा कमाने का कोई रास्ता नहीं, दमड़ी-दमड़ी के लिए फ़क़ीरा की मोहताजी। हर बात में उसका दस्त-निगर रहना।

घसीटे चिलवे मार रहा था और कलकत्ता से आने पर पछता रहा था। वो दुकानों के तख़्तों पर रात काटना, वो सड़कों पर जो जाड़ों में बर्फ़ की सिल्ली और गर्मियों में दहकता हुआ तवा होती थीं, ख़च्चर की तरह रिक्शा लेकर दौड़ना। वो कभी-कभी तीन-तीन फ़ाक़े कर लेना। अपने घर की इस ज़िन्दगी से लाख दर्जा बेहतर था। वो कलकत्ता की एक पैसे वाली सिंगल चाय। वो धेले वाला पान का बीड़ा! वो पैसे की पच्चीस बीड़ियाँ! ये वो नेअ'मतें थीं जिनके लिए वो यहाँ तरस गया था।

घसीटे ने एक ठंडी साँस भरी और दूर तक फैले हुए मटर के खेतों

1 दु:ख 2 आनंद

की तरफ़ देखा। मेरी ज़िन्दगी भी क्या ज़िन्दगी रही है। पंद्रह सोलह बरस के सिन तक बाप के जज्मानों की मार खाई। खाने पीने को तरसते रहे, फिर हिम्मत कर के कमाने खाने के लिए शहर भागे, वहाँ महीनों ठोकरें खाईं, कहा चलो कलकत्ता चलो, वहाँ पहुँचते ही अच्छी सी नौकरी मिल जाएगी और सब पाप कट जाएगा, कलकत्ता के पच्चीस बरस! ओफ़्फ़ो! कोई कोशिश उठा नहीं रखी, रिक्शा तक चलाई, सेठ जी ने कहा कि गाड़ी लेना है तो, ज़मानती[1] लाओ। मैं किसे लाता? जो वहाँ के रहने वाले थे एक दूसरे को जानते थे, घराने के घराने रहते थे। ज़मानती ले आते थे। लछमन बोला, दो आने रोज़ दो तो कलूटा महाजन जमानती हो जाएगा। दो आने रोज़ उसे दिए, फिर भी साले सेठ ने टूटी फूटी गाड़ी दी। उसे दूर ही से देखकर लोग दूर हट जाते थे। जब सेठ से ख़ुशामद[2] करो कि एक अच्छी गाड़ी दे दो तो वो अकड़ कर कहता था कुछ रुपया जमा कराओ ना। रुपया बचता तो कैसे बचता? आमदनी भर तो कलूटा खा जाता था। चार साल दौड़े मगर रहे वही मोची के मोची। बुख़ार जो आया तो किसी तरह गया ही नहीं। अस्पताल में पड़े पड़े महीनों बीत गए, अच्छे हुए तो डाक्टर साहिब ने कहा। अब ख़बरदार रिक्शा न चलाना और न ज़ियादा मेहनत का काम करना। फिर दो रुपया क़र्ज़ उधार कर के पान सिगरेट, दिया-सलाई का ख़ोन्चा लगाया। अब जो आता कहता सीज़र लाओ, नेबी कट लाओ, ये लाओ वो लाओ, यहाँ क्या था? कहते, नहीं है साहिब, नहीं है हुजूर। वो भी तमाशा कुछ दिनों रहा, न बैठने को अच्छी जगह थी न अच्छा सामान था। इस पर जो कुछ भी आया हरामज़ादी भंगोई खा गई, न जाने मुझ साले को औ'रत रखने की क्या पड़ी थी... लंगोटी में फाग।

घसीटे को अपने ऊपर सख़्त ग़ुस्सा आया और अपने को ख़ूब गालियाँ देने लगा। इतने में फ़क़ीरा सामने से आया और आते ही कड़ेपन

1 ज़िम्मेदार 2 चापलूसी

से बोला, “फिर तुमने चुरा कर दूध बेच लिया। अब हमारा तुम्हारा गुज़र नहीं हो सकता। जहाँ जाना हो चले जाओ।”

घसीटे ने जवाब दिया, “कैसी चोरी? कुछ पागल हो गया है तू? रोज़ का यही क़िस्सा, रोज़ का यही क़िस्सा, बड़ा आया है घर से निकालने वाला। जैसे घर में मेरा हिस्सा ही नहीं और बकरियों में मेरा हिस्सा ही नहीं।”

“घर में हिस्सा, बकरियों में हिस्सा, तू हिस्सा बटाएगा? काम का न काज का, दुश्मन अनाज का। पच्चीस साल कलकत्ता में गंवा कर हमारी जान को आया है, गया था रुपया कमाने!”

घसीटे गर्म हो कर बोला, “कलकत्ता में कमाना कुछ आसान है? तू ख़ुद तो ज़िन्दगी-भर क़स्बा से बाहर नहीं गया और चला है कलकत्ता की कमाई की बातें करने। वहाँ वो कमाता है जिसके दस जानने वाले हों जो उसके लिए तिकड़म लगाएँ। वो कमाता है जिसके पास रुपया हो कि कुछ खो कर सीखे। काम कुछ दिनों के बाद आता है कि आप ही आप?”

फ़क़ीरा ने तअ’न से कहा, “हाँ जो यहाँ से जाते हैं रुपए के ढेर तो लेकर जाते ही हैं। बल्ली जो इतना रुपया लाया है तो कैसे लाया है?”

अब तो घसीटे तिलमिला[1] गया। वो सब कुछ सुन सकता था मगर ये कि उसने कलकत्ता में रह कर कुछ नहीं किया बिल्कुल ही नहीं सुन सकता था। वो चिल्ला कर बोला,

“और तू ने क्या कर लिया है चोट्टा कहीं का। इन बकरियों में, इस घर में क्या मेरा हिस्सा नहीं था? सब का सब बेच कर खा गया। ला मेरा हिस्सा दे। मैं आज ही इस मनहूस गाँव से जाता हूँ। बेईमान कहीं का...”

घसीटे से बन नहीं पड़ता था कि अपना सर फोड़ डाले या जान निकाल कर रख दे। क्या करे जो फ़क़ीरा को यक़ीन दिला दे कि कल-कत्ते में मैंने कोई कोशिश उठा नहीं रखी।

---

1 बेचैन

कुछ यूँही तू-तू मैं-मैं होती रही। फिर फ़क़ीरा बड़बड़ाता हुआ अन्दर चला गया। देर तक वो अन्दर से और ये बाहर से बड़बड़ाते रहे।

ये क़िस्सा आज कुछ नया नहीं था बल्कि पूरे चार महीने से हो रहा था। रोज़ यही झगड़ा उठता, रोज़ यही बातें होतीं और रोज़ दोनों इसी तरह बड़बड़ा-बड़बड़ा कर चुप हो जाते।

रात जब रूखी रोटी खा कर घसीटे बिस्तर पर बैठ कर हुक़्क़ा गुड़ गुड़ाने लगा तो फिर एक ठंडी साँस के साथ कलकत्ता की याद आई और वो सोचने लगा कि शायद अब मैं हमेशा के लिए इस उजाड़ गाँव में दफ़्न हो गया। अब बाक़ी ज़िन्दगी इसी तरह बिताना है। काश एक बार सिर्फ़ एक बार मेरे पास कुछ पैसा आ जाता जो मैं कुछ दिनों अपनी थकी माँदी आत्मा को सुख दे लेता। चालीस बरस की थकी माँदी आत्मा! मैं ये नहीं कहता कि बड़ा सा घर हो, द्वारे भैंस बँधी हो, कुठियों में अनाज भरा हो। घर-वाली हो जो सारी के पल्लू से थाली साफ़ करे, उसमें दाल-भात ला कर सामने रख दे, उसके पाँव में मोटे-मोटे कड़े पड़े हों जो बध्धी की तरह आड़े आड़े एक तरफ़ झुके हों जैसे शरमाई साली का सर। बस मुझे तो बस इतना मिल जाए कि अपना एक अलग छप्पर हो, दोनों वक़्त अपनी रूखी सूखी हो। बस अरे हाँ अपने पास कुछ तो हो। अब कहाँ घर-वाली की ख़्वाहिश और कहाँ बच्चों का अरमान। चालीस का सिन होने को आया।

सिन का ख़याल आते ही दिल में एक तेज़ हूक उठी कि अब दो-चार बरस जवानी और है फिर अंधेरा पाख़। जाने कब मौत आ जाए।

एक ज़बरदस्त उमंग[1] उठी कि जैसे बन्ने एक बार और हाथ पाँव मारो। थोड़ी देर तक सोचता रहा। फिर उसने फ़क़ीरा को पुकारा, "भैया फ़क़ीरा!"

फ़क़ीरा प्यार की पुकार सुनकर फ़ौरन पास आ गया। जब वो

---

1 ख़ुशी

आराम से बैठ गया और हुक़्क़ा का एकदम ले चुका तो घसीटे बोला, "मैं ये कब कहता हूँ कि मैं कुछ करूँगा ही नहीं। मगर कोई काम भी तो ऐसा हो कि जिससे कुछ मिले। अरे भैया तुम कहते हो कि कलकत्ता में मैंने पच्चीस बरस भाड़ झोंका, मगर मैं कहता हूँ कि मैं कम से कम इतना तो सीख ही गया हूँ कि कौन काम चल सकता है और कौन नहीं। तुम कहते हो फेरी लगाएँ, ये करें वो करें, सच कहता हूँ कि उनमें कुछ नहीं धरा है। पैसे वालों के सामने कौन अपना रोज़गार जमा सकता है?"

घसीटे ये कह कर इस तरह ख़ामोश हो गया जैसे अभी बात नहीं हुई। फिर फ़क़ीरा की तरफ़ देखकर बोला, "अगर कुछ मिल सकता है तो उसी तरह जैसे हम कहते हैं। मगर जो हम कहते हैं... वो तो तुम मानते ही नहीं... इसमें तुम्हारा भी भला, हमारा भी भला। कौन जानेगा कि हम कैसे कमाते हैं? और जान भी गया तो क्या? जब हमारे पास पैसे होंगे तो सब हमारी बुराई को भी अच्छाई कहेंगे। जोगियों को देखो, उनके घर हुन बरस रहा है हुन। कहने को हम शरीफ़ और वो रज़ील[1]। मगर कौन किसकी ख़ुशामद[2] करता है? हम ही हैं जो आए दिन दौड़े जाते हैं कि अच्छे मंगलू सेर भर आटा उधार दे दो, दो कंकड़ियाँ नमक दे दो, ज़रा सी तंबाकू दे दो। वो टाल मटोल भी करते हैं, धुत्कार भी देते हैं, मगर हम फिर जाते हैं न जाएँ तो करें क्या?"

फ़क़ीरा बैठा चुप-चाप सुनता रहा, घसीटे दम लेकर फिर कहने लगा, "और हम तो कहते हैं कि सब हमको छोड़ भी दें तो क्या? क्या कोई लड़का-लड़की ब्याहने को बैठे हैं हम? हम दोनों चैन से अलग ही रह लेंगे।"

घसीटे ने एकदम से कुछ याद कर के फ़क़ीरा की तरफ़ मा'नी-ख़ेज़[3] नज़रों से देखा और फिर कहा,

---

1 ज़लील 2 चापलूसी 3 अर्थपूर्ण

"हाँ तुम्हारा सादी-ब्याह करना है रुपया देखकर सब ही लड़की देने को राज़ी हो जाते हैं और नहीं तो फिर अपनी बिरादरी में न सही किसी और में सही। अरे हाँ! इस तरह तो कहीं भी नहीं कर सकते और फिर ये अम्मां के लिए भी अच्छा है। जब पैसे होंगे तो उनको भी ख़ूब खाने को मिलेगा।"

फ़क़ीरा अब भी कुछ नहीं बोला। इससे पहले भी घसीटे कई बार यही बातें कर चुका था। मगर तब उन्हें सुनकर फ़क़ीरा को ग़ुस्सा आ गया था। रुपए के लिए कहीं शराफ़त[1] बेची जाती है? रुपया है क्या? हाथ का मैल। आज आया तो कल गया। और शराफ़त वो धन है जो पीढ़ियों चलता है और ख़र्च नहीं होता है। शरीफ़ फूल का बर्तन है जितना भी कीचड़ में सोंद जाए, जब भी माँझो चमचम करने लगता है और जहाँ शराफ़त गई फिर आदमी मिट्टी हो जाता है, मिट्टी। माना जोगियों के पास रुपया है, पैसा है, घर गिरहस्ती है, हम ही उनकी ख़ुशामद करते हैं वो नहीं करते, हम ही उनसे रोटी उधार माँगते हैं, वो नहीं। मगर उससे क्या? हाथी लाख लुट जाए फिर भी सवा लाख टके का। हम और वो मुखिया के घर जाएँ तो हम तो चबूतरे पर बैठेंगे और वो दूर ज़मीन पर।

फ़क़ीरा पाँच बरस का था जब घसीटे रुपया कमाने शहर भाग गया था, तब से उसके दिल में भी कमाने की तमन्ना पैदा हो गई थी। लेकिन जैसे जैसे दिन बीतते गए और घसीटे रुपए का गट्ठर लेकर नहीं लौटा, उसकी ख़्वाहिश मरती गई। ग़रीबों को कहाँ पैसा मिलता है। पैसा मिल जाता तो कोई ग़रीब ही क्यों रहता? इस जीवन में बस यही है कि अपना दोज़ख़ पाट लो और मौक़ा मिले तो किसी से हँसी, दिल-लगी करलो, और क्या धरा है? भूरे का हश्र[2] देखकर तो रही सही आस भी गहरी नींद सो गई। लेकिन अब जो घसीटे रोज़ाना शाम को, जब ये

---

1 शालीनता 2 महा-प्रलय

दोनों काम-काज से फ़ारिग़[1] हो कर बैठते, आस जगाने का ये मंत्र इसी मोहिनी से पढ़ता रहा तो रफ़्ता-रफ़्ता[2] फ़क़ीरा की सोई हुई आस चूंकि, अंगड़ाई लेकर उठी और पर पुर्जे़ निकालने लगी। वही फ़क़ीरा जिसे कल तक की कोई फ़िक्र न थी, आज जो माया के मन्दिर की राह सुझाई दी तो लगा कुछ और ही सपने देखने, ज़रा ये छप्पर बदल जाता, थोड़ी सी बकरियाँ और हो जातीं और ज़रा चार-पाँच रुपए इकट्ठे हो जाते तो फिर हमारा घर बस जाता, अरे हाँ अब घर न बसा तो फिर कब बसेगा, वो रमज़ानी की बेवा, आँख मिलाओ तो कैसा हँसती है, उससे आज कहो तो आज घर बैठ जाए, कैसा गदराया बदन है। जैसे पका आम। कैसा ठुमक-ठुमक चलती है! और कितनी मेहनती है वो। दूध वो दुहे, ओपले वो थापे, दही वो मथे, अकेली झव्वों पांस उठा-उठा कर खेतों में वो डाले, क्या औ'रत है! मैंने देर की तो कोई और अपने घर बिठा लेगा फिर मैं मुँह तकता रह जाऊँगा।

जिस दिन से फ़क़ीरा के दिल में ये ख़यालात गूँजने लगे, वो रमज़ान की बेवा से कनाई[3] काटने लगा। उधर वो सामने दिखाई देती और ये राह कतरा कर निकल जाता। पंद्रह-बीस रोज़ यूँही कट गए। एक दिन ये लकड़ी चीर रहा था कि वो एकबारगी पीछे से आ गई। उसे भागते न बनी, कुछ बातें हुईं, कुछ हँसी दिल-लगी हुई, फिर वही जिसका फ़क़ीरा को धड़का था या'नी उसी दिन उसने घसीटे की बात मान ली।

(4)

अभी पहर रात बाक़ी थी कि घसीटे ने फ़क़ीरा को जगाया। दोनों तारों की मद्धम रौशनी में उठे और एक टोकरे को बाँस से लटका कर एक डोली सी बना ली और उसमें ख़ूब सा पियाल भर दिया और फिर बुढ़िया के पास गए। घसीटे ने एक हाथ गले में और एक कमर में डाल

1 फ़ुर्सत 2 धीरे-धीरे 3 रास्ता

कर उसको छिपकली की तरह उठा लिया। आँख का खुलना था कि वो लगी बाब, बाब, बाब कर के इशारे से खाना माँगने, घसीटे ने पहली बार उसे छुवा था। उसे एक अ'जीब अज़िय्यत[1] हुई जिससे उसका चेहरा अ'जब हुनक़[2] हो गया। एक तरफ़ तो आँखों में आँसू आ रहे थे और दूसरी तरफ़ बदन के रोएँ खड़े हो गए थे।

घसीटे ने उसे ले जाकर आहिस्ता से जैसे कोई शीशे का बर्तन हो, टोकरे में रख दिया और फिर उसे चीथड़ों में छुपा दिया।

एक तरफ़ का बाँस फ़क़ीरा ने थामा और दूसरी तरफ़ का घसीटे ने और दोनों घर के बाहर चले। बकरियाँ उन लोगों को जाते देखकर बे-कसी से में-में करने लगीं। जैसे ये लोग उनको हमेशा के लिए बे-यार-ओ-मददगार[3] छोड़े जा रहे हों।

जब ये दोनों रात के काले काले पर्दों की ओट में मुँह छुपाए हुए गाँव के नुक्कड़ पर आ गए तो पौ फटी और नसीम इठला इठला कर चलने लगी। ये ख़ुश थे कि चलो हम नज़रों से बच कर निकल आए कि अचानक एक तरफ़ से एक किसान कंधे पर हल रखे निकल पड़ा और पहचान कर पूछने लगा, "कहाँ चले फ़क़ीरा?"

हवा का ठंडा झोंका फ़क़ीरा के कलेजे को बर्माता निकल गया। उसके कंधे का बाँस काँपा। किसी वज्ह से घसीटे घबरा कर फ़क़ीरा की जगह ख़ुद बोल उठा, "शबरातन का हाल ख़राब है। अम्मां को लिए वहाँ जा रहे हैं"।

"अम्मां को लिए?" किसान इतना मुतास्सिर हुआ कि बे-इख़्तियार कह उठा, "शाबाश तुम लोगों को... अपनी महतारी की इतनी सेवा करते हो!"

शहर की जामा मस्जिद में जुमा की नमाज का ख़ुत्बा शुरूअ' हो

---

1 तक्लीफ़ 2 डरा हुआ 3 जिसका कोई सहायक न हो

चुका था, उस वक़्त फ़क़ीरा और घसीटे ने मस्जिद से ज़रा हट कर, एक गली में आ कर डोली रखी, घसीटे ने बुढ़िया को जो कुंडली मारे टोकरे में सो रही थी, उठा कर टेक लगा कर बिठा दिया और फिर उसके काँपते हुए हाथ को टोकरे में दो चीथड़े बाँध कर उस पर रख दिया। ये एहतियात थी इस बात की कि कहीं ऐसा न हो कि बाब-बाब करते वक़्त कहीं हाथ बजाय मुँह की तरफ़ आने का काँप कर किसी और तरफ़ निकल जाए। मगर एहतियात[1] फ़ुज़ूल[2] थी क्योंकि दस बरस से इस हाथ का सिर्फ़ यही काम रह गया था कि मुँह की तरफ़ जा-जा कर इशारे से खाना माँगा करे अब सिवाए इधर के और किसी तरफ़ जाने की हाथ में सकत ही न थी।

बुढ़िया जाग पड़ी मगर वो हिचकोले खाते-खाते और रात रहे से इस वक़्त तक बाब-बाब करते-करते इतनी थक गई थी कि बिला चिल्लाए और खाना माँगे, जैसे बिठाई गई थी वैसी ही बैठी रही। ये तो बुरी रही। सारे किए कराए पर पानी फिरा जाता था, ज़रूरत ईजाद[3] की माँ है, फ़ौरन घसीटे ने लपक कर सामने की हलवाई की दुकान से एक पैसे का जलेबियों का शीरा माँगा। उसने थाल पर चिम्टी हुई भिड़ों और भनकती हुई मक्खियों को उड़ा कर थाल एक तरफ़ झुका दिया और जितना शीरा बह आया उसे उँगली से पोंछ-पांछ कर एक पत्ते पर टपका कर घसीटे को थमा दिया। उसने लाकर शीरे की एक उँगली बुढ़िया को चटा दी। उसका चटाना था कि वो फ़ौरन बाब-बाब कर के और माँगने लगी।

चलो अ'मल कामयाब रहा। बुढ़िया की कूक हाथ आ गई। घसीटे ने पत्ता फ़क़ीरे को पकड़ा कर हिदायत की कि मौक़े पर बुढ़िया को एक उँगली चटा देना। फ़क़ीरा ज़िन्दगी में तीसरी बार शहर आया था। यहाँ

---

1 बचना 2 बेकार 3 आविष्कार

की गहमागहमी[1], भीड़भाड़ और बड़ी बड़ी दुकानों से वो भौंचक्का हो गया था, अक़्ल चुंधिया गई थी, इसके बरख़िलाफ़ शहर की हवा लगते ही घसीटे की हर बात में ख़ुद-ए'तिमादी[2] आ गई थी। घसीटे मुश्ताक़[3] पैराक[4] की तरह था जो दरिया में उतरते ही चुहलें करने लगता है और फ़क़ीरा नौसिखिए की तरह जो पानी देख देखकर सहमा जाता है, घसीटे फ़क़ीरे को हुक्म दे रहा था और वो कल की तरह उसके इशारों पर चल रहा था।

दोनों डोली लेकर मस्जिद के सामने आए। ख़ुदा के घर के सामने इन्सानी कूड़े का ढेर लगा था। कई उँगलियाँ और बैठी नाक वाले कोढ़ी। मिनमिना कर डरावनी आवाज़ में बोलने वाली आतिश की बुढ़ियाँ, चन्दे चुपड़े बच्चे जिनके हाथ पाँव सूखे और पेट बढ़े हुए थे, जो न जाने क्यों मुसलसल[5] रें रें कर रहे थे, फीके, बे-हया[6] दीदों[7] वाली जवान औ'रतें जिनके सर पर जूड़ों का जंगल और बदन पर मैल की कहगिल[8], चीथड़े, ठीकरे, मैल, आख़ूर, बलग़म, नाक, पीप, मक्खियाँ, जरासीम, फ़रेब, झूट, और उन सबको ढाँक देने वाली, लोरियाँ दे देकर, थपक थपककर सुला देने वाली महा पापिन बे-हिसी!

उस समुन्दर में घसीटे और फ़क़ीरा ने भी माँ की डोली लेकर ग़ोता[9] मारा। मैल कुचैल हो, चाहे ज़िल्लत हो, हैवानियत[10] हो, चाहे इन्सानियत[11] हो, माया के मन्दिर को यही रास्ता जाता है। इस वक़्त जब कि सब दरवाज़े बन्द हो चुके हैं। अकेला ये खुला हुआ है। साफ़ और सीधा रास्ता, तन्हा रास्ता, फूटी आँख का दीदा।

डोली रखी ही थी कि पास के एक बुड्ढे फ़क़ीर ने माँ की गाली देकर कहा, "अबे इधर कहाँ आया? भाग यहाँ से।"

फिर तो आस-पास के सब फ़क़ीर गालियाँ देने और ग़ुल मचाने

---

1 चहल पहल 2 अपने आप पर भरोसा रखना 3 इच्छुक 4 तैराक 5 लगातार 6 बेशर्म 7 देखने 8 दीवार में लगाने का मिट्टी का गारा 9 डुबकी लगाना 10 पशुओं का सा 11 मानवता

लगे। क्योंकि उनकी डोली देखकर हर एक को अपनी रोज़ी की पड़ गई। फ़क़ीरा की तो ये हंगामा देख कर जान ही निकल गई।

उसने झट डोली का डंडा कांधे पर रख वहाँ से टलना चाहा मगर घसीटे ने देखा कि इन गीदड़ भपकियों से अगर दबा तो फिर इस बिरादरी में घुस चुका। उसने दो-चार माँ बहन की सुना कर कहा, “तुम्हारे बाप की ज़मीन है। चुप रहो, वर्ना सब के सर फोड़दूंगा।”

डाँट सुनते ही फ़क़ीर तो ज़रा ज़रा बड़बड़ा कर चुप हो गए मगर बुढ़ियाँ उसी तरह काएँ-काएँ करती रहीं। आख़िर एक नमाज़ी ने जो जमात के लालच में दौड़ा जा रहा था, उनको डाँटा, “चुप रहो बद नसीबो नमाज़ हो रही है।”

नमाज़ के ख़याल से या डाँट के डर से, किसी न किसी वज्ह से ख़ामोशी हो गई। अगर कोई बात न होती तो भी ख़ामोशी हो जाती। क्योंकि इससे ज़ियादा एहतिजाज[1] करने का बूता उन लोगों में था ही नहीं और दूसरे घसीटे भी अब जगह पर पूरा क़ब्ज़ा पा चुका था।

अभी नमाज़ी निकलना नहीं शुरूअ' हुए थे। लेकिन वहाँ की फ़ज़ा[2] से फ़क़ीरा ऐसा मुतास्सिर हुआ कि उसने बे-समझे बूझे बुढ़िया को एक उँगली शीरा चटा दिया। शीरा लगते ही ग्रामोफ़ोन के रिकार्ड की तरह वो बजने लगी और मशीन की तरह उसके जबड़े और हाथ चलने लगे। उसे देखकर एक दो बरस के बच्चे ने जिसे एक शख़्स फूंक डलवाने को लाया था, गोद में सहम कर ज़ोर से चीख़ मारी और बिसूरने लगा। एक जवान ऐंग्लो इंडियन लड़की हाथ में बटुवा लिए उधर से गुज़र रही थी। उसने जो बुढ़िया को देखा तो एक बार सर से पाँव तक काँप गई।, जैसे ऐसा ही भयानक बुढ़ापा उसका पीछा कर रहा हो। उसने बे-तहाशा[3] दो पैसे निकाल कर बुढ़िया के आगे फेंक दिए। बिल्कुल इसी तरह जैसे

---

1 विरोध 2 वातावरण 3 बिना सोचे-समझे

कोई बूढ़े कुत्ते के सामने तर निवाला फेंक देता है कि वो हमें भूल कर उसमें जुट जाए। पैसे बुढ़िया के सामने लगे हुए चीथडों के अंबार[1] में डूब कर ग़ायब हो गए। अब घसीटे को अपनी एक ग़लती का एहसास हुआ। भीक कोई उसके हाथ में थोड़ी देगा, देगा बुढ़िया को, इसके सामने कोई चादर होनी चाहिए जिस पर आ कर पैसे गिरें। घसीटे ने जल्दी से अपना अंगोछा बुढ़िया की गोद में फैला दिया।

नमाज़ ख़त्म हुई और नमाज़ी ग़ोल के ग़ोल बाहर निकलने लगे। फ़क़ीरों ने शोर मचाना शुरूअ' कर दिया। भूका हूँ बाबा, भूका हूँ बाबा, एक फ़क़ीरनी घिघियाने लगी जैसे कोई नई-नवेली बेवा सिसकियाँ भर्ती हो। एक तगड़ा फ़क़ीर हलक़[2] फाड़ फाड़ कर आवाज़ें लगाने लगा, "जब देगा अल्लाह ही देगा।" फ़क़ीरा भीड़-भाड़, धम धक्का और शोर हंगामे से ऐसा भौंचक्का हुआ कि मुँह फैला कर एक तरफ़ तकने लगा और शीरा चटाना भूल गया। घसीटे ने चिल्ला-चिल्ला कर उसे कई बार हुक्म दिया मगर जब देखा कि उसके हवास बिल्कुल ग़ायब हैं तो जल्दी से पत्ता छीन कर ख़ुद ही चटा दिया। शीरे का लगना था कि मशीन फिर तेज़ी से चलने लगी। मगर फिर भी लोग इधर मुतवज्जह[3] नहीं हुए। घसीटे ने फ़ौरन महसूस किया कि क्या कमी है। पहले से उसने कोई सदा तो सोची नहीं थी। जल्दी में उसके मुँह से निकला, "अल्लाह हर आफ़त[4] से बचाए।" इस सदा को इस तरह देने लगा, जैसे कोई वालंटियर 'इन्क़िलाब ज़िन्दाबाद' कहे, क्योंकि दूसरी लय उसे याद ही न आई। उसकी सदा में अगर तासीर[5] थी तो सिर्फ़ इतनी कि लोग उधर देख लेते थे, देखते ही बुढ़िया पर निगाह पड़ जाती थी। ये दर्द-अंगेज़[6] नज़ारा दिल को वीरानी और वहशत[7] से भर देता था जिसकी दवा सिर्फ़ भीक के चन्द पैसे थे। बुढ़िया के सामने पैसों की बारिश होने लगी। आस-पास के फ़क़ीर या तो ख़ाली हाथ या एक एक दो दो पैसे लिए हसरत[8]

---

1 ढेर 2 गला 3 ध्यान देना 4 मुसीबत 5 प्रभाव 6 दर्द से भरा हुआ 7 डर 8 कामना

से उन दोनों नसीबों को तक रहे थे और दिल ही दिल में कुढ़ रहे थे कि हमारे पास भी कोई ऐसी ही बढ़िया चीज़ क्यों नहीं है। घसीटे अपनी इतनी कामयाबी देखकर ख़ुशी और ग़ुरूर से मतवाला[1] हो गया। और ख़ूब कड़क कर सदा लगाने लगा। आज ज़िन्दगी में पहला दिन था कि जिस पेशे में वो घुसा था उसमें चोटी पर जगह मिली थी। हसरत रही कि कभी ऐसा होता कि जिस पेशे में घुसूं उसका अच्छा सामान, उसका सब ऊंच-नीच मा'लूम हो मगर आख़िर आज दोनों नेअ'मतें मयस्सर[2] आ ही गईं। मेरे पास जो सामने है वो किसी के पास नहीं और मैं सदा[3] भी क्या ख़ूब लगा रहा हूँ। सब ख़ुदा की देन है। आख़िर वो कब तक अपने बन्दे का इम्तिहान लेता। देखो पैसे कैसे बरस रहे हैं! तू ही दाता है और तू ही जीवन का खेवन-हार[4] है मालिक। अम्मां ज़िन्दगी-भर कोशिश कर मरीं कि कुछ पैसा जोड़ कर घर की हालत सुधारें। एक एक बात के पीछे जान दे मरीं मगर कुछ न हुआ और अब हुआ भी तो कैसी आसानी से ये ख़ुदा के कारख़ाने हैं। हीले रोज़ी बहाने मौत।

सह पहर की सुनहरी धूप में घसीटे और फ़क़ीरा डोली लिए शहर के बाहर एक शाही खन्डर के पास आए। दोनों सारा दिन डोली लादे लादे फेरी लगाते रहे थे, तकान से चूर-चूर थे मगर फिर भी आँखों में इत्मिनान और ख़ुशी मौजें मार रही थी। मस्त थे, गा रहे थे और ज़ोर-ज़ोर से हँस-हँस कर बातें कर रहे थे।

एक खन्डर के साये में डोली उतार दी गई। घसीटे ने भीक की झोली खोली। उसमें पाँच-छः आदमियों के खाने भर रोटियों के टुकड़े, दाल-भात और तरकारियाँ मिली जुली भरी थीं। उन पर एक नज़र डाल कर माँ की गाली दे कर एक तरफ़ फेंक दिया। फिर ज़रा इत्मिनान से बैठ कर एक पोटली खोली जिसमें थी बहुत सी तेल की पूरियाँ, कई

---

1 मस्त 2 हासिल होना 3 हमे सस 4 मल्लाह, नाव चलाने वाला

क़िस्म की तरकारियाँ, सेर भर पच मेल मिठाई, चटपटे कबाब, मूलियाँ और बीड़ी का बंडल। आज के फेरे में पौने दो रुपए मिले थे। जिसमें से डेढ़ की ये सब ख़रीदारी थी और चार आने अभी घसीटे की जेब में उछल रहे थे। घसीटे ने सब नेअ'मतें[1] निकाल कर सामने यहाँ से वहाँ चुन दीं। सब मिला कर चार आदमियों भर खाना था। दोनों की ज़िन्दगी में ये पहला मौक़ा था कि सामने नेअ'मतों का ढेर था। जिस तरह चाहे खाओ और जो चाहे फेंको। पहले दोनों ने मिठाई की एक एक डली मुँह में डाली और बद-हवासी[2] से उनको निगल गए फिर मर भुक्कों की तरह मिठाई पर टूट पड़े। गोया ज़िन्दगी-भर की भूक। इसी एक आन में बुझा देंगे। पूरियों की बारी आई, एक एक पूरी का एक एक निवाला। कस-कस कर दो-चार दाँत मारते और फिर गप से दोज़ख़[3] में उतार लेते। इस शोर से बुढ़िया जो सो रही थी जाग पड़ी और जागते ही खाना माँगने लगी। अब इन दोनों को वो भी याद आई। घसीटे उसकी तरफ़ प्यार से देखकर हंसा और उसे उठा कर टेक लगा कर बिठा दिया।

"लो आज तुम भी मज़े-दार चीज़ें ख़ा लो। कभी काहे को खाई होंगी।"

घसीटे ने कुछ नुक्तियाँ[4] उसके मुँह में दे दीं। वो जल्दी से उनको निगल गई और निगलते ही बद-हवासी[5] से बाब-बाब करने लगी। हैरत[6] की बात है कि वो किसी न किसी तरह हाथों पैरों को हिला जुला कर आगे सरक आई। गोया कि चाहती थी एक झपट्टा मार कर सब कुछ एक ही दफ़ा' अपने मुँह में भर ले। फ़क़ीरा और घसीटे के लिए दुशवारी[7] ये थी कि ख़ुद खाएँ या उसे खिलाएँ। उधर उसके मुँह में कुछ देते और इधर वो निगल कर माँगने लगती घसीटे झल्लाकर बोला, "लो तुम भी क्या याद करोगी।"

---

1 धन, दौलत 2 बौखलाहट 3 नरक 4 नुक्ती पुलाव 5 बौखलाहट 6 आश्चर्य 7 कठिन

दाँत से काट कर मूली का एक टुकड़ा बुढ़िया के मुँह में दे दिया। बुढ़िया फ़ौरन ख़ुश-ख़ुश उसे चबाने लगी मगर चबता क्या वो बार-बार मुँह से निकल आता और फिर किसी न किसी तरह काँपते हाथों से उसे अन्दर ठेल लेती।

दोनों फिर अपना पेट पाटने में जुट गए। ज़रा देर में बुढ़िया खाँसी। उसके हलक़[1] में टुकड़ा फंस गया था। आँखें चढ़ गईं और आगे पीछे झूम-झूम कर सूँ सूँ करने लगी। मा'लूम होता था कि अब दम निकला और तब दम निकला। घसीटे उसे मरते देखकर खाना भूल गया और जल्दी से उँगली डाल कर उस के हलक़ से टुकड़ा निकाल लिया। निकलते ही बुढ़िया ने एक चीख़ मारी जैसे किसी ने उसका ख़ज़ाना लूट लिया हो और हलक़ फाड़ फाड़ उसे फिर माँगने लगी। अब घसीटे ने उसे मशग़ूल[2] रखने को हाथ में एक रसगुल्ले पकड़ा दिया। बुढ़िया ने उसे अपनी मुट्ठी में ज़ोर से दबा लिया और मुँह की तरफ़ ले चली। मगर एक तो हाथ काँप रहा था और दूसरे रसगुल्ले की पकड़ बे-तुकी थी, वो किसी तरह मुँह के अन्दर न जा सका। रस गुल्ला दब रहा था। उसका शीरा ठुड्डी बाछों से होता हुआ गले पर और गले से छातियों में बह रहा था। बुढ़िया सारी की सारी मीठी हो गई थी।

माँ और बेटे खाते चले जाते थे। न ये थकती थी और न वो। रफ़्ता-रफ़्ता[3] बेटों का हाथ तो सुस्त होता गया मगर माँ का बाब-बाब तेज़ ही होता गया। आख़िर जब घसीटे और फ़क़ीरा में निगलने की बिल्कुल सकत न रही तो दोनों ने बचा खुचा खाना आगे से सर का दिया, और वहीं पड़ कर बीड़ियाँ पीने लगे। बुढ़िया चिल्लाती रही। आख़िर चिल्लाते चिल्लाते थक कर वो भी टोकरे में गिर पड़ी।

फ़क़ीरा बहुत ख़ुश था। उसके दिल में अब तो ये ख़याल तक न

---

1 गला 2 व्यस्त 3 धीरे-धीरे

था कि अगर कहीं किसी को मा'लूम हो गया तो क्या होगा? अब उसके सामने एक दुनिया थी जिसमें छप्पर नया हो गया था। उसमें एक तरफ़ लिपा पुता चूल्हा था जिसे रमज़ानी की बेवा झुकी हुई फूँक रही थी। जब चिराग़ जले बकरियों का एक बड़ा सा गल्ला लिए वो वापस आता है तो रमज़ानी की बेवा जल्दी-जल्दी गर्मा-गर्म व सुर्ख़ा-सुर्ख़[1] रोटियाँ पका कर सामने रख देती है। थाली में (घर में एक फूल की थाली भी आ गई है) एक तरफ़ बकरी का मस्का भी है फ़क़ीरा ख़ुश था। बहुत ख़ुश।

घसीटे की तबीयत भी ज़ोरों पर थी। ज़िन्दगी में पहली बार कामयाबी हुई थी। कामयाबी सी कामयाबी! पौने दो रुपए और सिर्फ़ एक दिन में। पच्चास रुपया महीना ओफ़्फ़ो! अगर हम कहीं कलकत्ते में होते तो वहाँ कितनी आमदनी होती! फिर जब रुपया हो तो कलकत्ता की ज़िन्दगी! सिंगल चाय, बीड़ियाँ, ताड़ी ख़ाना, भुना गोश्त, वो साली नख़रीली रंडियाँ, वो उनका मटक-मटक चलना, गोद में बल खा-खा जाना। घसीटे मुस्कुराने लगा। कुछ देर इन्ही ख़यालों में डूबा रहा। फिर ज़रा संजीदा[2] हो गया। सोचने की बात ही थी। फ़क़ीरा ने सारे घर पर क़ब्ज़ा कर लिया है। सब बकरियाँ अपनी कर ली हैं। हिस्सा माँगा तो ससुरा बिगड़ता है। जी चाहता है सर फोड़ दूँ साले का। अब अम्मां में भी हिस्सा बटाएगा... नहीं ऐसा नहीं हो सकता। मैं घर दे दूँगा, बकरियाँ दे दूँगा, मगर अम्मां को नहीं दे सकता। आख़िर मैं भी तो इसका लड़का हूँ और अब फ़क़ीरा का हक़ ही क्या है? वो सब कुछ तो ले चुका। इतने दिनों तक अम्मां भी उसी की रही, आख़िर मुझे भी तो कुछ मिले। अम्मां को मैं नहीं दे सकता। अगर वो तकरार[3] करेगा तो मारूंगा, सर फोड़ दूँगा हरामी साला फ़क़ीरा!

घसीटे सोच सोच कर खौलने लगा। फ़क़ीरा इतनी देर में ऊँघ

---

1 लाल 2 गम्भीर 3 विवाद

गया था। घसीटे ने उसको झिंझोड़ कर जगाया और कहा, फ़क़ीरा सोना बाद को पहले हिस्सा बाँट लो। आज ये झगड़ा चुक जाना चाहिए।"

"काहे का हिस्सा बाँट?"

"हाँ अब तो कहोगे काहे का हिस्सा। अरे घर का, बकरियों का और जो कमाया है उसका।"

फ़क़ीरा तिलमिला कर उठ बैठा।

"फिर वही घर, फिर वही बकरियाँ। हज़ार बार कह दिया कि अब्बा का बनाया हुआ छप्पर पंद्रह बरस हुए जब ही सड़ गल कर ख़त्म हो गया था। ये मैंने बनवाया है। और वो बकरियाँ भी मर खप गईं। ये सब मेरी पाली हुई हैं, चला है हिस्सा बाँट करने और इतने दिनों तू जो हमारी रोटी तोड़ता रहा है?"

फ़क़ीरा अब शहर वाला फ़क़ीरा नहीं था। शहर से निकलते ही फिर शेर हो गया था।

घसीटे ग़ुस्से में मगर समझाने के अन्दाज़ में कहने लगा, "अच्छा चलो घर तुम ले जाओ और बकरियाँ भी तुम ही ले जाओ। मगर लाओ हमारी अम्मां को हमें दे दो। इतने दिनों अगर तुमने खिलाया है तो अब हम खिलाएँगे।

"हाँ अब तो तू खिलाएगा ही। पंद्रह बरस मैं पालता रहा। गू, मूत साफ़ करता रहा। तब अम्मां की याद न आयी। अब जो कमाई के क़ाबिल हो गई तो अम्मां तेरी है। तुझे दे दूँ? मजाल है तेरी तू ले जाए?"

घसीटे पर भूत सवार हो गया और वो ग़ुस्से में माँ की तरफ़ लपका। जैसे उसको ज़ब्त ही में तो रख लेगा, मगर फ़क़ीरा फ़ौरन कूद कर सामने आ गया और लगा घसीटे को गालियाँ देने। घसीटे का पारा हद से ऊँचा हो गया। उसने बढ़कर फ़क़ीरे को ज़ोर से धक्का दिया और दौड़ कर बुढ़िया को इस तरह हाथों में दबोच लिया गोया वो कोई गठरी है। जिस तरह बिल्ली चूहे पर झपटती है फ़क़ीरा बुढ़िया

पर झपटा और उसके सर और कमर में हाथ देकर अपनी तरफ़ खींचने लगा। बुढ़िया उस बिल्ली की तरह जिसका बच्चा मर गया हो ओ-ओ कर के हलक़ फाड़ फाड़ रोने लगी। मगर उन दोनों की गालियों और ग़ुल ग़पाड़े के नीचे उसकी आवाज़ दब गई। थोड़ी देर छीना-झपटी हुई थी कि बुढ़िया फ़क़ीरा के हाथों में आ गई थी। न जाने फ़क़ीरा ने ज़ोर कर के छीन लिया या घसीटे ने बुढ़िया के मरजाने के डर से उसे ख़ुद ही छोड़ दिया। मगर फ़क़ीरा जैसे ही उसको गालियाँ देता पीछे हटा है घसीटे भूके भेड़िये की तरह उस पर फाँद पड़ा। वो तड़ से खड़े क़द नीचे गिर पड़ा। और बुढ़िया चीख़ती, कलाबाज़ी[1] खाती एक तरफ़ जा पड़ी। घसीटे फ़क़ीरा पर चढ़ बैठा और दोनों हाथों से उसका गला घोंटने लगा। फ़क़ीरा का और तो कोई बस नहीं चला वो नीचे से उसके सीने और मुँह पर घूँसे जमाने लगा। घसीटे जैसे जैसे घूँसे खाता वैसे ही वैसे ज़ोर से गला दबाता। आख़िर फ़क़ीरा के हाथ पाँव ढीले पड़ गए। घसीटे ने कस-कस कर दो झटके और दिए। फ़क़ीरा की आँखों के डेले गुलों की तरह बाहर निकल आए, मुँह भयानक हो गया और हाथ पाँव बर्र गए। अब घसीटे का ग़ुस्सा उतरा और पता चला कि मैंने क्या-किया। वो काँप कर खड़ा हो गया और सकते की सी हालत में फ़क़ीरा को घूरने लगा। उसका चेहरा राम लीला के बेचा की तरह हूनक़[2] हो गया।

थोड़ी देर में घसीटे ने अपने हवास दुरुस्त कर लिए। कलकत्ता में ऐसे ऐसे कई क़िस्से ये देख चुका था। कई बार ऐसा हुआ कि उसके साथियों में आपस में लड़ाई हुई और एक ने दूसरे को मार डाला। डर किस बात का? फ़क़ीरों के मरने-जीने की किसे पर्वा होती है। मर गया... मर गया... हा फ़क़ीरा... नाहक़ मरा। मान लेता मेरी बात। मैंने क्या बुरा कहा था कि इतने दिनों तक अम्मां तुमने रखी है। अब मुझे दे दो। अरे

---

1 ढेकली लगाना 2 डरा हुआ

हाँ। मैं भी तो कुछ दिनों ज़िन्दगी की बहार देख लूं। मरके भी तो जान है। मुझे ईंट पत्थर समझा था, जैसा किया वैसा भुगता।

हाँ अब जल्दी से अम्मां को लो और भागो... प्यारी अम्मां... कलकत्ता वहाँ की भीक का क्या कहना! अब मज़ा लेगा कलकत्ता का।

घसीटे जल्दी से बुढ़िया की तरफ़ मुड़ा। देखा तो वो आधी चित्त आधी पट, मिट्टी के चोंथ की तरह ढेर है, आँखें चढ़ गई हैं। मुँह कुल्हिया की तरह खुला हुआ है और उसमें से रह-रह कर बलग़म और थूक में लिथड़ी आधी चबी आधी पूरी ग़िज़ा निगल रही है। नुक्तियाँ, गुलाब जामुन, पूरी के भीगे हुए टुकड़े। लोंदे के लोंदे। ज़र्द-ज़र्द[1] फ़ेन। घसीटी ने बढ़कर हाथ लगाया... बुढ़िया में कुछ नहीं था।

सूरज डूब गया था। खन्डर का हर कोना बलाओं का भट्ट मा'लूम होता था। पतझड़ हवा के झक्कड़ सैंकड़ों मील से दरख़्तों को ताराज करते मुर्दा पत्तियों को उठा उठा कर पटकते। वहशत-नाक[2] सुरों में साएँ साएँ करते एक तरफ़ से आ रहे थे और दूसरी तरफ़ भागे जा रहे थे। मा'लूम होता था कि हर चीज़ को उड़ा कर ले जाएँगे, घसीटे हक्का-बक्का[3] खड़ा था। उसके एक तरफ़ भाई की लाश थी और दूसरी तरफ़ माँ की। दोनों पहलू[4] में उसकी आख़िरी कोशिश की भी लाश थी। जब तक माँ ज़िन्दा थी भीक का ठीकरा थी मगर मर कर वो उस के दिल में सच-मुच माँ बन गई थी। ये वही माँ थी जो उसके हर दुख पर बेताब[5] हो जाती थी। उसकी हर ख़ुशी पर अपनी ख़ुशी क़ुर्बान कर देती थी। फ़क़ीरा भी आख़िर भाई ही था। ज़िन्दगी का सहारा उसकी याद कल-कत्ता की बेकसी[6] में भटके मुसाफ़िर का दिया थी। इन दोनों के मरते ही जो रहा सहा दुनिया का रिश्ता था वो भी टूट गया। समझता था कि अब तो कश्ती किनारे लग चुकी है पेशा मिल गया है और उसका बेहतर

---

1 पीला-पीला 2 ख़ौफनाक 3 आश्चर्यचकित 4 बग़ल 5 बेचैनी 6 मजबूरी

से बेहतर सामान हाथ आ गया है। सब कुछ मिल गया था मगर अभी ख़ुद उसके क़ाबिल नहीं बना था... उम्मीद की आख़िरी किरन डूब गई। अब ज़िन्दगी की अथाह मुसीबतें, तूफ़ानी समुन्दर की तरह आगे पीछे, दाएँ-बाईं, ऊपर-नीचे हर तरफ़ थीं। उसके भयानक भंवर मुँह फाड़े बढ़ रहे थे और पास तिनके तक का सहारा न था।

घसीटे सर झुकाए उफ़ुक़[1] की तरफ़ चल खड़ा हुआ।

1 क्षितिज

आख़िरी आदमी

इन्तिज़ार हुसैन

अलयासफ़ उस क़र्ये[1] में आख़िरी आदमी था। उसने अ'हद[2] किया था कि माबूद की सौगन्द मैं आदमी की जोन में पैदा हुआ हूँ और मैं आदमी ही की जोन में मरूंगा। और उसने आदमी की जोन में रहने की आख़िर दम तक कोशिश की।

और इस क़र्ये से तीन दिन पहले बन्दर ग़ाइब हो गए थे। लोग पहले हैरान हुए और फिर ख़ुशी मनाई कि बन्दर जो फ़सलें बर्बाद और बाग़ ख़राब करते थे नाबूद[3] हो गए। पर उस शख़्स ने जो उन्हें सब्त[4] के दिन मछलियों के शिकार से मना किया करता था ये कहा कि बन्दर तो तुम्हारे दर्मियान मौजूद हैं मगर ये कि तुम देखते नहीं। लोगों ने उस का बुरा माना और कहा कि क्या तू हम से ठट्ठा करता है और उसने कहा कि बेशक ठट्ठा तुम ने ख़ुदा से किया कि उस ने सब्त के दिन मछलियों के शिकार से मना किया और तुमने सब्त के दिन मछलियों का शिकार किया और जान लो कि वो तुम से बड़ा ठट्ठा करने वाला है।

उसके तीसरे दिन यूँ हुआ कि अलीउज़्र की लौंडी गजरदम अलीउज़्र की ख़्वाब-गाह[5] में दाख़िल हुई और सहमी हुई अलीउज़्र की जोरू के पास उल्टे पाँव आई। फिर अलीउज़्र की जोरू ख़्वाब-गाह तक गई और हैरान-ओ-परेशान वापस आई। फिर ये ख़बर दूर दूर तक फैल गई और दूर-दूर से लोग अलीउज़्र के घर आए और उस की ख़्वाब-गाह तक जा कर ठिठक-ठिठक गए कि अलीउज़्र की ख़्वाब-गाह में अलीउज़्र की बजाए एक बड़ा बन्दर आराम करता था और अलीउज़्र ने पिछले सब्त

---

1 गाँव 2 वादा करना 3 सर्वनाश होना 4 हफ़्ते का दिन 5 सोने का कमरा

के दिन सब से ज़ियादा मछलियाँ पकड़ी थीं।

फिर यूँ हुआ कि एक ने दूसरे को ख़बर दी कि ऐ अज़ीज़ अलीउ-ज़्र बन्दर बन गया है। उस पर दूसरा ज़ोर से हँसा, तूने मुझ से ठट्ठा किया। और वो हँसता चला गया, हत्ता कि मुँह उसका सुर्ख़[1] पड़ गया और दाँत निकल आए और चेहरे के ख़द-ओ-ख़ाल[2] खींचते चले गए और वो बन्दर बन गया। तब पहला कमाल हैरान हुआ। मुँह उस का खुला का खुला रह गया और आँखें हैरत से फैलती चली गईं और फिर वो भी बन्दर बन गया।

और अलयाब इब्न-ए-ज़बलून को देख कर डरा और यूँ बोला कि ऐ ज़बलून के बेटे तुझे क्या हुआ है कि तेरा चेहरा बिगड़ गया है। इब्न-ए-ज़बलून ने इस बात का बुरा माना और ग़ुस्से से दाँत किचकिचाने लगा। तब अलयाब मजीव डरा और चिल्ला कर बोला कि ऐ ज़बलून के बेटे! तेरी माँ तेरे सोग में बैठे, ज़रूर तुझे कुछ हो गया है। इस पर इब्न-ए-ज़बलून का मुँह ग़ुस्से से लाल हो गया और दाँत खींच कर अलयाब पर झपटा। तब अलयाब पर ख़ौफ़ से लर्ज़ा तारी[3] हुआ और इब्न-ए-ज़बलून का चेहरा ग़ुस्से से और अलयाब का चेहरा ख़ौफ़ से बिगड़ता चला गया। इब्न-ए-ज़बलून ग़ुस्से से आपे से बाहर हुआ और अलयाब ख़ौफ़ से अपने आप में सिकुड़ता चला गया और वो दोनों कि एक मुजस्सम ग़ुस्सा और एक ख़ौफ़ की पोट थे आपस में गुथ गए। उनके चेहरे बिगड़ते चले गए। फिर उनके आ'ज़ा बिगड़े। फिर उनकी आवाज़ें बिगड़ीं कि अल्फ़ाज़ आपस में मुदग़म[4] होते चले गए और ग़ैर मलफ़ूज़[5] आवाज़ें बन गए। फिर वो ग़ैर मलफ़ूज़ आवाज़ें वहशियाना[6] चीख़ बन गईं और फिर वो बन्दर बन गए।

अलयासफ़ ने कि उन सब में अ'क़्लमन्द था और सब से आख़िर

---

1 लाल 2 शक्ल सूरत 3 कंपकपी छाना 4 मिला हुआ 5 शब्द 6 डरावनी

तक आदमी बना रहा। तशवीश[1] से कहा कि ऐ लोगो! ज़रूर हमें कुछ हो गया है। आओ हम उस शख़्स से रुजू करें जो हमें सब्त[2] के दिन मछलियाँ पकड़ने से मना करता है। फिर इलयास लोगों को हमराह[3] लेकर उस शख़्स के घर गया। और हलक़ा-ज़न[4] हो के देर तक पुकारा किया। तब वो वहाँ से मायूस[5] फिरा और बड़ी आवाज़ से बोला कि ऐ लोगो! वो शख़्स जो हमें सब्त के दिन मछलियाँ पकड़ने से मना किया करता था आज हमें छोड़कर चला गया है। और अगर सोचो तो इस में हमारे लिए ख़राबी है। लोगों ने ये सुना और दहल गए। एक बड़े ख़ौफ़ ने उन्हें आ लिया।

दहशत से सूरतें उनकी चपटी होने लगीं। और ख़द-ओ-ख़ाल[6] मस्ख़[7] होते चले गए। और अलयासफ़ ने घूम कर देखा और बन्दरों के सिवा किसी को न पाया। जानना चाहिए कि वो बस्ती एक बस्ती थी। समुन्दर के किनारे। ऊँचे बुर्जों और बड़े दरवाज़ों वाली हवेलियों की बस्ती, बाज़ारों में खव्वे से खव्वा छिलता था। कटोरा बजता था। पर दम के दम में बाज़ार वीरान और ऊँची ड्योढ़ियाँ सूनी हो गईं। और ऊँचे बुर्जों में आलीशान छतों पर बन्दर ही बन्दर नज़र आने लगे और अल-यासफ़ ने हर उस से चारों सिम्त नज़र दौड़ाई और सोचा कि मैं अकेला आदमी हूँ और इस ख़याल से वो ऐसा डरा कि उसका ख़ून जमने लगा। मगर उसे अलयाब याद आया कि ख़ौफ़ से किस तरह उसकी सूरत बिगड़ती चली गई और वो बन्दर बन गया। तब अलयासफ़ ने अपने ख़ौफ़ पर ग़लबा[8] पाया और अज़्म बाँधा कि माबूद[9] की सौगन्द मैं आदमी की जोन में पैदा हुआ हूँ और आदमी ही की जोन में मरूँगा और उसने एक एहसास-ए-बरतरी[10] के साथ अपने मस्ख़ सूरत हम जिन्सों को देखा और कहा। तहक़ीक़ मैं इनमें से नहीं हूँ कि वो बन्दर हैं और मैं आदमी

---

1 शक 2 हफ़्ते के दिन 3 साथ 4 इकट्ठा हो कर 5 निराश 6 शक्ल-ओ सूरत 7 मिटना, किसी चीज़ की शक्ल ख़राब हो जाना 8 हावी होना 9 अल्लाह 10 श्रेष्ठता की भावना

की जोन में पैदा हुआ। और अलयासफ़ ने अपने हम जिन्सों से नफ़रत की। उसने उनकी लाल भबूका सूरतों और बालों से ढके हुए जिस्मों को देखा और नफ़रत से चेहरा उसका बिगड़ने लगा मगर उसे अचानक ज़बान का ख़याल आया कि नफ़रत की शिद्दत से सूरत उसकी मस्ख़ हो गई थी। उसने कहा कि अलयासफ़ नफ़रत मत कर कि नफ़रत से आदमी की काया बदल जाती है और अलयासफ़ ने नफ़रत से किनारा किया।

अलयासफ़ ने नफ़रत से किनारा किया और कहा कि बेशक मैं इन्ही में से था और उसने वो दिन याद किए जब वो उनमें से था और दिल उसका मोहब्बत के जोश से उमंडने लगा। उसे बिन्त-ए-अल-अख़्ज़र की याद आई कि फ़िरऔन के रथ की दूधिया घोड़ियों में से एक घोड़ी की मानिन्द थी। और उसके बड़े घर के दर सर्व के और कड़ियाँ सनोबर की थीं। इस याद के साथ अलयासफ़ को बीते दिन याद आ गए कि वो सर्व के दरों और सनोबर की कड़ियों वाले मकान में अक़्ब मस्ख़ से गया था और छप्पर खट के लिए उसे टटोला जिस के लिए उसका जी चाहता था और उसने देखा लंबे बाल उसकी रात की बूंदों से भीगे हुए हैं और छातियाँ हिरन के बच्चों के मुवाफ़िक़ तड़पती हैं। और पेट उसका गन्दुम की ड्योढ़ी की मानिन्द है और पास उसके सन्दल का गोल प्याला है और अलयासफ़ ने बिन्त-ए-अल-अख़्ज़र को याद किया और हिरन के बच्चों और गन्दुम[1] की ढेर और सन्दल के गोल प्याले के तसव्वुर में सर्व के दरों और सनोबर की कड़ियों वाले घर तक गया। सास ने ख़ाली मकान को देखा और छप्पर खट पर उसे टटोला। जिसके लिए उसका जी चाहता था और पुकारा कि ऐ बिन्त-ए-अल-अख़्ज़र! तू कहाँ है और ऐ वो कि जिसके लिए मेरा जी चाहता है। देख मौसम का

1 गेहूँ

भारी महीना गुज़र गया और फूलों की क्यारियाँ हरी भरी हो गईं और क़मरियाँ ऊँची शाख़ों पर फड़फड़ाती हैं। तू कहाँ है? ऐ अख़्ज़र की बेटी! ऐ ऊँची छत पर बिछे हुए छप्पर खट पर आराम करने वाली तुझे दश्त में दौड़ती हुई हिरनियों और चट्टानों की दराड़ों में छिपे हुए कबूतरों की क़सम तू नीचे उतर आ। और मुझ से आन मिल कि तेरे लिए मेरा जी चाहता है। अलयासफ़ बार बार पुकारता कि उसका जी भर आया और बिन्त-ए-अल-अख़्ज़र को याद करके रोया।

अलयासफ़ बिन्त-ए-अल-अख़्ज़र को याद कर के रोया मगर अचानक अलीउज़्र की जोरू याद आई जो अलीउज़्र को बन्दर की जोन में देख कर रोई थी। हालाँकि उसकी हड़की बंध गई और बहते आँसुओं में उसके जमील[1] नुक़ूश बिगड़ते चले गए। और हड़की की आवाज़ वहशी[2] होती चली गई यहाँ तक कि उसकी जोन बदल गई। तब अलयासफ़ ने ख़याल किया। बिन्त-ए-अल-अख़्ज़र जिनमें से थी उनमें मिल गई। और बेशक जो जिन में से है वो उनके साथ उठाया जाएगा और अलयासफ़ ने अपने तईं कहा कि ऐ अलयासफ़ उनसे मोहब्बत मत कर मुबादा[3] तू उनमें से हो जाए और अलयासफ़ ने मोहब्बत से किनारा किया और हम जिन्सों को न जिन्स जान कर उनसे बे-तअल्लुक़ हो गया और अलयासफ़ ने हिरन के बच्चों और गन्दुम की ढेरी और सन्दल के गोल प्याले को फ़रामोश कर दिया।

अलयासफ़ ने मोहब्बत से किनारा किया और अपने हम जिन्सों की लाल भबूका सूरतों और खड़ी दुम देख कर हँसा और अलयासफ़ को अलीउज़्र की जोरू याद आई कि वो इस क़र्ये की हसीन औ'रतों में से थी। वो ताड़ के दरख़्त की मिसाल थी और छातियाँ उसकी अंगूर के ख़ोशों की मानिन्द थीं। और अलीउज़्र ने उससे कहा था कि जान ले कि मैं अंगूर के ख़ोशे तोड़ूँगा और अंगूर के ख़ोशों वाली तड़प कर

1 सुन्दर 2 जंगली 3 भगवान न करे

साहिल की तरफ़ निकल गई।

अलीउज़्र उसके पीछे पीछे गया और फल तोड़ा और ताड़ के दरख़्त को अपने घर ले आया और अब वो एक ऊँचे कंगूरे पर अलीउ-ज़्र की जुएँ बीन बीन कर खाती थी। अलीउज़्र झुर झुरी लेकर खड़ा हो जाता और वो दुम खड़ी करके अपने लिजलिजे पंजों पर उठ बैठी। उसके हँसने की आवाज़ इतनी ऊँची होती कि उसे सारी बस्ती गूँजती मा'लूम हुई और वो अपने इतनी ज़ोर से हँसने पर हैरान हुआ मगर अचानक उसे उस शख़्स का ख़याल आया जो हँसते-हँसते बन्दर बन गया था और अलयासफ़ ने अपने तईं कहा। ऐ अलयासफ़ तू उन पर मत हँस मुबादा[1] तू उन्हीं की जिन्स बन जाए और अलयासफ़ ने हँसी से किनारा किया।

अलयासफ़ ने हँसी से किनारा किया। अलयासफ़ मोहब्बत और नफ़रत से ग़ुस्सा और हमदर्दी से रोने और हँसने से हर कैफ़ियत[2] से गुज़र गया और हम जिन्सों को न जिन्स जान कर उनसे बे-तअल्लुक़ हो गया। उन का दरख़्तों पर उचकना, दाँत पीस पीस कर किलकारि-याँ करना, कच्चे-कच्चे फलों पर लड़ना और एक दूसरे को लहू-लुहान कर देना। ये सब कुछ उसे आगे कभी हम जिन्सों पर रुलाता था, कभी हँसाता था। कभी ग़ुस्सा दिलाता कि वो उन पर दाँत पीसने लगा और उन्हें हिक़ारत[3] से देखता और यूँ हुआ कि उन्हें लड़ते देख कर उसने ग़ुस्सा किया और बड़ी आवाज़ से झिड़का। फिर ख़ुद अपनी आवाज़ पर हैरान हुआ। और किसी किसी बन्दर ने उसे बे-तअल्लुक़ी से देखा और फिर लड़ाई में जुट गया। और अलयासफ़ के तईं लफ़्ज़ों की क़द्र की जाती रही। कि वो उसके और उसके हम जिन्सों के दरमियान रिश्ता नहीं रहे थे और इस का उसने अफ़्सोस किया। अलयासफ़ ने अफ़्सोस

---

1 एसा न हो कि 2 हालात 3 तुच्छ

किया अपने हम जिन्सों पर, अपने आप पर और लफ़्ज़ पर। अफ़्सोस है उन पर ब-वज्ह उसके वो उस लफ़्ज़ से महरूम[1] हो गए। अफ़्सोस है मुझ पर ब-वज्ह उस के लफ़्ज़ मेरे हाथों में ख़ाली बर्तन की मिसाल बन कर रह गया। और सोचो तो आज बड़े अफ़्सोस का दिन है। आज लफ़्ज़ मर गया। और अलयासफ़ ने लफ़्ज़ की मौत का नौहा[2] किया और ख़ामोश हो गया।

अलयासफ़ ख़ामोश हो गया और मोहब्बत और नफ़रत से, ग़ुस्से और हमदर्दी से, हँसने और रोने से दर गुज़रा। और अलयासफ़ ने अपने हम जिन्सों को न जिन्स जान कर उनसे किनारा किया और अपनी ज़ात के अन्दर पनाह ली। अलयासफ़ अपनी ज़ात के अन्दर पनाहगीर[3] जज़ीरे के मानिन्द बन गया। सब से बे-तअल्लुक़, गहरे पानियों के दरमियान ख़ुशकी[4] का नन्हा सा निशान और जज़ीरे ने कहा मैं गहरे पानियों के दरमियान ज़मीन का निशान बुलन्द रखूँगा।

अलयासफ़ अपने तईं आदमीयत का जज़ीरा जानता था। गहरे पानियों के ख़िलाफ़ मुदाफ़अ'त[5] करने लगा। उसने अपने गिर्द पुश्ता बना लिया कि मोहब्बत और नफ़रत, ग़ुस्सा और हमदर्दी, ग़म और ख़ुशी उस पर यलग़ार[6] न करें कि जज़्बे की कोई रौ उसे बहा कर न ले जाए और अलयासफ़ अपने जज़्बात से ख़ौफ़ करने लगा। फिर जब वो पुश्ता तय्यार कर चुका तो उसे यूँ लगा कि उसके सीने के अन्दर पथरी पड़ गई है। उसने फ़िक्रमन्द हो कर कहा कि ऐ माबूद[7] मैं अन्दर से बदल रहा हूँ तब उसने अपने बाहर पर नज़र की और उसे गुमान होने लगा कि वो पथरी फैल कर बाहर आ रही है कि उसके आ'ज़ा ख़ुश्क, उसकी जिल्द बदरंग और उसका लहू बे-रस होता जा रहा है। फिर उसने मज़ीद अपने आप पर ग़ौर किया और उसे मज़ीद वस्वसों ने

---

1 वंचित 2 मुर्दे के लिए चिल्ला कर रोना 3 शरण देने वाला 4 सूखा 5 बचाव 6 हमला 7 अल्लाह

घेरा। उसे लगा कि उसका बदन बालों से ढकता जा रहा है। और बाल बद-रंग और सख़्त होते जा रहे हैं। तब उसे अपने बदन से ख़ौफ़ आया और उसने आँखें बन्द कर लीं। ख़ौफ़ से वो अपने अन्दर सिमटने लगा। उसे यूँ मा'लूम हुआ कि उसकी टाँगें और बाजू मुख़्तसर और सर छोटा होता जा रहा है तब उसे मज़ीद ख़ौफ़ हुआ और आ'ज़ा उसके ख़ौफ़ से मज़ीद सिकुड़ने लगे और उसने सोचा कि क्या मैं बिल्कुल मा'दूम[1] हो जाऊँगा।

और अलयासफ़ ने अलयाब को याद किया कि ख़ौफ़ से अपने अन्दर सिमट कर वो बन्दर बन गया था। तब उसने कहा कि मैं अन्दर के ख़ौफ़ पर इसी तौर ग़लबा पाऊँगा जिस तौर मैंने बाहर के ख़ौफ़ पर ग़लबा पाया था और अलयासफ़ ने अन्दर के ख़ौफ़ पर ग़लबा पा लिया। और उसके सिमटते हुए आ'ज़ा दोबारा खुले और फैलने लगे। उसके आ'ज़ा ढीले पड़ गए। और उसकी उँगलियाँ लम्बी और बाल बड़े और खड़े होने लगे। और उसकी हथेलियाँ और तलवे चपटे और लिजलिजे हो गए और उसके जोड़ खुलने लगे और अलयासफ़ को गुमान हुआ कि उसके सारे आ'ज़ा बिखर जाएँगे तब उसने अज़्म कर के अपने दाँतों को भींचा और मुट्ठियाँ कस कर बाँधी और अपने आप को इकट्ठा करने लगा।

अलयासफ़ ने अपने बद-हैयत[2] आ'ज़ा की ताब न ला कर आँखें बन्द कर लीं और जब अलयासफ़ ने आँखें बन्द कीं तो उसे लगा कि उसके आ'ज़ा की सूरत बदलती जा रही है।

उसने डरते डरते अपने आप से पूछा कि मैं मैं नहीं रहा। इस ख़याल से दिल उसका ढहने लगा। उसने बहुत डरते डरते एक आँख खोली और चुपके से अपने आ'ज़ा पर नज़र की। उसे ढारस हुई कि

---

1 ख़त्म हो जाना 2 बुरी शक्ल

उसके आ'ज़ा तो जैसे थे वैसे ही हैं। उसने दिलेरी से आँखें खोलीं और इत्मिनान से अपने बदन को देखा और कहा कि बे-शक मैं अपनी जोन में हूँ मगर इसके बाद आप ही आप उसे फिर वस्वसा[1] हुआ कि जैसे उसके आ'ज़ा बिगड़ते जा रहे हैं और उसने फिर आँखें बन्द कर लीं।

अलयासफ़ ने आँखें बन्द कर लीं और जब अलयासफ़ ने आँखें बन्द कीं तो उसका ध्यान अन्दर की तरफ़ गया और उसने जाना कि वो किसी अंधेरे कुँए में धंसता जा रहा है और अलयासफ़ कुँए में धंसते हुए हम जिन्सों की पुरानी सूरतों ने उसका तआक़ुब[2] किया। और गुज़री रातें मुहासिरा[3] करने लगीं। अलयासफ़ को सब्त के दिन हम जिन्सों का मछलियों का शिकार करना याद आया कि उनके हाथों मछलियों से भरा समुन्दर मछलियों से ख़ाली होने लगा। और उसकी हवस बढ़ती गई और उन्होंने सब्त के दिन भी मछलियों का शिकार शुरूअ' कर दिया। तब उस शख़्स ने जो उन्हें सब्त के दिन मछलियों के शिकार से मना करता था कहा कि रब की सौगंद जिसने समुन्दर को गहरे पानियों वाला बनाया और गहरे पानियों की मछलियों का मामन ठहराया समुन्दर तुम्हारे दस्त-ए-हवस[4] से पनाह माँगता है और सब्त के दिन मछलियों पर ज़ुल्म करने से बाज़ रहो कि मुबादा तुम अपनी जानों पर ज़ुल्म करने वाले क़रार पाओ। अलयासफ़ ने कहा कि माबूद की सौगन्द मैं सब्त के दिन मछलियों का शिकार नहीं करूंगा और अलयासफ़ अक़्ल का पुतला था। समुन्दर से फ़ासले[5] पर एक गढ़ा खोदा और नाली खोद कर उसे समुन्दर से मिला दिया और सब्त के दिन मछलियाँ सत्ह-ए-आब[6] पर आईं तो तैरती हुई नाली की राह गढ़े पर निकल गईं। और सब्त के दूसरे दिन अलयासफ़ ने उस गढ़े से बहुत सी मछलियाँ पकड़ीं। वो शख़्स जो सब्त के दिन मछलियाँ पकड़ने से मना करता था।

---

1 शक 2 पीछा करना 3 घेर लेना 4 वास्ना के हाथ 5 दूरी 6 पानी के ऊपर

ये देख कर बोला कि तहक़ीक़ जिसने अल्लाह से मक्र किया अल्लाह उस से मक्र[1] करेगा। और बे-शक अल्लाह ज़ियादा बड़ा मक्र करने वाला है और अलयासफ़ ये याद कर के पछताया और वस्वसा किया कि क्या वो मक्र में घिर गया है। उस घड़ी उसे अपनी पूरी हस्ती एक मक्र नज़र आई। तब वो अल्लाह की बारगाह[2] में गिड़गिड़ाया कि पैदा करने वाले ने तो मुझे ऐसा पैदा किया जैसे पैदा करने का हक़ है। तूने मुझे बेहतरीन कैंडे पर ख़ल्क़[3] किया। और अपनी मिसाल पर बनाया। पस ऐ पैदा करने वाले तू अब मुझ से मक्र करेगा और मुझे ज़लील बन्दर के उस्लूब[4] पर ढालेगा और अलयासफ़ अपने हाल पर रोया। उसके बनाए पुश्त[5] में दराड़ पड़ गई थी और समुन्दर का पानी जज़ीरे में आ रहा था।

अलयासफ़ अपने हाल पर रोया और बन्दरों से भरी बस्ती से मुँह मोड़ कर जंगल की सम्त निकल गया कि अब बस्ती उसे जंगल से ज़ियादा वहशत[6] भरी नज़र आती थी। और दीवारों और छतों वाला घर उसके लिए लफ़्ज़ की तरह मानी खो बैठा था। रात उसने दरख़्त की टहनियों पर छुप कर बसर की।

जब सुब्ह को वो जागा तो उसका सारा बदन दुखता था और रीढ़ की हड्डी दर्द करती थी। उसने अपने बिगड़े आ'ज़ा पर नज़र की कि उस वक़्त कुछ ज़ियादा बिगड़े बिगड़े नज़र आ रहे थे। उसने डरते डरते सोचा क्या मैं मैं ही हूँ और इस आन उसे ख़याल आया कि काश बस्ती में कोई एक इन्सान होता कि उसे बता सकता कि वो किस जोन में है और ये ख़याल आने पर उसने अपने तईं सवाल किया कि क्या आदमी बने रहने के लिए ये लाज़िम है कि वो आदमियों के दरमियान हो। फिर उसने ख़ुद ही जवाब दिया कि बे-शक आदम अपने तईं अधूरा है कि आदमी आदमी के साथ बँधा हुआ है। और जो जिन में से है उनके साथ

---

1 धोखा, छल 4 राजसभा, दरबार 5 लोग 6 शैली, ढंग 7 पीछे 8 डर

उठाया जाएगा। और जब उसने ये सोचा तो रूह उसकी अन्दोह से भर गई और वो पुकारा कि उसे बिन्त-ए-अल-अख़्ज़र तू कहाँ है कि तुझ बिन मैं अधूरा हूँ। इस आन अलयासफ़ को हिरन के तड़पते हुए बच्चों और गन्दुम[1] की ढेरी और सन्दल के गोल प्याले की याद बेतरह आई।

जज़ीरे में समुन्दर का पानी उमंडा चला आ रहा था और अल-यासफ़ ने दर्द से सदा की। कि ऐ बिन्त-ए-अल-अख़्ज़र ऐ वो जिसके लिए मेरा जी चाहता है। तुझे मैं ऊँची छत पर बिछे हुए छप्पर खट पर और बड़े दरख़्तों की घनी शाख़ों में और बुलन्द बुर्जियों में ढूंढूंगा। तुझे सरपट दौड़ी दूधिया घोड़ियों की क़सम है। क़सम है कबूतरों की जब वो बुलन्दियों पर परवाज़ करे। क़सम है तुझे रात की जब वो भीग जाए। क़सम है तुझे रात के अंधेरे की जब वो बदन में उतरने लगे। क़सम है तुझे अंधेरे और नींद की। और पलकों की जब वो नींद से बोझल हो जाएँ। तू मुझे आन मिल कि तेरे लिए मेरा जी चाहता है और जब उसने ये सदा की तो बहुत से लफ़्ज़ आपस में गड-मड हो गए जैसे ज़ंजीर उलझ गई हो। जैसे लफ़्ज़ मिट रहे हों। जैसे उसकी आवाज़ बदलती जा रही हो और अलयासफ़ ने अपनी बदलती हुई आवाज़ पर ग़ौर किया और ज़बलून और अलयाब को याद किया कि क्यों कर उनकी आवाज़ें बिगड़ती चली गई थीं। अलयासफ़ अपनी बदलती हुई आवाज़ का तसव्वुर[2] कर के डरा और सोचा कि ऐ माबूद क्या मैं बदल गया हूँ और उस वक़्त उसे ये निराला ख़याल सूझा कि ऐ काश कोई ऐसी चीज़ होती कि उसके ज़रिए वो अपना चेहरा देख सकता। मगर ये ख़याल उसे बहुत अनहोना नज़र आया। और उसने दर्द से कहा कि ऐ माबूद मैं कैसे जानूँ कि मैं नहीं बदला हूँ।

अलयासफ़ ने पहले बस्ती को जाने का ख़याल किया मगर ख़ुद

---

1 गेहूँ 2 कल्पना

ही इस ख़याल से ख़ाइफ़[1] हो गया, और अलयासफ़ को ख़ाली बस्ती और ऊँचे घरों से ख़फ़क़ान[2] होने लगा, और जंगल के ऊँचे दरख़्त रह-रह कर उसे अपनी तरफ़ खींचते थे, अलयासफ़ बस्ती वापस जाने के ख़याल से ख़ाइफ़ चलते-चलते जंगल में दूर निकल गया। बहुत दूर जाकर उसे एक झील नज़र आई कि पानी उस का ठहरा हुआ था। झील के किनारे बैठ कर उसने पानी पिया, जी ठंडा किया। इसी अस्ना में वो मोती ऐसे पानी को तकते-तकते चौंका। ये मैं हूँ? उसे पानी में अपनी सूरत दिखाई दे रही थी। इस की चीख़ निकल गई और अलयासफ़ को अलयासफ़ की चीख़ ने आ-लिया। और वो भाग खड़ा हुआ।

अलयासफ़ को अलयासफ़ की चीख़ ने आ-लिया था। और वो बे-तहाशा[3] भागा चला जाता था। वो यूँ भागा जाता था जैसे झील उस का तआक़ुब[4] कर रही है। भागते भागते तलवे उसके दुखने लगे और चपटे होने लगे और कमर उस की दर्द करने लगी, पर वो भागता रहा और कमर का दर्द बढ़ता गया और उसे यूँ मा'लूम हुआ कि उसकी रीढ़ की हड्डी दोहरी हुआ चाहती है और दफ़अतन[5] झुका बेसाख़्ता[6] अपनी हथेलियाँ ज़मीन पर टिका दीं।

अलयासफ़ ने झुक कर हथेलियाँ ज़मीन पर टिका दीं और बिन्त-उल- अख़्ज़र को सूँघता हुआ चारों हाथों पैरों के बल तीर के मुवाफ़िक़ चला।

1 भयभीत 2 हृदय की धड़कन का रोग 3 बहुत अधिक 4 पीछा करना 5 अचानक 6 बे सोचे हुए

अबाबील

ख़्वाजा अहमद अ'ब्बास

उसका नाम तो रहीम ख़ाँ था मगर उस जैसा ज़ालिम[1] भी शायद ही कोई हो। गाँव भर उसके नाम से काँपता था। न आदमी पर तरस खाए न जानवर पर। एक दिन रामू लुहार के बच्चे ने उसके बैल की दुम में काँटे बाँध दिए थे तो मारते मारते उसको अधमुआ कर दिया। अगले दिन ज़ैलदार की घोड़ी उसके खेत में घुस आई तो लाठी लेकर इतना मारा कि लहू-लुहान[2] कर दिया।

लोग कहते थे कि कम्बख़्त[3] को ख़ुदा का ख़ौफ़ भी तो नहीं है। मा'सूम बच्चों और बे-ज़बान जानवरों तक को मुआ'फ़ नहीं करता। ये ज़रूर जहन्नुम में जलेगा। मगर ये सब उसकी पीठ के पीछे कहा जाता था। सामने किसी की हिम्मत ज़बान हिलाने की न होती थी।

एक दिन बिन्दू की जो शामत[4] आई तो उसने कह दिया, "अरे भई रहीम ख़ाँ तू क्यों बच्चों को मारता है।" बस उस ग़रीब की वो दुर्गत बनाई कि उस दिन से लोगों ने बात भी करनी छोड़ दी कि मा'लूम नहीं किस बात पर बिगड़ पड़े। बा'ज़ का ख़याल था कि उसका दिमाग़ ख़राब हो गया है। इसको पागलख़ाने भेजना चाहिए। कोई कहता था अब के किसी को मारे तो थाने में रपट लिखवा दो। मगर किस की मजाल[5] थी कि उसके ख़िलाफ़ गवाही देकर उससे दुश्मनी मोल लेता।

गाँव भर ने उससे बात करनी छोड़ दी। मगर उस पर कोई असर न हुआ। सुब्ह-सवेरे वो हल काँधे पर धरे अपने खेत की तरफ़ जाता दिखाई देता था। रास्ते में किसी से न बोलता। खेत में जा कर बैलों से

---

1 अत्याचारी 2 ख़ून से लथपथ 3 अभागा 4 दुर्भाग्य 5 हिम्मत

आदमियों की तरह बातें करता। उसने दोनों के नाम रखे हुए थे। एक को कहता था नत्थू, दूसरे को छद्दू। हल चलाते हुए बोलता जाता, “क्यों-बे नत्थू तू सीधा नहीं चलता। ये खेत आज तेरा बाप पूरे करेगा। और अबे छद्दू तेरी भी शामत[1] आई है क्या।” और फिर उन ग़रीबों की शामत आ ही जाती। सूत की रस्सी की मार। दोनों बैलों की कमर पर ज़ख़्म पड़ गए थे।

शाम को घर आता तो वहाँ अपने बीवी-बच्चों पर ग़ुस्सा उतारता। दाल या साग में नमक है, बीवी को उधेड़ डाला। कोई बच्चा शरारत कर रहा है, उसको उल्टा लटका कर बैलों वाली रस्सी से मारते-मारते बे-होश कर दिया। ग़रज़ हर-रोज़ एक आफ़त[2] बपा रहती थी। आस-पास के झोंपड़ों वाले रोज़ रात को रहीम ख़ाँ की गालियों, उसके बीवी और बच्चों के मार खाने और रोने की आवाज़ सुनते मगर बेचारे क्या कर सकते थे। अगर कोई मना करने जाए तो वो भी मार खाए।

मार खाते-खाते बीवी ग़रीब तो अधमुई हो गई थी। चालीस बरस की उ'म्र में साठ साल की मा'लूम होती थी। बच्चे जब छोटे-छोटे थे तो पिटते रहे। बड़ा जब बारह बरस का हुआ तो एक दिन मार खा कर जो भागा तो फिर वापस न लौटा। क़रीब के गाँव में एक रिश्ते का चचा रहता था। उसने अपने पास रख लिया। बीवी ने एक दिन डरते-डरते कहा, “बिलासपुर की तरफ़ जाओ ज़रा नूरू को लेते आना।” बस फिर क्या था आग बगूला हो गया। “मैं उस बदमा'श को लेने जाऊँ। अब वो ख़ुद भी आया तो टाँगें चीर कर फेंक दूँगा।”

वो बदमाश क्यों मौत के मुँह में वापस आने लगा था। दो साल के बा'द छोटा लड़का बिन्दू भी भाग गया और भाई के पास रहने लगा। रहीम ख़ाँ को ग़ुस्सा उतारने के लिए फ़क़त[3] बीवी रह गई थी सो वो

---

1 मौत 2 मुसीबत 3 केवल

ग़रीब इतनी पिट चुकी थी कि अब आ'दी हो चली थी। मगर एक दिन उसको इतना मारा कि उससे भी न रहा गया। और मौक़ा' पा कर जब रहीम ख़ाँ खेत पर गया हुआ था वो अपने भाई को बुला कर उसके साथ अपनी माँ के हाँ चली गई। हम-साए की औ'रत से कह गई कि आएँ तो कह देना कि मैं चन्द रोज़ के लिए अपनी माँ के पास रामनगर जा रही हूँ।

शाम को रहीम ख़ाँ बैलों को लिए वापस आया तो पड़ोसन ने डरते-डरते बताया कि उसकी बीवी अपनी माँ के हाँ चन्द रोज़ के लिए गई है। रहीम ख़ाँ ने ख़िलाफ़-ए-मा'मूल ख़ामोशी से बात सुनी और बैल बाँधने चला गया। उसको यक़ीन था कि उसकी बीवी अब कभी न आएगी।

अहाते[1] में बैल बाँध कर झोंपड़े के अन्दर गया तो एक बिल्ली म्याऊँ-म्याऊँ कर रही थी। कोई और नज़र न आया तो उसकी ही दुम पकड़ कर दरवाज़े से बाहर फेंक दिया। चूल्हे को जा कर देखा तो ठंडा पड़ा हुआ था। आग जला कर रोटी कौन डालता। बग़ैर कुछ खाए-पिए ही पड़ कर सो रहा।

अगले दिन रहीम ख़ाँ जब सो कर उठा तो दिन चढ़ चुका था। लेकिन आज उसे खेत पर जाने की जल्दी न थी। बकरियों का दूध दूह कर पिया और हुक़्क़ा भर कर पलंग पर बैठ गया। अब झोंपड़े में धूप भर आई थी। एक कोने में देखा तो जाले लगे हुए थे। सोचा कि लाओ सफ़ाई ही कर डालूँ। एक बाँस में कपड़ा बाँध कर जाले उतार रहा था कि खपरैल में अबाबीलों का एक घोंसला नज़र आया। दो अबाबीलें कभी अन्दर जाती थीं कभी बाहर आती थीं। पहले उसने इरादा किया कि बाँस से घोंसला तोड़ डाले। फिर मा'लूम नहीं क्या सोचा। एक घड़ौंची ला कर उस पर चढ़ा और घोंसले में झाँक कर देखा। अन्दर दो लाल बूटी से बच्चे पड़े चूँ-चूँ कर रहे थे। और उनके माँ बाप अपनी

---

1 आँगन

औलाद की हिफ़ाज़त के लिए उसके सर पर मंडला रहे थे। घोंसले की तरफ़ उसने हाथ बढ़ाया ही था कि मादा अबाबील अपनी चोंच से उस पर हमला-आवर हुई।

"अरी, आँख फोड़ेगी", उसने अपना ख़ौफ़नाक[1] क़हक़हा मार कर कहा। और घड़ौंची पर से उतर आया। अबाबीलों का घोंसला सलामत[2] रहा।

अगले दिन से उसने फिर खेत पर जाना शुरूअ' कर दिया। गाँव वालों में से अब भी कोई उससे बात न करता था। दिन-भर हल चलाता, पानी देता या खेती काटता। लेकिन शाम को सूरज छिपने से कुछ पहले ही घर आ जाता। हुक़्क़ा भर कर पलंग के पास लेट कर अबाबीलों के घोंसले की सैर देखता रहता। अब दोनों बच्चे भी उड़ने के क़ाबिल हो गए थे।

उसने उन दोनों के नाम अपने बच्चों के नाम पर नूरो और बिन्दू रख दिए थे। अब दुनिया में उसके दोस्त ये चार अबाबील ही रह गए थे। लेकिन उनको ये हैरत ज़रूर थी कि मुद्दत[3] से किसी ने उसको अपने बैलों को मारते न देखा था। नत्थू और छद्दू ख़ुश थे। उनकी कमरों पर से ज़ख़्मों के निशान भी तक़रीबन[4] ग़ाइब हो गए थे।

रहीम ख़ाँ एक दिन खेत से ज़रा सवेरे चला आ रहा था कि चन्द बच्चे सड़क पर कबड्डी खेलते हुए मिले। उसको देखना था कि सब अपने जूते छोड़कर भाग गए। वो कहता ही रहा, "अरे मैं कोई मारता थोड़ा ही हूँ।" आसमान पर बादल छाए हुए थे। जल्दी-जल्दी बैलों को हाँकता हुआ घर लाया। उनको बाँधा ही था कि बादल ज़ोर से गरजा और बारिश शुरूअ' हो गई।

अन्दर आ कर किवाड़ बन्द किए और चराग़ जला कर उजाला किया। हस्ब-ए-मा'मूल[5] बासी रोटी के टुकड़े कर के अबाबीलों के घोंसले

1 डरावना 2 सुरक्षित 3 अवधि, समय 4 लगभग 5 आदत के मुताबिक़

के क़रीब एक ताक़ में डाल दिए। "अरे ओ बिन्दू। अरे ओ नूरो पुकारा मगर वो न निकले। घोंसले में जो झाँका तो चारों अपने परों में सर दिए सहमे[1] बैठे थे। ऐ'न जिस जगह छत में घोंसला था वहाँ एक सूराख़ था और बारिश का पानी टपक रहा था।

अगर कुछ देर ये पानी इस तरह ही आता रहा तो घोंसला तबाह हो जाएगा और अबाबीलें बे-चारी बे-घर हो जाएँगी। ये सोच कर उसने किवाड़ खोले और मूसलाधार बारिश में सीढ़ी लगा कर छत पर चढ़ गया। जब तक मिट्टी डाल कर सूराख़ को बन्द कर के वो उतरा तो शराबोर था। पलंग पर जा कर बैठा तो कई छींकें आईं। मगर उसने परवाह न की और गीले कपड़ों को निचोड़ चादर ओढ़ कर सो गया। अगले दिन सुब्ह को उठा तो तमाम बदन में दर्द और सख़्त बुख़ार था। कौन हाल पूछता और कौन दवा लाता। दो दिन उसी हालत में पड़ा रहा।

जब दो दिन उसको खेत पर जाते हुए न देखा तो गाँव वालों को तशवीश[2] हुई। कालू ज़ैलदार और कई किसान शाम को उसके झोंपड़े में देखने आए। झाँक कर देखा तो पलंग पर पड़ा आप ही आप बातें कर रहा था, "अरे बिन्दू। अरे नूरू। कहाँ मर गए। आज तुम्हें कौन खाना देगा।" चन्द अबाबीलें कमरे में फड़फड़ा रही थीं।

"बेचारा पागल हो गया है।" कालू ज़मींदार ने सर हिला कर कहा। "सुब्ह को शिफ़ा-ख़ाने[3] वालों को पता देंगे कि पागलख़ाने भिजवा दें।"

अगले दिन सुब्ह को जब उसके पड़ोसी शिफ़ाख़ाने वालों को लेकर आए और उसके झोंपड़े का दरवाज़ा खोला तो वो मर चुका था। उसकी पाइँती चार अबाबीलें सर झुकाए ख़ामोश बैठी थीं।

---

1 डरे हुए 2 शक 3 अस्पताल

फ़ोटोग्राफ़र

क़ुर्रतुलऐ'न हैदर

मौसम-ए-बहार[1] के फूलों से घिरा बेहद नज़र-फ़रेब[2] गेस्ट हाउस हरे-भरे टीले की चोटी पर दूर से नज़र आ जाता है। टीले के ऐ'न[3] नीचे पहाड़ी झील है। एक बल खाती सड़क झील के किनारे किनारे गेस्ट हाउस के फाटक तक पहुँचती है। फाटक के नज़्दीक वालरस की ऐसी मूँछों वाला एक फ़ोटोग्राफ़र अपना साज़-ओ-सामान[4] फैलाए एक टीन की कुर्सी पर चुप-चाप बैठा रहता है।

ये गुम-नाम पहाड़ी क़स्बा टूरिस्ट इ'लाक़े में नहीं है। इस वज्ह से बहुत कम सय्याह[5] इस तरफ़ आते हैं। चुनाँचे जब कोई माह-असल मनाने वाला जोड़ा या कोई मुसाफ़िर गेस्ट हाउस में आ पहुँचता है तो फ़ोटोग्राफ़र बड़ी उम्मीद और सब्र के साथ अपना कैमरा सँभाले बाग़ की सड़क पर टहलने लगता है। बाग़ के माली से उसका समझौता है। गेस्ट हाउस में ठहरी किसी नौजवान ख़ातून के लिए सुब्ह-सवेरे गुलदस्ता[6] ले जाते वक़्त माली फ़ोटोग्राफ़र को इशारा कर देता है और जब माह-असल मनाने वाला जोड़ा नाश्ते के बा'द नीचे बाग़ में आता है तो माली और फ़ोटोग्राफ़र दोनों उनके इन्तिज़ार में चौकस हैं।

फ़ोटोग्राफ़र मुद्दतों से यहाँ मौजूद है, न जाने और कहीं जाकर अपनी दुकान क्यों नहीं सजाता। लेकिन वो इसी क़स्बे का बाशिन्दा[7] है। अपनी झील और अपनी पाड़ी छोड़कर कहाँ जाए। इस फाटक की पुलिया पर बैठे-बैठे उसने बदलती दुनिया के रंगा-रंग तमाशे देखे हैं। पहले यहाँ साहिब लोग आते थे। बर्तानवी प्लांटर्ज़, सफ़ेद सोला, हैट

---

1 वसंत का मौसम 2 नज़र का धेका 3 ठीक 4 उपकरण 5 सैलानी 6 फूलों का गुच्छा 7 निवासी

पहने, कोलोनियल सर्विस के जुग़ादरी ओहदे-दार, उनकी मेम लोग और बाबा लोग।

रात रात-भर शराबें उड़ाई जाती थीं और ग्रामोफ़ोन रिकार्ड चीख़ते थे और गेस्ट हाउस के निचले ड्राइंगरूम के चोबी फ़र्श पर डांस होता था। दूसरी बड़ी लड़ाई के ज़माने में अमरीकन आने लगे थे। फिर मुल्क को आज़ादी मिली और इक्का-दुक्का सय्याह[1] आने शुरूअ' हुए। या सरकारी अफ़्सर या नए ब्याहे जोड़े या मुसव्विर[2] या कलाकार, जो तन्हाई चाहते हैं, ऐसे लोग जो बरसात की शामों को झील पर झुकी धनक का नज़ारा करना चाहते हैं, ऐसे लोग जो सुकून और मुहब्बत के मुतलाशी[3] हैं, जिसका ज़िन्दगी में वुजूद नहीं, क्योंकि हम जहाँ जाते हैं फ़ना[4] हमारे साथ है। हम जहाँ ठहरते हैं फ़ना हमारे साथ है। फ़ना मुसलसल[5] हमारी हमसफ़र है।

गेस्ट हाउस में मुसाफ़िरों की आवक-जावक जारी है। फ़ोटोग्राफ़र के कैमरे की आँख ये सब देखती है और ख़ामोश है।

एक रोज़ शाम पड़े एक नौजवान और एक लड़की गेस्ट हाउस में आन कर उतरे। ये दोनों अन्दाज़ से माह असल मनाने वाले मा'लूम होते थे लेकिन बेहद मसरूर[6] और संजीदा[7] से, वो अपना सामान उठाए ऊपर चले गए। ऊपर की मन्ज़िल बिल्कुल ख़ाली पड़ी थी। ज़ीने के बराबर में डाइनिंग हाल था और इसके बा'द तीन बेडरूम

"ये कमरा मैं लूँगा!", नौजवान ने पहले बेडरूम में दाख़िल हो कर कहा, जिसका रुख़ झील की तरफ़ था। लड़की ने अपनी छतरी और ओवरकोट उस कमरे के एक पलंग पर फेंक दिया था।

"उठाओ अपना बोरिया बिस्तर", नौजवान ने उससे कहा।

"अच्छा", लड़की दोनों चीज़ें उठाकर बराबर के स्टिंग रुम से गुज़रती दूसरे कमरे में चली गई जिसके पीछे एक पुख़्ता गलियारा सा

1 सैलानी 2 तस्वीर बनाने वाला 3 तलाश करने वाला 4 ख़त्म 5 लगातार 6 ख़ुश 7 गम्भीर

था। कमरे के बड़े-बड़े दरीचों में से वो मज़्दूर नज़र आ रहे थे जो एक सीढ़ी उठाए पिछली दीवार की मरम्मत में मस्रूफ़ थे।

एक बैरा लड़की का सामान लेकर अन्दर आया और दरीचों के पर्दे बराबर करके चला गया। लड़की सफ़र के कपड़े तब्दील करके स्टिंग रुम में आ गई। नौजवान आतिश-दान[1] के पास एक आराम-कुर्सी पर बैठा कुछ लिख रहा था, उसने नज़रें उठा कर लड़की को देखा। बाहर झील पर दफ़अ'तन[2] अँधेरा छा गया था वो दरीचे में खड़ी हो कर बाग़ के धुँदलके को देखने लगी। फिर वो भी एक कुर्सी पर बैठ गई, न जाने वो दोनों क्या बातें करते रहे। फ़ोटोग्राफ़र जो अब भी नीचे फाटक पर बैठा था उसका कैमरा आँख रखता था लेकिन समाअ'त से आरी था।

कुछ देर बा'द वो दोनों खाना खाने के कमरे में गए और दरीचे[3] से लगी हुई मेज़ पर बैठ गए। झील के दूसरे किनारे पर क़स्बे की रौशनियाँ झिलमिला उठी थीं।

उस वक़्त तक एक यूरोपियन सय्याह[4] भी गेस्ट हाउस में आ चुका था। वो ख़ामोश डाइनिंग हाल के दूसरे कोने में चुप-चाप बैठा ख़त लिख रहा था। चन्द पिक्चर पोस्टकार्ड उसके सामने मेज़ पर रखे थे।

"सय्याह[5] अपने घर ख़त लिख रहा है कि मैं इस वक़्त पुर-असरार[6] मशरिक़[7] के एक पुर-असरार डाक बंगले में मौजूद हूँ। सुर्ख़[8] साड़ी में मल्बूस[9] एक पुर-असरार हिन्दुस्तानी लड़की मेरे सामने बैठी है। बड़ा ही रोमांटिक माहौल है!", लड़की ने चुपके से कहा। उसका साथी हँस पड़ा।

खाने के बा'द वो दोनों फिर स्टिंग रुम में आ गए। नौजवान अब उसे कुछ पढ़ कर सुना रहा था, रात गहरी होती गई। दफ़अ'तन[10] लड़की को ज़ोर की छींक आई और उसने सूँ-सूँ करते हुए कहा, "अब सोना चाहिए।"

---

1 आग जलाने की जगह 2 अचानक 3 खिड़की 4 सैलानी 5 सैलानी 6 छिपा हुआ 7 पूरब 8 लाल 9 पहने हुए 110 अचानक

"तुम अपनी ज़ुकाम की दवा पीना न भूलना", नौजवान ने फ़िक्र से कहा।

"हाँ, शब-ब-ख़ैर", लड़की ने जवाब दिया और अपने कमरे में चली गई।

पिछ्ला गलियारा घुप अँधेरा पड़ा था। कमरा बेहद पुर-सुकून, ख़ुनुक[1] और आराम-देह था। ज़िन्दगी बेहद पुर-सुकून और आराम-देह थी, लड़की ने कपड़े तब्दील करके सिंघार मेज़ की दराज़ खोल कर दवा की शीशी निकाली कि दरवाज़े पर दस्तक हुई। उसने अपना सियाह[2] कीमोनो पहन कर दरवाज़ा खोला। नौजवान ज़रा घबराया हुआ सामने खड़ा था।

"मुझे भी बड़ी सख़्त खाँसी उठ रही है", उसने कहा।

"अच्छा!", लड़की ने दवा की शीशी और चमचा उसे दिया।

चमचा नौजवान के हाथ से छूट कर फ़र्श पर गिर गया, उसने झुक कर चमचा उठाया और अपने कमरे की तरफ़ चला गया, लड़की रौशनी बुझा कर सो गई।

सुब्ह को वो नाश्ते के लिए ड्राइंग रुम में गई। जीने के बराबर वाले हाल में फूल महक रहे थे। ताँबे के बड़े-बड़े गुलदान ब्रासो से चमकाए जाने के बा'द हाल के झिलमिलाते चोबी फ़र्श पर एक क़तार में रख दिए गए थे और ताज़ा फूलों के अन्बार उनके नज़्दीक रखे हुए थे। बाहर सूरज ने झील को रौशन कर दिया था और ज़र्द-ओ-सफ़ेद[3] तितलियाँ सब्ज़े पर उड़ती फिर रही थीं। कुछ देर बा'द नौजवान हँसता हुआ ज़ीने पर नुमूदार[4] हुआ, उसके हाथ में गुलाब के फूलों का एक गुच्छा था।

"माली नीचे खड़ा है, उसने ये गुलदस्ता तुम्हारे लिए भिजवाया है।"

---

1 ठंडा, सुन्दर 2 काला 3 पीला और उजला 4 दिखाई देना

उसने कमरे में दाख़िल हो कर मुस्कुराते हुए कहा। और गुलदस्ता मेज़ पर रख दिया। लड़की ने एक शगूफ़ा[1] उठाकर बे-ख़याली से उसे अपने बालों में लगा लिया और अख़बार पढ़ने में मसरूफ़[2] हो गई।

"एक फ़ोटोग्राफ़र भी नीचे मंडला रहा है, उसने मुझसे बड़ी संजीदगी[3] से तुम्हारे मुतअ'ल्लिक़ दरियाफ़्त[4] किया कि तुम फ़लाँ फ़िल्म स्टार तो नहीं?"

नौजवान ने कुर्सी पर बैठ कर चाय बनाते हुए कहा। लड़की हँस पड़ी। वो एक नामवर रक़्क़ासा[5] थी। मगर इस जगह पर किसी ने उनका नाम भी न सुना था। नौजवान उस लड़की से भी ज़ियादा मशहूर मूसीक़ार[6] था। मगर उसे भी यहाँ कोई न पहचान सका था। उन दोनों को अपनी इस आरिज़ी गुमनामी और मुकम्मल सुकून के ये मुख़्तसर[7] लम्हात बहुत भले मा'लूम हुए।

कमरे के दूसरे कोने में नाश्ता करते हुए अकेले यूरोपियन ने आँखें उठाकर उन दोनों को देखा और ज़रा सा मुस्कुराया। वो भी इन दोनों की ख़ामोश मसर्रत[8] में शरीक हो चुका था।

नाश्ते के बा'द वो दोनों नीचे गए और बाग़ के किनारे गुलमोहर के नीचे खड़े हो कर झील को देखने लगे। फ़ोटोग्राफ़र ने अचानक छलावे की तरह नुमूदार[9] हो कर बड़े ड्रामाई अन्दाज़ में टोपी उतारी और ज़रा झुक कर कहा, "फ़ोटोग्राफ़ लेडी...?"

लड़की ने घड़ी देखी।

"हम लोगों को अभी बाहर जाना है। देर हो जाएगी।"

"लेडी", फ़ोटोग्राफ़र ने पाँव मुंडेर पर रखा और एक हाथ फैला कर बाहर की दुनिया की सिम्त इशारा करते हुए जवाब दिया, "बाहर कारज़ार-ए-हयात[10] में घमसान का रन पड़ा है। मुझे मा'लूम है इस

---

1 कलियाँ 2 व्यस्त 3 गंभीरता 4 पूछना 5 नाचने वाली 6 संगीतकार 7 छोटा 8 ख़ुशी 9 पर्कट होना 10 जीवन का युद्ध क्षेत्र

घमसान से निकल कर आप दोनों ख़ुशी के चन्द लम्हे चुराने की कोशिश में मसरूफ़[1] हैं। देखिए इस झील के ऊपर धनक पल की पल में ग़ाइब हो जाती है। लेकिन मैं आपका ज़ियादा वक़्त न लूँगा... इधर आइए।"

"बड़ा लिसान फ़ोटोग्राफ़र है", लड़की ने चुपके से अपने साथी से कहा।

माली जो गोया अब तक अपने क्यू का मुन्तज़िर[2] था दूसरे दरख़्त के पीछे से निकला और लपक कर एक और गुलदस्ता लड़की को पेश किया। लड़की खिल-खिला कर हँस पड़ी वो और उस का साथी अमर सुंदरी पार्वती के मुजस्समे[3] के क़रीब जा खड़े हुए। लड़की की आँखों में धूप आ रही थी इसलिए उसने ज़रा मुस्कुराते हुए आँखें ज़रा सी चुन्धियारी थीं।

क्लिक... क्लिक... तस्वीर उतर गई।

"तस्वीर आपको शाम को मिल जाएगी... थैंक यू लेडी... थैंक यू सर", फ़ोटोग्राफ़र ने ज़रा सा झुक कर दोबारा टोपी छूई। लड़की और उसका साथी कार की तरफ़ चले गए।

सैर करके वो दोनों शाम पड़े लौटे और संध्या की नारंजी रौशनी में देर तक बाहर घास पर पड़ी कुर्सियों पर बैठे रहे। जब कुहरा गिरने लगा तो अन्दर निचली मन्ज़िल के वसी' और ख़ामोश ड्राइंगरूम में नारंजी क़ुमक़ुमों की रौशनी में आ बैठे। न जाने क्या बातें कर रहे थे जो किसी तरह ख़त्म होने ही में न आती थीं। खाने के वक़्त वो ऊपर चले गए। सुब्ह-सवेरे वो वापिस जा रहे थे और अपनी बातों की महवियत[4] में उनको फ़ोटोग्राफ़र और उसकी खींची हुई तस्वीर याद भी न थी।

सुब्ह को लड़की अपने कमरे ही में थी जब बैरे ने अन्दर आ कर एक लिफ़ाफ़ा पेश किया।

"फ़ोटोग्राफ़र साहिब ये रात को दे गए थे", उसने कहा।

---

1 व्यस्त 2 इन्तिज़ार करने वाला 3 मूर्तियों 4 तल्लीनता

"अच्छा। इस सामने वाली दराज़ में रख दो", लड़की ने बे-ख़याली से कहा और बाल बनाने में जुटी रही।

नाश्ते के बा'द सामान बाँधते हुए उसे वो दराज़ खोलना याद न रही और जाते वक़्त ख़ाली कमरे पर एक सरसरी सी नज़र डाल कर वो तेज़-तेज़ चलती कार में बैठ गई। नौजवान ने कार स्टार्ट कर दी, कार फाटक से बाहर निकली। फ़ोटोग्राफ़र ने पुलिया पर से उठकर टोपी उतारी। मुसाफ़िरों ने मुस्कुरा कर हाथ हिलाए। कार ढलवान से नीचे रवाना हो गई।

वो वालरस की ऐसी मूँछों वाला फ़ोटोग्राफ़र अब बहुत बूढ़ा हो चुका है और उसी तरह इस गेस्ट हाउस के फाटक पर टीन की कुर्सी बिछाए बैठा है। और सय्याहों[1] की तस्वीरें उतारता रहता है। जो अब नई फ़ज़ाई सर्विस शुरूअ' होने की वज्ह से बड़ी ता'दाद में इस तरफ़ आने लगे हैं।

लेकिन इस वक़्त एयरपोर्ट से जो टूरिस्ट कोच आ कर फाटक में दाख़िल हुई उनमें से सिर्फ़ एक ख़ातून[2] अपना अटैची केस उठाए बरामद[3] हुईं और ठिठक कर उन्होंने फ़ोटोग्राफ़र को देखा, जो कोच को देखते ही फ़ौरन उठ खड़ा हुआ था मगर किसी जवान और हसीन लड़की के बजाए एक उधेड़ उ'म्र की बीबी को देखकर मायूसी से दोबारा जाकर अपनी टीन की कुर्सी पर बैठा था।

ख़ातून ने दफ़्तर[4] में जाकर रजिस्टर में अपना नाम दर्ज किया और ऊपर चली गईं। गेस्ट हाउस सुनसान पड़ा था। सय्याहों की एक टोली अभी-अभी आगे रवाना हुई थी और बैरे कमरे की झाड़ पोंछ कर चुके थे। ताँबे के गुलदान ताज़ा फूलों के इन्तिज़ार में हाल के फ़र्श पर रखे झल-झल कर रहे थे। और ड्राइंग हाल में दरीचे के नीचे सफ़ेद बुर्राक़

---

1 सैलानियों 2 औ'रत 3 खोई हुई चीज़ हासिल होना 4 कार्यालय

मेज़ पर छुरी काँटे जगमगा रहे थे।

नौ-वारिद[1] ख़ातून दरमिया'नी बेडरूम में से गुज़र कर पिछले कमरे में चली गईं और अपना सामान रखने के बा'द फिर बाहर आकर झील को देखने लगीं। चाय के बा'द वो ख़ाली स्टिंग रुम में जा बैठीं और रात हुई तो जाकर अपने कमरे में सो गईं। गलियारे में से कुछ परछाइयों ने अन्दर झाँका तो वो उठकर दरीचे में गईं जहाँ मज़्दूर दिन-भर काम करने के बा'द सीढ़ी दीवार से लगी छोड़ गए थे। गलियारा भी सुनसान पड़ा था। वो फिर पलंग पर आकर लेटीं तो चन्द मिनट बा'द दरवाज़े पर दस्तक हुई। उन्होंने दरवाज़ा खोला बाहर कोई न था। स्टिंग रुम भाँय-भाँय कर रहा था, वो फिर आकर लेट रहीं, कमरा बहुत सर्द था।

सुब्ह को उठकर उन्होंने अपना सामान बाँधते हुए सिंघार मेज़ की दराज़ खोली तो उसके अन्दर बिछे पीले काग़ज़ के नीचे से एक लिफ़ाफ़े का कोना नज़र आया जिस पर उसका नाम लिखा था।

ख़ातून ने ज़रा तअ'ज्जुब[2] से लिफ़ाफ़ा बाहर निकाला। एक कॉकरोच काग़ज़ की तह में से निकल कर ख़ातून की उँगली पर आ गया उन्होंने दहल कर उँगली झटकी और लिफ़ाफ़े में से एक तस्वीर सरक कर नीचे गिर गई। जिसमें एक नौजवान और एक लड़की अमर सुंदरी पार्वती के मुजस्समे के क़रीब खड़े मुस्कुरा रहे थे। तस्वीर का काग़ज़ पीला पड़ चुका था। ख़ातून चन्द लम्हों तक गुम-सुम उस तस्वीर को देखती रहीं फिर उसे अपने बैग में रख लिया।

बैरे ने बाहर से आवाज़ दी कि एयरपोर्ट जाने वाली कोच तय्यार है, ख़ातून नीचे गईं। फ़ोटोग्राफ़र नए मुसाफ़िरों की ताक में बाग़ की सड़क पर टहल रहा था उसके क़रीब जाकर ख़ातून ने बे-तकल्लुफ़ी[3] से कहा, “कमाल है पंद्रह बरस में कितनी बार सिंघार मेज़ की सफ़ाई की गई होगी मगर ये तस्वीर काग़ज़ के नीचे इसी तरह पड़ी रही।”

---

1 नये आने वाली महिला 2 आश्चर्य 3 संकोच न होना

फिर उनकी आवाज़ में झल्लाहट आ गई... "और यहाँ का इन्तिज़ाम कितना ख़राब हो गया है। कमरे में कॉकरोच ही कॉकरोच।"

फ़ोटोग्राफ़र ने चौंक कर उनको देखा और पहचानने की कोशिश की। फिर ख़ातून के झुर्रियों वाले चेहरे पर नज़र डाल कर अलम से दूसरी तरफ़ देखने लगा, ख़ातून कहती रहीं, उनकी आवाज़ भी बदल चुकी थी चेहरे पर दुरुश्ती[1] और सख़्ती थी और अन्दाज़ में चिड़चिड़ा-पन और बे-ज़ारी[2] और वो सपाट आवाज़ में कहे जा रही थीं।

"मैं स्टेज से रिटायर हो चुकी हूँ अब मेरी तस्वीरें कौन खींचेगा भला, मैं अपने वतन वापस जाते हुए रात को रात यहाँ ठहर गई थी। नई हवाई सर्विस शुरूअ' हो गई है। ये जगह रास्ते में पड़ती है।"

"और... और... आपके साथी?", फ़ोटोग्राफ़र ने आहिस्ता से पूछा। कोच ने हॉर्न बजाया।

"आपने कहा था न कि कारज़ार-ए-हयात[3] में घमसान का रन पड़ा है। उसी घमसान में वो कहीं खो गए।"

कोच ने दोबारा हॉर्न बजाया।

"और उनको खोए हुए भी मुद्दत[4] गुज़र गई... अच्छा ख़ुदा-हाफ़िज़!", ख़ातून ने बात ख़त्म की और तेज़-तेज़ क़दम रखती कोच की तरफ़ चली गईं।

वालरस के ऐसी मूँछों वाला फ़ोटोग्राफ़र फाटक के नज़्दीक जाकर अपनी टीन की कुर्सी पर बैठ गया।

ज़िन्दगी इन्सानों को खा गई। सिर्फ़ कॉकरोच बाक़ी रहेंगे।

---

1 खुरदरापन 2 मुँह फेरना 3 जीवन का युद्ध क्षेत्र 4 समय

BOOKS

रेख़्ता बुक्स के प्रकाशन

देवनागरी

1. क़श्क़ा खींचा दैर में बैठा	फ़रहत एहसास
2. अब मैं अक्सर मैं नहीं रहता	अनवर शुऊ'र
3. मौसम इतना सर्द नहीं था	ज़ुल्फ़िक़ार आ'दिल
4. खिड़की तो मैंने खोल ही ली	शारिक़ कैफ़ी
5. ग़ज़ल उसने छेड़ी (खंड 1,2,3,4,5,6)	संकलनः फ़रहत एहसास
6. गुलदस्ता-ए-क़व्वाली (खंड 1,2)	संकलनः सुमन मिश्र
7. सुब्ह-बख़ैर ज़िन्दगी	अमीर इमाम
8. अकेलेपन की इन्तिहा	जमाल एहसानी
9. सभी रंग तुम्हारे निकले	सालिम सलीम
10. तिरी सदा का इन्तिज़ार	ख़लीलुर्रहमान आ'ज़मी
11. इक शाम तुम्हारे हिस्से की	काशिफ़ ग़ाइर
12. रौशनी जारी करो	मनीष शुक्ला
13. लिफ़ाफ़े में रौशनी	मोहम्मद अ'ल्वी
14. होशियारी दिल-ए-नादान बहुत करता है	इ'रफ़ान सिद्दीक़ी
15. मिट्टी की सुंदरता देखो	सर्वत हुसैन
16. रेख़्ता उर्दू लर्निंग गाइड (अंग्रेज़ी, हिन्दी)	प्रो० अब्दुर रशीद
17. आख़िरी इ'श्क़ सबसे पहले किया	नो'मान शौक़
18. शाम के बा'द कुछ नहीं	शाहीन अ'ब्बास
19. गुलशन (उर्दू, देवनागरी)	मुज़्तर ख़ैराबादी
20. मोहब्बत जब नहीं होगी	आफ़्ताब हुसैन
21. किताब गुमराह कर रही है	शहराम सरमदी
22. जिस्म का बर्तन सर्द पड़ा है	अमीर हमज़ा साक़िब
23. ग़ज़ल का शोर	ज़फ़र इक़बाल
24. क़ाफ़िला-ए-नौ-बहार	संकलनः विकास शर्मा 'राज़'

25. मौजूद की निस्बत से	महेन्द्र कुमार सानी
26. दुख नए कपड़े बदल कर	शारिक़ कैफ़ी
27. लफ़्ज महफ़ूज़ कर लिए जाएँ	आ'सिम वास्ती
28. मोहब्बत करके देखो ना...	फ़रहत एहसास
29. उदासी बाल खोले सो रही है	नासिर काज़मी
30. मुझ पर मेरा साया पड़ गया	भारत भूषण पंत
31. रेख़्ता के ज़ौक़	संकलनः फ़रहत एहसास
32. रेख़्ता के दाग़	संकलनः फ़रहत एहसास
33. इ'श्क़	मोई'द रशीदी
34. फिर मुझे नींद आ गई	रईस फ़रोग़
35. हिज्र की दूसरी दवा	फ़हमी बदायूनी
36. 100 शाइ'र 100 ग़ज़लें	संकलनः फ़रहत एहसास
37. उदास लोगों का होना बहुत ज़रूरी है	तर्कश प्रदीप
38. रेख़्ता के नज़ीर	संकलनः फ़रहत एहसास
39. लॉकडाउन के दौरान मौत का ज़िन्दगी-नामा	प्रज्ञा शर्मा
40. गंजे फ़रिश्ते	सआ'दत हसन मंटो
41. मौत की किताब (नॉवेल)	ख़ालिद जावेद
42. सूरजमुखी का फूल	दिलावर अ'ली आज़र
43. ख़ामुशी रास्ता निकालेगी	धीरेन्द्र सिंह फ़य्याज़
44. रेख़्ता के मोमिन	संकलनः फ़रहत एहसास
45. रेख़्ता के आतिश	संकलनः फ़रहत एहसास
46. हमसे क्या हो सका मोहब्बत में	फ़िराक़ गोरखपुरी
47. शीशा-घर में तोड़-फोड़	संकलनः डॉ. मज़हर अहमद
48. रेख़्ता के इन्शा	संकलनः फ़रहत एहसास
49. अगर मैं शे'र न कहता	अ'ब्बास ताबिश
50. नुमाइन्दा कहानियाँ मंटो	सआ'दत हसन मंटो
51. नुमाइन्दा कहानियाँ प्रेमचंद	प्रेमचंद
52. नुमाइन्दा कहानियाँ राजिंदर सिंह बेदी	राजिंदर सिंह बेदी
53. उलट-पुलट का रोज़नामचा	पतरस बुख़ारी
54. नुमाइन्दा कहानियाँ कृष्ण चंदर	कृष्ण चंदर

55. उर्दू की प्रसिद्ध कहानियाँ	संकलनः राहुल झा
56. रंगों की मनमानी	वसीम नादिर
57. एक दिया और एक फूल	इ'शरत आफ़रीन

उर्दू

1. औराक़-ए-ख़िज़ानी	अहमद मुश्ताक़
2. आख़िरी पहर की दस्तक	शमीम हनफ़ी
3. वाहिमा वजूद का	सालिम सलीम
4. गुलशन	मुज़्तर ख़ैराबादी
5. आख़िरी किनारे पर	मोई'द रशीदी

अंग्रेज़ी

1. दीवान-ए-ग़ालिब : सरीर-ए-ख़ामा	नजीब जंग
2. लव लॉन्गिंग लॉस इन उर्दू पोएट्री	संजीव सराफ़

संपर्क

रेख़्ता फ़ाउन्डेशन
बी-37, सेक्टर – 1
नोएडा, यू.पी. – 201301

हमारी पुस्तकें **rekhtabooks.com** और **amazon** पर भी उपलब्ध हैं।